Van Saskia Noort verscheen eveneens bij uitgeverij Anthos

*Terug naar de kust*
*Aan de goede kant van 30*
*De eetclub*
*Nieuwe buren*
*40. Over lijf en leven van een beginnende veertiger*
*Babykoorts*
*De verbouwing*
*Afgunst & Een goed huwelijk*
*Koorts*
*Alle columns*

Saskia Noort

# Debet

Anthos|Amsterdam

FSC
www.fsc.org
MIX
Papier van verantwoorde herkomst
FSC® C014496

Eerste druk november 2013
Tweede druk november 2013
Derde druk december 2013
Vierde druk december 2013

ISBN 978 90 414 2298 9

Omslagontwerp Marry van Baar
Omslagillustratie © Cornelie Tollens
Foto auteur © Cornelie Tollens

Verspreiding voor België:
Veen Bosch & Keuning uitgevers n.v., Antwerpen

Voor mijn vader

TROUBLE TOWN

In this trouble town
Troubles are found
In this trouble town
Words do get 'round

– Jake Bugg

The most important thing to do if you find yourself in a hole is to stop digging.

– Warren Buffett

# Proloog

Zijn handen omklemmen het stuur van zijn Audi allroad quattro alsof het een reddingsboei is. Hij beweegt zijn hoofd van links naar rechts en voelt zijn nek kraken. Zijn hele lijf dreunt van de adrenaline. Vechten. Hij doet het al jaren. Hij is het zo zat. Maar stilstaan is geen optie. Dan gaat hij er zeker aan. Er rest hem weinig keuze. Vluchten of overgave. De hele flikkerse zooi aan de politie geven.

Met zijn duim draait hij aan het volumewieltje op het stuur. Zijn vingers tappen mee met de lijzige loungebeat. Eerst maar eens naar huis. Een biertje, een slaappil. Morgen ziet alles er anders uit. Zoals altijd. Morgen blijken er mogelijkheden te zijn die hij nu niet ziet. Nu ziet hij alleen de afgrond, waar hij in hoog tempo en zonder rem op afstevent.

Hij drukt het gaspedaal dieper in. Nog anderhalf uur. Thuis. Voor zover daar nog sprake van is.

De herrie van vanavond galmt na in zijn hersenpan. De grote finale. Wat een farce. En hij wist het. Hij wist het al toen hij eraan begon. Er zijn te veel talentenjachten en te weinig talenten. Het heeft geen zin een formule uit te melken tot de laatste zure druppel. Maar hij is het kwijt. Zijn talent, zijn inspiratie, zijn drive. Het is hem allemaal afgenomen. Hij is een geldmachine geworden. Net zoals de rest. Als hij denkt aan wie hij ooit was... hij kan het zich nauwelijks nog herinneren. Alsof het over een ander gaat, in een ander leven. Een oude vriend die hij uit het oog is verloren.

Hoe kom je terug bij jezelf? Dat is de vraag die hem het laatste jaar bezighoudt. Hoe vind ik die jongen terug, de lol, het plezier, de liefde, de overtuiging? Hij mist het.

Ooit hield hij van kamperen. De aardse geur van modder en gras kon hem dolgelukkig maken. Wakker worden van kwetterende vogels, het doek openritsen en met je slaperige hoofd een kop koffie zetten op de gasbrander. Hij verlangt ernaar. Het pure. Niet meer met een roffelend hart wakker liggen over aflossingen van torenhoge schulden. Verkopen die hap. Weg met die dure kutvilla. Waarom heeft hij dat in godsnaam allemaal gewild, ooit? Waarom kon hij geen genoegen nemen met wat er was? Hij zou de hele teringbende zo inruilen om terug te komen bij zichzelf. Bij de liefde. Bij Karen.

Hij doet er alles aan. Yoga. Meditatie. Haptonomie. Mindfulness. Helpt allemaal geen ene reet. De waarheid onder ogen zien, daar zal hij mee moeten beginnen. En de waarheid is dat hij heeft gefaald. Op elk terrein. Dat zijn leven in gevaar is. Dat hij met zijn rug tegen de muur staat. Ze hebben hem bij de ballen. Naar de politie stappen zou zelfmoord zijn.

Hij tast in de binnenzak van zijn jasje en pakt zijn iPhone. Hij weet het, hij hoort het Karen zeggen. Ben je verslaafd aan dat ding of zo? Levensgevaarlijk, rijden en twitteren tegelijk. Maar hij moet zichzelf kastijden. Hashtag MTBVW. *May the Best Voice Win.*

wat een baggershow!!!! / Dat je zo ver kunt komen met krijsen! / weer een mislukking van Michel Brouwers

/ stuurmmetpensioen / kan die klootzak oprotten met z'n kutshows? / denk dat hij bedoelt May the Best Fuck Win...

Hij scrolt over het scherm, met één oog op de weg gericht. Kort daarna gaat de telefoon. *Dr. Bernard*, staat er. Zo heeft hij haar in zijn telefoon verborgen, na hun eerste ontmoeting in een karaokebar in Amsterdam, waar ze samen straalbezopen dit lied zongen. 'Waar ben je?' vraagt Claire. Nog geen jaar geleden was haar stem hunkerend. Nu klinkt ze kil en woedend.

'Op weg naar huis,' antwoordt hij.

'Je bent zo'n slappe lul...' zegt ze.

'Klopt, schat. Maar dat wist je al. We hadden toch een deal?'

'Een deal. Zo noem jij dat? Een fokking deal? Wat ben jij voor patiënt?' Grof in de mond. Schitterend vond hij dat in het begin. Nu stoort het hem mateloos.

'Claire, je zou me niet meer bellen. We zouden het kalm aan doen. Ik ben getrouwd, dat wist je van het begin af aan... Ik ga niet weg bij haar, nooit...' Hij ratelt het voor zich uit als een mantra en hij heeft minstens een even grote hekel aan zichzelf als zij. En zijn vrouw. Zijn dochters. Zijn werknemers. Wie niet eigenlijk?

Hij blijft even stil. Zij ook. Hij heeft nu al spijt dat hij opnam. En toch zit hij als een magneet vastgezogen aan de telefoon.

'Het was een rukavond. Verschrikkelijk,' mompelt hij voor zich uit. Een geërgerde zucht klinkt aan de andere kant. Hij kijkt naar zichzelf in de achteruitkijkspiegel. Achter hem doemt in razende vaart een auto met groot licht op. Als vanzelf geeft hij meer gas.

'Ik heb het gezien,' antwoordt ze. De auto achter hem

komt snel dichterbij. Hij schuift van de linker rijbaan naar rechts om de malloot voorbij te laten.

'En dan vraag ik me af: waarom kijk ik hiernaar? Waarom doe ik mezelf dit aan? En tegelijkertijd denk ik: hoe kan iemand die beweert zielsveel van mij te houden me zo aan de kant schuiven? Alsof het niets is? Wat betekenen die woorden dan precies, Michel Brouwers?' Nu is het zijn beurt om te zuchten. Iedereen denkt maar aan zichzelf. Ze heeft geen idee hoe klote hij zich voelt, onder welke druk hij staat.

'We hebben het hier al zo vaak over gehad.' Er is er maar één tegen wie ik lieg, denkt hij. Nee, twee. Vier eigenlijk. En dan raakt het hem als een nekslag, het besef dat zijn leven een grote leugen is. Wie zit hij hier nou voor de gek te houden? Het is zo groot en veelomvattend dat hij werkelijk geen idee heeft hoe hij eruit kan komen. Dat is onmogelijk. En hij heeft zich uit de moeilijkste situaties weten te redden. En tot enkele minuten geleden dacht hij dat hij ook dit zou kunnen fiksen, maar niets is minder waar. Hij heeft het verneukt. En alleen hij zal de prijs moeten betalen.

'Michel? Ben je er nog?'

'Ja,' zegt hij. 'Claire, meisje... Je bent een fantastische meid, aan jou ligt het niet. Maar het moet ophouden. En je zult het niet geloven, maar ik hou wel van je. Juist daarom doe ik dit.'

De snelweg die voor hem ligt maakt een flauwe bocht naar links. Zijn gedachten zijn nog nooit zo scherp geweest. Hij heeft geen zin meer. Hij is er echt klaar mee. 'Klootzak,' zegt ze afgemeten. 'Hufter.' En dan drukt ze hem weg.

Hij gooit zijn iPhone op de stoel naast zich en geeft een draai aan de volumeknop. 'It's alright,' schalt het uit de boxen. Voor hem ligt de tunnel. Hij geeft gas. Een vreemd soort opwinding golft door zijn lijf. Voor het eerst in tijden. Hij is niet bang. Het is alsof hij al buiten zichzelf is getreden. Hij heeft er vaker aan gedacht en nu lijkt het de beste en enige keuze die hij kan maken. Deze nacht heeft hij ook het lef, of eigenlijk is hij alles zat genoeg. Hij kijkt hoe zijn voet het gaspedaal nog dieper indrukt. Dan maakt hij zijn riem los, waarna hij met beide handen het stuur omklemt. Hij staart naar zichzelf in de achteruitkijkspiegel. In gedachten steekt hij zijn middelvinger op. Naar iedereen die hem genaaid heeft. De oude man. Die dikke klootzak van een Ivo. Zijn telefoon gaat. Hij weet wie het is. Ook naar haar steekt hij zijn vinger op. De auto brult. Hij richt de neus op de betonnen paal recht voor hem. Hij houdt van zijn vrouw, zijn dochters. Karen, Annabelle, Sophie. Ze zijn beter af zonder hem. Ze zullen het redden. Alles draait in zijn hoofd. Hij is niet bang voor pijn. Hij verlangt ernaar. Dat was het, denkt hij voordat zijn Audi zich met hoge snelheid om de betonnen paal vouwt. Zijn borstkas wordt opgevangen door de airbag, waarna zijn lichaam met enorme vaart over het stuur glijdt, zijn hoofd door het brekende glas, totdat hij ineengedrukt wordt, met een doffe klap.

Het is niets, het leven. Hij voelt hoe zijn lichaam zich vult met pijn, hoe zijn gewrichten uit elkaar worden getrokken en zijn nek knakt als een luciferhoutje. Hij wilde dat hij in Karens armen lag en zich gewoon had overgegeven aan de eenvoud en vanzelfsprekendheid van hun liefde. In de verte klinkt het alarm van zijn auto. Hij hapt naar adem. Het borrelt in zijn borstkas en zijn mond vult zich met bloed. Het is klaar, denkt hij, voor hij zijn ogen sluit. Eindelijk klaar.

# I

# BLARICUM

# 1

Ik slaap niet. Al maanden. Zelfs niet na een halve fles wijn of een temazepam. Eventjes val ik weg, een uurtje of zo, om vervolgens badend in het zweet wakker te worden met het gevoel alsof ik de volgende dag een gevaarlijke operatie moet ondergaan. Zware druk op mijn borst, een hart dat angstig bonst, gedachten die een eigen, haastig leven leiden en zich herhalen, keer op keer. Ik ben de grip verloren. Op mezelf, mijn man, mijn werk, mijn kinderen. Mijn therapeute zegt dat het de overgang is, en dat op zichzelf is al een reden om wakker te liggen. Ik wil niet dat mijn leven al over de helft is. Ik wil niet dat dit mijn leven is.

Ik lig wakker en kijk naar de bewegende vlekken op het plafond. Takken die heen en weer zwiepen in het licht van de straatlantaarn. De regen slaat hevig tegen de ruiten. Het is drie uur. Michel is nog steeds niet thuis. Ik wacht op hem. Niet omdat ik naar hem hunker of me vreselijke zorgen maak over waar hij blijft, niet omdat ik pas kan slapen met zijn warme lijf naast me. Ik zou willen dat dat het was, dat ik zin had om tegen hem aan te kruipen en ik me veilig voelde in zijn armen. Als ik ergens naar verlang, is het wel onbekommerd van hem te houden. Maar nee, ik wacht gespannen en geïrriteerd. Woedend, dat ben ik. En zodra hij thuiskomt kan ik dat eindelijk ventileren.

Het leven ontrolt zich vanzelf, zei mijn therapeute Daphne vanochtend. Je hoeft niks te doen. Laat het los. Focus op je eigen gezondheid, op de liefde voor jezelf. Jij bent al wat je nodig hebt. Je bent uniek. Maar hoe doe je dat, loslaten? Van jezelf houden? Dat vertelt niemand erbij. Ik weet niet eens wie ik zelf ben. Wat ik leuk vind, wat ik wil, wat ik voel. Ik draai me om, pak Michels kussen en druk het stevig tegen mijn buik aan. Waar hangt die man uit? Waarschijnlijk zit hij ergens zijn stress te verdrinken. MTBVW is mislukt. Nog geen 500.000 kijkers. Ik heb het hem gezegd: de mensen zijn die talentenshows zat. Verzin eens iets nieuws. Maar ook hij zit vast, in de houdgreep van de kijkcijfers. Alles wat we doen is niet meer gebaseerd op liefde, maar op gewoonte.

Ik staar naar het raam, naar de halfopen shutters waarachter de regen uitbundig klettert. Buiten is het koud. Ze hebben ijzel voorspeld voor vannacht. Glad op de weg. Een goed excuus, flitst het door mijn hoofd.

Mijn stille woede zal me nog eens om zeep helpen. Ik ben ermee bezig, met mijn therapeute Daphne, bij wie ik wekelijks Michel en iedereen lens sla met een honkbalknuppel op een kussen, waarbij Daphne me aanmoedigt te vloeken en te tieren, alles eruit te gooien wat ik voel. Maar het lost weinig op. Een week later voel ik me nog precies hetzelfde. Razend. Razend op Michel omdat hij me zo buitensluit, razend op mijn dochters vanwege hun grenzeloze egoïsme en luiheid, razend op iedereen. Oftewel, razend op mezelf. Ik zie iedereen om wie ik geef van me af drijven en ben bang oud, eenzaam en verbitterd achter te blijven. Althans, volgens Daphne.

De wekker vertelt me dat het 4.33 uur is. Michel is echt belachelijk laat. Ik ken hem. Hij rijdt met drank op van Düsseldorf naar huis. Terwijl het ijzelt. Welja. Ik sta op, schuif mijn voeten in m'n Uggs-pantoffels, trek mijn badstoffen ochtendjas aan en slof de gang op, de trap af naar de keuken. Op het aanrecht staat een hele verzameling glazen die Annabelle daar kennelijk heeft neergezet. Ik pak de fles rosé die er nog staat en schenk mezelf het laatste restje in. Daarna zoek ik in haar over de stoel hangende legergroene parka naar sigaretten en vind in de binnenzak een bijna leeg pakje Marlboro Light. De strijd tegen het drink- en rookgedrag van mijn oudste heb ik al maanden geleden opgegeven. Mijn vriendinnen zeggen dat ik haar huisarrest moet opleggen, haar iPhone en MacBook moet afnemen en dagelijks haar adem moet controleren. Zo doen zij dat.

Ik gris een sigaret uit haar pakje en draai hem tussen mijn vingers. Negen jaar niet gerookt. Ik steek de peuk tussen mijn lippen, loop naar het fornuis en draai het gas open. In de kleine blauwe vlammetjes steek ik hem aan.

Ik huiver in de deuropening. In gedachten zie ik mezelf staan, tegen de deurpost, glas drank en sigaret in de hand. De ontevreden gelaatstrekken van een teleurgestelde vrouw. Boven hoor ik gestommel. Kunnen die meiden godverdomme niet gewoon gaan slapen? Ik wil niet dat ze me zo zien.

'Mam!'

Ik gooi snel de peuk van me af.

'Mama?'

'Jezus mam, waar ben je?'

Er klinkt paniek in Annabelles stem. Net als ik het halfvolle glas op het aanrecht zet, stormt ze de keuken binnen. Ze staart me aan alsof ze een geest ziet. Ik weet meteen dat het niet gaat om een nachtmerrie of een buikgriepje. Ze hoeft niets meer te zeggen. Ik weet het zoals ik wist dat hij mijn man zou worden toen ik hem voor het eerst zag. Een intuïtief weten.

'O mam...' stamelt ze en ze blijft voor me staan, trillend over haar hele magere lichaam, terwijl ze me aanstaart met haar grote grijsblauwe ogen.

'Het is pap...' zegt ze. 'Papa. Hij heeft een ongeluk gehad. Ze konden jou niet bereiken. Hij ligt op de intensive care. O my god...'

Ze wiegt heen en weer, haar handen onder haar oksels geklemd, haar rug licht gebogen. Ik herinner me dat ik een paar uur geleden uit pure chagrijn mijn iPhone uitzette. Ik herinner me dat ik dacht: val dood.

We rijden naar Oberhausen, naar de St. Elisabethkliniek. Aan de telefoon wilde de agent niets zeggen over zijn toestand. Komt u alstublieft zo snel mogelijk hierheen, was het enige dat hij losliet. En hij raadde ons aan niet zelf te rijden. Maar dat doen we toch. Af en toe kijk ik in mijn achteruitkijkspiegel en zie mijn meiden met witte verschrikte koppies hand in hand tegen elkaar aan zitten. Er is weinig over van de onverschillige puberhouding.

De regen die op de voorruit valt lijkt meteen te bevriezen. Ik kan in de langzaamrijdende file achter de strooiwagens niet harder rijden dan zestig. Mijn beide handen omklemmen het stuur. Is dit mijn straf voor mijn negatieve gedachten? Voor het verwaarlozen van mijn huwelijk? De rit duurt uren en ik volg de zwaailichten van de strooiwagen tot de afslag Oberhausen Zentrum. Het is inmiddels licht en de regen is opgehouden. De Duitse grensstad ligt grauw en kil voor ons. 'Ik vind het eng...' zegt Sophie met een zacht stemmetje en haar zus slaat een arm om haar heen.

'Het komt goed, weet je. Ik voel het gewoon.' Dan pas schieten de tranen me in de ogen.

Ik woon langer met Michel samen dan ik bij mijn ouders heb gewoond. Eenentwintig jaar om precies te zijn. Een maand nadat we elkaar voor het eerst ontmoetten trok ik al bij hem in, dolverliefd en overtuigd van een toekomst samen. Michel was net klaar met zijn studie sociologie, ik zat nog op de kunstacademie. Hij was een bevlogen, maar nog steeds werkloze socioloog, wonend in een kraakpand met nog dertig anderen. Ik vond alles spannend aan hem. Zijn woeste donkere krullen, zijn radicale overtuigingen, zijn alternatieve vrienden en zijn droom om televisieprogramma's te maken om mensen te informeren over de misstanden in onze samenleving. Ik hield van hem, en van mezelf naast hem. Het leven lag aan onze voeten. We hebben er weinig mee gedaan. Ik kreeg een baan bij een groot vrouwenblad, Michel startte met twee vrienden een eigen bedrijf in televisieproducties. Ons beider carrières groeiden razendsnel. Er kwamen twee kinderen en drie verhuizingen naar steeds weer grotere villa's, we beleefden allebei onze buitenechtelijke avonturen en inmiddels zijn we mijlenver van elkaar verwijderd. We praten nauwelijks nog en als we het doen gaat het over de kinderen, de buren, geld en bevriende stellen die op punt van scheiden staan. Ik weet niet meer wat hem beweegt, wat hij denkt, wat hij voelt. Hij zou een vriendin kunnen hebben en tot een paar uur geleden zou me dat niet eens geraakt hebben. Ik heb weleens gewenst dat hij er een had. Dat hij me zou verlaten en ik me heerlijk in de slachtofferrol zou kunnen wentelen. Maar nu hij daar binnen aan slangen en apparaten ligt, wil ik dat hij alleen van mij is, zoals hij dat eenentwintig jaar lang was.

We melden ons bij de afdeling Notaufnahme en de vriendelijke verpleegster vraagt ons te gaan zitten. Zij belooft onmiddellijk de dienstdoende arts erbij te halen. Ik probeer iets van emotie van haar gezicht af te lezen, maar ze weet het goed in de plooi te houden. We nemen plaats en strengelen onze handen ineen. Het verbaast me dat ik zo ongeveer al een jaar wakker lig van een panisch kloppend hart, maar nu ijzig kalm ben. Een andere verpleegster komt koffie brengen en glimlacht bemoedigend. We drinken kleine slokjes uit de plastic bekertjes en dan horen we de ferme voetstappen van een man. We kijken op en zien hem aan komen lopen in de lange gang, over de rode linoleumvloer, met naast zich de verpleegster die zachtjes tegen hem praat. Even is het alsof ik naar een film kijk, alsof dit niet over ons gaat, wij zitten hier niet, niet echt, het is te absurd. De man nadert ons en mijn linkeroor begint te suizen. Hij steekt zijn hand uit en stelt zich voor als dokter Breemen. Hij bijt op zijn onderlip en kijkt mij ernstig aan. Ik hoor niet eens wat hij zegt. De fluittoon in mijn hoofd overstemt het. Ik zie hoe hij zijn hoofd schudt en zijn hand op de schouder van Sophie legt. Annabelle legt haar hoofd tegen mijn borst en schreeuwt gesmoord. Ik voel hoe haar warme tranen en speeksel mijn T-shirt nat maken. Kan ik hem zien? hoor ik mezelf vragen. De verpleegster wil weten of ze iemand voor ons kan bellen. Ik schraap mijn keel en vraag haar zijn assistente te bellen. Zijn moeder zal ik zelf informeren. Ik geef haar het nummer.

De kamer waar Michel ligt is groot en leeg, op het bed en een heel arsenaal aan apparaten na. Over zijn lichaam ligt een lichtblauw laken. Ik klem me vast aan de klamme smalle handen van mijn dochters. Dokter Breemen gaat ons voor en schuift het laken van Michels gezicht. Ik kreun. De meiden stamelen. O, pap. Lieve papa. Met z'n drieën lopen we naar hem toe. Annabelle pakt zijn hand. Sophie slaat beide armen om mijn middel en staart angstig voor zich uit. Ik kijk naar Michels mooie gelijkmatige gezicht, waarop vreemd genoeg geen krasje te bekennen is. Mijn man, denk ik. Mijn man is dood.

Ik leg mijn hand op zijn koude voorhoofd. Al mijn woede is verdwenen. Herinneringen razen door mijn hoofd. Michel, levend. Springend van de hoogste duikplank in Italië. Zijn maffe dronkemansdansje. Hoe hij woedend tegen een kast sloeg en zijn pols brak. Hij boven mij, onze ogen op elkaar gericht, zijn sterke naakte lichaam, ritmisch bewegend. Zijn trotse lach wanneer hij Annabelle voor het eerst in zijn armen heeft. De tranen in zijn ogen toen ik hem vertelde over mijn verhouding met Simon. Ik buig me over hem heen en streel zijn gezicht. Probeer zijn geur te vinden. Ik ruik ontsmettingsmiddel. Weg is hij, voor altijd, en we hebben elkaar niet eens gedag gezegd, door een of andere stomme ruzie waarvan ik nu al niet meer weet waarover hij ging.

Failliet gaan, dat was Michels grootste angst. Het aannemersbedrijf van zijn vader ging over de kop toen hij veertien was en dat heeft hij als heel traumatisch ervaren. Wekenlang lag zijn vader zwaar overspannen op bed terwijl beneden alles de openbare verkoop in ging, en uiteindelijk vonden ze hem dood naast het bed. Een hartstilstand, werd er gezegd, maar Michel was ervan overtuigd dat de man met medicijnen een einde aan zijn leven had gemaakt. Vandaar ook dat Michel zich na zijn studie verre hield van ondernemen en bezitsdrang. Zijn droom was documentaires te maken, hij wilde de Günter Wallraff van Nederland worden en bezwoer me dat hij nooit of te nimmer een huis zou kopen of zich aan iets van bezit zou hechten. Twee jaar later liepen we met een makelaar over de grachten, op zoek naar een eigen woning met studio aan huis. Twintig jaar later hebben we een boerderij in Blaricum, een vakantiehuis in Zuid-Frankrijk, drie auto's en drie grote tv-studio's waarin hij programma's en shows maakt voor een miljoenenpubliek. Maar de laatste jaren leek het publiek een beetje uitgekeken te zijn op de formats van Michel en sinds enkele maanden deed hij hetzelfde als zijn vader destijds: overspannen op bed liggen.

'Je ziet niks,' fluistert Sophie.

'Nee...' zegt Annabelle.

'Alsof hij slaapt...'

Ik staar naar zijn levenloze lichaam en bedenk dat zijn vader ongeveer even oud was toen hij stierf. Zou hij opzettelijk tegen die betonnen paal gereden zijn? Onmiddellijk onderdruk ik deze gedachte. Het is onmogelijk. Hoe moeilijk hij het de laatste maanden ook had, zoiets zou hij nooit doen. Hij was gek op zijn meiden, op het leven, en hij zou ons nooit aandoen wat zijn vader hem heeft aangedaan.

Zijn werk, zijn kracht,
Zijn interesse voor het leven,

Zijn moed zo sterk,
Hij heeft er alles voor gegeven.

Geschokt nemen wij afscheid van

**Michel Willem Anthonie Brouwers**

9 mei 1962 - 17 november 2012

Wij wensen zijn vrouw Karen, zijn dochters Annabelle en Sophie en zijn moeder Els alle sterkte van de wereld.

Kees Bijlsma en Janine van Dam
Lotte, Daan, Joep

Patricia en Simon Vogel
Thom, Thies, Thieu

Ivo Smit en Amanda Coolen
Hanneke Lemstra † Mees, Anna

Een oude vriend ging heen

Onze gedachten zijn bij Karen, Annabelle en Sophie

Babette, Beau en Luuk

# 2

De Sint Vituskerk is afgeladen. Zelfs buiten staan mensen in de ijzige wind om de dienst via een videoscherm te volgen. Een massa gezichten die ons meewarig aankijkt. Op de begintonen van 'Gracias a la Vida' van Mercedes Sosa lopen Sophie, Annabelle, mijn schoonmoeder en ik langzaam naar voren, verscholen achter grote zonnebrillen. We nemen plaats op de voorste bank, gevolgd door de rest van de familie, onze beste vrienden, vriendinnen van de meiden en een stoet werknemers van TV Unlimited. Naast ons staat de eiken kist, bedolven onder witte en roze rozen. Vanaf een grote foto kijkt Michel ons lachend en zongebruind aan. Een plaatje van een man. Mijn man op onze laatste vakantie in Zuid-Frankrijk. Er viel toen weinig te lachen, we maakten het grootste deel van de dag ruzie, maar hier in de kerk lijkt het alsof er geen perfecter echtpaar heeft bestaan dan wij.

Ik zit op de harde kerkbank, misselijk en rillerig van alle koffie, wijn, tranquillizers en laffe witte kadetten waarop ik de afgelopen vijf dagen heb geleefd. En ik kan alleen maar denken: ook dit gaat voorbij. Ik wrijf over mijn benen, die verdoofd aanvoelen, en ik knijp erin, boor mijn nagels in mijn huid, door mijn panty heen. Mijn dochters zitten er even wezenloos bij als ik en mijn schoonmoeder wiegt naast Annabelle zachtjes heen en weer. We zijn de poppen in de kast. Ons lijden is vandaag het entertainment. Als wij snikken, gaat er een huivering door de kerk, als wij jammeren hoor je een golf van gesnotter. Het is niet alleen mijn man die daar ligt. Het is ieders man, ieders zoon, ieders broer, ieders geliefde. De begrafenisonderneemster, die Kitty heet en op koningin Beatrix lijkt met haar stijve watergolf en korte, stevige benen, neemt plaats achter het spreekgestoelte om ons allen welkom te heten. Ze vertelt ons wat we allemaal al weten, namelijk dat we hier zijn om afscheid te nemen van de dierbare vader, liefhebbende echtgenoot, vriend van velen en bewonderd televisieproducent Michel Brouwers die ons veel te jong is ontnomen, en vraagt onze aandacht voor enkele herinneringen, door zijn vrienden en familie verzameld. Jacques Brel schalt uit de boxen. 'Ne me quitte pas.' Een groot scherm rolt naar beneden, het licht wordt gedimd en daar is hij, een levende Michel, zittend op een boot, als klein jongetje in een wastobbe in de tuin, huilend op de schoot van Sinterklaas, wij als verliefd jong stel voor een tent, Michel slapend met onze jongste dochter tegen zich aan, ons hele gezin bruin en stralend op een terras in Saint-Tropez. De beelden overspoelen me. Een leven dat voorbijtrekt in enkele minuten. Ons leven. Zomaar weg. En we wisten niet eens wat we hadden. We deden maar wat, ons volstrekt onbewust van wat eindigheid betekent. En nu is het klaar. Pats. Zonder afscheid, zonder lieve woorden, zonder liefde. Ik zuig de beelden in me op. Michel die met de meiden stoeit, die skiet en kookt, die danst, leest, zwemt en barbecuet, zijn dochter de fles geeft, demonstreert tegen kernwapens... en dan ineens zijn daar beelden van Michel in een jurk, met vier andere mannen, dansend op een tafel. De eetclub. Hoe is dit ertussen gekomen? Hoe komen ze hieraan? Ik ben erbij geweest, bij het uitzoeken en verzamelen van materiaal, maar dit heb ik niet voorbij zien komen.

Over de eetclubperiode hebben Michel en ik na de verhuizing naar Blaricum geen woord meer gesproken. Alsof het nooit was gebeurd, alsof wij geen deel hadden uitgemaakt van dit hedonistische clubje vrienden, alsof we ons nooit hadden laten meeslepen door hun zucht naar macht en vergetelheid. De eetclub bestond eenvoudigweg niet meer. Althans, niet tussen ons. Alleen Simon kwam zo nu en dan nog ter sprake en dat eindigde steevast in een dramatische ruzie.

In mijn hoofd bestond de eetclub nog steeds. Hoe vaak heb ik niet gedacht aan Hanneke, die de intriges met haar leven heeft moeten bekopen. En aan Simon, de man met wie ik Michel heb bedrogen, wat hij me nooit heeft kunnen vergeven. Ik ben de afgelopen tien jaar bezig geweest met boete doen. En nu is ook Michel dood en neemt hij zijn woede mee het graf in.

De toespraken van vrienden, zakenrelaties en familieleden dringen nauwelijks tot me door. Ik staar verstijfd voor me uit en denk alleen maar aan het lichaam van mijn man dat daar zo koud en eenzaam ligt. Het lichaam dat straks de kerk uit gedragen zal worden, weg van mij, om diep onder de grond te verteren. De dagen dat hij thuis opgebaard lag, ben ik een paar keer naast hem gaan liggen. Mijn hoofd op zijn kille schouder. Ik beeldde me in dat hij gewoon sliep, dat hij ieder moment wakker kon worden. Ik lag tegen hem aan en vertelde hem zachtjes hoeveel spijt ik heb van alle verloren tijd.

'Mag ik Annabelle, de dochter van Michel, vragen naar voren te komen?'

Naast me veert mijn dochter op. Sophie loopt met haar mee. In één klap puber af.

'Pap,' begint Annabelle. Sophie slaat een arm om haar middel.

'Lieve, lieve pap. Je hebt ons heel veel belangrijke dingen geleerd. Meer dan je zelf denkt. Naast fietsen, veters strikken, klok kijken, haring eten, luisteren naar Jacques Brel, kijken naar kunst, vliegeren, een lepel aan je neus hangen, filmpjes monteren, schaken en waterskiën heb je ons geleerd dat alles wat we willen mogelijk is. Kan niet bestaat niet, zei je altijd. Maar dat is niet waar. We willen jou hier, levend en lachend. Meer niet. We leveren nu alles in om jou terug te krijgen. Maar dat is onmogelijk. Dus dat ben je vergeten ons te leren. Hoe kwetsbaar we zijn. En nu weten we het. We houden van je en je hoeft je over ons geen zorgen te maken. Wij passen op elkaar en op mama.'

De hele kerk snift en snottert, maar mijn ogen zijn droog. Niet omdat ik geen verdriet heb, maar te veel, zoveel dat mijn hele systeem overbelast is. Ik moet alle zeilen bijzetten om te staan, te ademen, mijn ogen open te houden. Mijn dochters helpen elkaar van het trapje af en drukken een kus op de kist. Daarna ontvang ik ze in mijn armen en galmt Donna Summer uit de boxen. We wiegen gedrieën heen en weer.

*Last dance*
*Last chance for love*
*Yes it's my last chance*
*For romance tonight*

De condoleance is in het naastgelegen bruine café Moeke Spijkstra, een kroeg waar Michel kind aan huis was met zijn vrienden. Een paradijs voor mannen. Hier worden op donderdagavond de vers gescheiden golddiggers met busladingen aangevoerd, op zoek naar vers, bemiddeld vlees.

Mijn dochters en ik schudden vele handen, kussen natte wangen, worden geaaid en geknuffeld door wildvreemden. Het lijkt uren te duren en mijn zogenaamd comfortabele zwarte Prada-pumps knellen. Ik krijg koffie aangereikt, en een zoveelste witte kadet met zweterige kaas. Ik krijg cola en spa rood en dan eindelijk een koud biertje en een bitterbal. We staan in een hoekje van de kroeg, aan het einde van een lange rij, en de mensen die ons hebben gecondoleerd staan opgelucht aan de bar te hijsen. En zo moet het zijn. Zo had Michel het gewild. Niet treuren om zijn dood, maar zijn leven vieren. Dat hoef je tegen de meesten maar één keer te zeggen. Geen gelegenheid zo ideaal als een begrafenis om je klem te zuipen. Net als ik de laatste slok van mijn bier heb genomen, legt een man zijn hand op mijn schouder. Ik kijk op en daar staat hij. Geen dag ouder. Niets veranderd. Bruin van de zon, strak van het sporten, blakend van zelfvertrouwen. Hij draagt een auberginekleurig pak, perfect op zijn lichaam gesneden, en daaronder een zwart overhemd. Zijn geur herken ik meteen. Acqua di Parma vermengd met tabak. Een vleugje alcohol. Simon. Ik had het kunnen weten.

Hij spreidt zijn armen. 'Ach, meisje toch...' zegt hij en drukt me tegen zich aan alsof het niet tien jaar maar een dag geleden is dat we elkaar voor het laatst zagen.

'Wat verschrikkelijk. Ik las het in de krant en dacht meteen: ik moet erheen.' Hij neemt mijn hoofd tussen zijn handen en drukt een kus op mijn voorhoofd. Hij is nog steeds even lichamelijk.

'Hé, Simon. Wat fijn dat je gekomen bent,' zeg ik op de automatische piloot. Zijn aanwezigheid hier en de manier waarop hij me beetpakt, voelen als heiligschennis.

'En deze twee hier, zijn dat Annabelle en Sophie?'

Hij schudt mijn dochters de hand. 'Ik ken jullie nog van

zo klein,' zegt hij. De meiden glimlachen minzaam.

'O Karen, ik heb zoveel aan je gedacht de laatste dagen. Zo jong... Midden in het leven. Gaat het een beetje?'

Ik knik en laat hem mijn handen in de zijne nemen. 'Een beetje,' zeg ik.

'En jullie waren zo'n superstel. Zeldzaam is dat tegenwoordig. Jezus.'

Ik kijk hem aan en bedenk dat ik hem eigenlijk zou moeten slaan. Wat een brutaliteit om hier te verschijnen. Maar Simon bezit de zeldzame gave om zelfs de meest koude harten te doen smelten, en onder zijn blik merk ik dat ik rechterop ga staan, dat ik zelfs glimlach en mijn schouders iets meer achteruit duw. Het gaat vanzelf.

'Ik zal de rij niet langer ophouden meisje, je zult wel kapot zijn, lijkt me. Wij spreken.'

Hij geeft me een zoen op de mond, strijkt met zijn vinger over mijn wang, draait zich om en verdwijnt in de menigte.

'Mam, ik weet niet hoor, die gast... Wie was dat?' Annabelle kijkt me misprijzend aan.

'Een vriend van vroeger. Jullie kennen hem wel. Simon. Uit de tijd dat we nog in Bergen woonden.'

'O my god,' zegt Sophie. 'Nou, hij was wel into you zeg. Wat een creep.'

Ik moet even naar de wc. De ontmoeting met Simon heeft me van mijn laatste restje energie beroofd. Gelukkig laten de medelijdende vrouwen me voorgaan en kan ik eindelijk zitten in het kleine hokje, waarin ik het liefst zou blijven tot dit allemaal voorbij is. Ik leg mijn hoofd in mijn handen en zucht. Simon, waarom kwam hij nog even dansen op Michels graf? Daar is het weer, in kleine gedoseerde scheutjes. De woede. Op alles en iedereen. Waarom moest Michel zo nodig met drank op in de auto stappen, terwijl hij wist dat het glad was? Ze hadden hem gewaarschuwd.

Ik heb hem gewaarschuwd. Keer op keer op keer. Hij reed altijd als een gek. Mijn handen worden klam, mijn hart gaat tekeer en ik heb zin om die hele tent hier kort en klein te slaan. Ik wil janken en krijsen, maar het komt niet, het zit vastgeklonken in mijn maag, als een pulserende giftige bal. Ik haal een zakdoekje uit mijn tas en zie mijn iPhone oplichten. Op het scherm staat een whatsapp.

*Voor het geval je iets nodig hebt mijn nummer. Kus Simon*

Hoe komt die vent in hemelsnaam aan mijn nummer?

# 3

Ons huwelijk hing aan een rafelig zijden draadje toen Michel en ik naar Blaricum verhuisden. Hij kon me mijn verhouding met Simon, zijn vriend en zakenpartner, niet vergeven. Het kostte ons jaren om het vertrouwen weer op te bouwen en eigenlijk was ik daar nog steeds mee bezig toen hij verongelukte. Als Michel dronken werd op feestjes stortte hij zich uit wraak op andere vrouwen. Mijn jeugdvriendin, die af en toe overkwam uit Parijs, waar ze woonde met haar man en kinderen, kreeg flirterige sms'jes van hem toen hij naar Parijs moest voor zaken. Tijdens ruzies werd altijd weer mijn verhouding opgerakeld, de dolksteek in zijn rug, het moment waarop ik onze fantastische relatie om zeep had geholpen. Dat is de prijs die je betaalt voor vreemdgaan als vrouw, dat je de rest van je leven boete moet doen en je je bij iedere scheve schaats van je man zult moeten neerleggen. Ik heb me regelmatig afgevraagd waarom ik in dit huwelijk bleef. Ik denk omdat ik meende de straf te verdienen. En ik wilde zo graag dat hij weer van mij zou houden zoals hij ooit deed, vol overgave en vertrouwen. En heel af en toe, meestal op vakantie, kwamen we weer in de buurt van dat gevoel. Dan trok de mist van verwijten en boosheid op en zagen we elkaar weer als geliefden, als ouders van twee ontzettend leuke meiden en als gezellig gezin. Dan werd het plaatje even werkelijkheid, en ik denk dat we er beiden nog steeds van droomden dat het ooit altijd zo zou zijn.

Maar de pijn van zijn dood is bijna niet te dragen, evenmin als de spijt. Alles wat we elkaar niet hebben gezegd. Dat we niet meer van onze liefde hebben gemaakt. Zodra ik mijn ogen open, wanneer de temazepam is uitgewerkt, overvalt het me, de golf van schuldgevoel en verlangen. In mijn dromen praat ik tegen hem, iedere nacht weer probeer ik hem over te halen thuis te komen. Was hij niet verongelukt als ik gewoon mijn telefoon had laten aanstaan? Als ik hem had omhelsd bij vertrek, of had ge-sms't dat ik op hem wachtte en van hem hield? Was hij dan niet zo woedend geweest, had hij dan minder gedronken, geen 180 kilometer per uur gereden over een ijzige snelweg? Iedere dag neem ik de dag van zijn dood door, van minuut tot minuut. Ik stond op met een steen in mijn maag omdat ik naar een vergadering moest van een tijdschrift dat op het punt van opheffing stond. Het derde blad op rij dat ophield te bestaan. Daarmee hield ook mijn werk op. Ik was freelance artdirector en hoofdredacteur geweest. Had met hart en ziel gewerkt aan de opkomst van menig succesvol vrouwentijdschrift en nu was het allemaal voorbij, mocht ik thuis een beetje freelancen en interimmen. Ik begon hierover bij het ontbijt tegen Michel, maar hij bleef gewoon de krant lezen. Ik vroeg hem te luisteren, waarop hij me ijskoud aankeek en zei dat hij dit verhaal al zo'n duizend keer gehoord had. Vervolgens pakte hij de krant op en vertrok naar de wc. Ik riep door de deur tegen hem dat ik zijn chagrijnige houding meer dan zat was. Daarna liet ik de hond uit. Zo lang mogelijk, in de hoop dat Michel weg zou zijn als ik thuiskwam. Wie denkt er op zo'n moment dat het misschien de laatste minuten samen zullen zijn? Lazer op, brieste ik toen ik het bos in liep, mijn middelvinger opstekend naar mijn eigen huis. Had ik hem maar gevraagd even samen te lopen, had ik maar een poging gewaagd hem te begrijpen.

Ik kwam thuis, nog steeds kokend van woede, en daar stond hij, bij het keukenraam een sigaret te roken. Hij rookte al jaren niet meer. Ik weet nog dat ik dacht: dit kan weinig goeds betekenen. Maar in plaats van hem te vragen wat hem nou precies dwarszat, begon ik hem uit te foeteren. Hij drukte zijn peuk uit op het aanrecht en maakte me daarmee nog woedender. 'Je hebt geen respect!' schreeuwde ik en hij riep terug dat ik me niet zo vreselijk moest aanstellen. Hij had andere dingen aan zijn hoofd, zoals de finale van zijn mislukte programma. Realiseerde ik me wel wat hem dit per dag kostte? Ik antwoordde dat het me geen hol interesseerde. Hij had het op zijn vingers na kunnen tellen. De mensen zijn die talentenshows zat. Verzin eens iets nieuws, gilde ik. 'Ik zit er niet op te wachten dat mijn vrouw me ook nog eens onder druk gaat zetten,' zei hij afgemeten en trok zijn jas aan. Was het zo moeilijk om te zeggen: 'Sorry schat, je hebt gelijk. Ik wil je niet onder druk zetten. Laten we morgen gaan zitten bij de koffie en praten over je problemen. Ik hou van je en daarom doet het me pijn als je me buitensluit.' Dan was hij misschien nu niet dood geweest. En was mijn laatste herinnering aan hem geen dichtslaande deur.

Had ik maar de kracht een sterke weduwe te zijn, zo een waarover je in de bladen leest, die vertelt hoe haar kinderen haar op de been hielden en haar dwongen iedere ochtend om zeven uur ontbijt te maken, kleren te wassen, driegangendiners op tafel te zetten en aardrijkskunde te overhoren. Ik word nergens toe gedwongen. Mijn meiden laten me met rust. Pubers leiden hun eigen leven en zijn allang blij als hun moeder zich niet met hen bemoeit. Volgens Daphne hoort het allemaal bij het rouwproces en moet ik lekker alleen maar doen wat goed voelt. 'Je veerkracht komt vanzelf terug. Vraag tot die tijd niet te veel van jezelf.' En daarom slof ik van het bed naar de bank naar het bad in een versleten joggingpak en bel ik soms wel tien keer achter elkaar zijn mobiele nummer, om zijn stem te horen die zegt: 'Hallo, dit is Michel, ik kan nu even niet opnemen en mijn voicemail luister ik nooit af. Dus stuur even een berichtje, of bel later terug. Dank je wel!'

Nu kijk ik naar foto's, luister naar zijn stem, draai zijn lievelingsmuziek, ik ruik aan zijn kleren die ik in de wasmand vond, in de hoop iets van hem te voelen. Ik gedraag me als de stalkster van mijn eigen dode echtgenoot. En iedere keer als ik die stem hoor, hem zie op een foto of filmpje, zijn geur opsnuif in zijn witte Hugo Boss-overhemd, geeft het een vleugje troost. Hij is nog niet helemaal verdwenen.

# 4

Voor het eerst in weken word ik wakker van de wekker. Een drukkende pijn achter mijn ogen herinnert me aan mijn verlies en aan de fles rode wijn van de avond ervoor. Dan weet ik ook weer waarom ik de wekker heb gezet. Over anderhalf uur word ik verwacht bij notariskantoor Van Hummel & Berkenbosch, samen met Michels accountant. De laatste keer dat we bij Van Hummel & Berkenbosch zaten, was tien jaar geleden toen we dit huis hadden gekocht en na het tekenen van de overdrachtsakte ook ons beider testament opmaakten. Ik heb geen idee meer wat daar precies in staat, behalve dat de kinderen naar Michels zus zouden gaan mochten wij beiden komen te overlijden en dat het huis vrijkomt van hypotheek als een van ons sterft. Verder heb ik me nooit verdiept in geldzaken. Tot een jaar geleden was ik in vaste dienst en mijn freelancewerk wordt keurig per maand afgerekend. Daarvan verdwijnt de helft naar de huishoudrekening en de andere helft pot ik op voor slechte tijden. Michel regelde altijd alles. Beleggen, pensioengaten, hypotheken, box 1, 2, 3, daar had hij tenslotte mensen voor in dienst. Af en toe moest ik iets mee tekenen en dat deed ik. Ik las die stukken niet. Met geld vertrouwde ik hem blind.

Ik sta op en spring onder de douche. Was mijn haren met

Michels shampoo en scheer mijn oksels en benen met zijn mes. De geur van zijn zeep geeft me voor even het idee dat hij vóór mij heeft gedoucht. Ik ben nerveus. Het is voor het eerst dat ik iets buiten mijn rouwzone ga doen. En ook nog eens iets waar ik een hekel aan heb. Doorgaans krijg ik hoofdpijn zodra ik tegenover een accountant, fiscalist, advocaat of notaris zit. Ik luister, ik knik op de momenten dat er geknikt moet worden, ik kijk naar de sommen die hij op papier zet, maar ik hoor niks, zie niks, begrijp niks, net zomin als ik iets begreep van de lessen wiskunde en economie. Ik ben niet dom, ik heb mijn vwo gehaald, maar het interesseert me gewoon niets. Ik luisterde liever naar Michel, die dol was op dit soort sessies en het mij daarna bij de koffie in peutertaal haarfijn kon uitleggen. Nu sta ik er alleen voor. En ik heb geen idee wat me te wachten staat.

Ik droog me af, smeer mijn lijf in met Nivea en mijn gezicht met La Mer. Ik föhn mijn haren en doe wat mascara op. Ik zie er oud en afgetobd uit, maar heb de zin niet er meer van te maken. Uit mijn kast pak ik een simpel zwart jurkje en trek het aan. Het lubbert om me heen. Je man verliezen blijkt een ietwat radicaal, maar zeer effectief dieet.

Beneden drink ik koffie en ruim de ontbijtrommel op die de meiden hebben achtergelaten. Onze bruine labrador Troel schurkt langs mijn benen. We hebben haar de laatste weken nogal verwaarloosd en ik neem me voor vanmiddag een flink stuk met haar te gaan lopen. Op tafel ligt een hele berg post. We krijgen nog steeds dagelijks kaarten van mensen die Michel hebben gekend. Ik ga er vluchtig doorheen, tot ik een envelop zie die niet aan 'Fam. Brouwers' is gericht, maar aan mij persoonlijk. Ik open hem en tref een kaart aan waarop twee witte rozen staan.

*Lieve Karen,*

*Wat een afschuwelijk nieuws las ik in de krant. Ik wil je laten weten dat ik aan je denk. Er rust geen goed karma op onze oude eetclub. Je zult me wel niet willen zien of spreken, maar weet dat ik je een goed hart toedraag. En je meiden ook.*

*Kus Angela (inmiddels gescheiden van Kees)*

Ik sla de kaart dicht. Angela. Dat was een van de ergste trutten. Degene die wachtte tot je de kamer verliet, om vervolgens genadeloos over je te roddelen. En toch raakt het bericht me. Misschien omdat het me herinnert aan de tijd waarin ik mijn onbezorgdheid verloor. En ze heeft gelijk. Drie doden is wat veel op een groep van tien mensen. En wij maar denken dat ons niets kon gebeuren. Dat we zo bijzonder waren. Dat alleen andere mensen in andere werelden dit soort ellende voor hun kiezen kregen. Dat ons leven een lange Bona-reclame zou zijn. Ik snuit mijn neus in een stuk keukenrol en pak mijn autosleutels uit mijn tas. De hond krijgt nog een aai. Dan trek ik de keukendeur achter me dicht.

In mijn auto, terwijl ik de oprijlaan naar het statige witte herenhuis oprijd, begint mijn hart sneller te kloppen. Dure auto's staan slordig geparkeerd in het grind en ik realiseer me dat ik iemand mee had moeten nemen. Een vriendin of een collega, een betrouwbaar iemand met meer afstand. Daarbinnen gaat gesproken worden over miljoenen. Het bedrijf van Michel telt vierhonderd werknemers, drie grote tv-studio's en een kantoor in Hilversum, een vastgoedportefeuille en een fors aandelenpakket waarin hij ook mijn erfenis heeft belegd. En het is crisis. Ik probeer dat hele gegeven te negeren en ik weet dat Michel en ik ons daarover weinig zorgen hoefden te maken, maar dat is toch wel dankzij zijn bedrijf en kennis van zaken. Als ik kijk naar mijn eigen werk en de bezuinigingen die mijn uitgever wekelijks invoert, dan is er veel om bang voor te zijn.

De secretaresse brengt me naar een statige herenkamer, waar Ben van Hummel me opwacht bij de deur. Hij schudt me de hand en het valt me op dat de zijne klammig is. 'Mevrouw Brouwers, welkom,' zegt hij en hij kijkt me met getraind mededogen aan. Ik heb geen zin hem te herinneren aan het feit dat ik nog steeds mevrouw Van de Made heet en kijk langs hem heen. Aan de lange notenhouten tafel zitten twee mannen, die me beiden bekend voorkomen. De eerste, een rijzige man met grijzende krullen, staat op en steekt zijn hand uit. 'Wij hebben elkaar enkele keren ontmoet. Ik ben Hein Boerrigter, de heer Brouwers' advocaat.'

'O, ja, natuurlijk...' zeg ik en schenk hem een zwak glimlachje. Dan valt mijn oog op de dikke man naast hem, die inmiddels ook is opgestaan. Zijn sponzige gezicht staart me meewarig aan. Hij heeft iets weg van een walrus, met die dikke, krullende onderlip. 'Karen...' zegt hij met luide stem. 'Je herkent me niet meer. We hebben elkaar ook al zo lang niet meer gezien.' Hij spreidt zijn armen en lijkt te verwachten dat ik me ertussen laat vallen. Ik bevries. Alle haartjes op mijn armen gaan spontaan overeind staan. Ivo. Hij is zeker dertig kilo zwaarder dan tien jaar geleden en inmiddels helemaal kaal, maar het is hem en hij staat erbij alsof we elkaar niet tien jaar, maar tien dagen niet hebben gezien. 'Lieve schat. Gecondoleerd. Ik was op de begrafenis, en ook nog even bij Moeke, maar de rij was zo lang... Ik wist dat ik je hier zou zien. O Karen... Wat afschuwelijk allemaal. Ik weet hoe je je voelt, meid. Dit gun je je ergste vijand niet.' Hij pakt me bij mijn schouders en drukt me tegen zich aan. Ik denk aan Hanneke, zijn vrouw, die toen ze nog leefde mijn beste vriendin was. Bruisende, gekke Hanneke die als eerste doorhad dat er weinig deugde van het clubje. Ik mis haar, nu meer dan ooit. Na haar dood heb ik nooit meer een vrouw ontmoet bij wie ik me zo op mijn gemak voelde.

We nemen plaats aan de imponerende tafel. Ik vecht tegen een paniekerige drang om te vluchten. Waarom is Ivo hier? Wat heeft het te betekenen? Ik was er vanaf, van dat hele kloterige stelletje, van de schijnheilige intriges die de levens van twee mensen hebben gekost. Een van hen was zijn vrouw nota bene. Waarom zit hij ineens hier aan tafel om te praten over Michels nalatenschap?

'Je vraagt je natuurlijk af wat ik hier doe...' Ivo doorbreekt de gespannen stilte. Hij trommelt met zijn worstenvingers op het notenhout. 'Vier jaar geleden heeft Michel me gevraagd de accountancy en het vermogensbeheer van zijn bedrijven op me te nemen. Hij leed nogal wat verliezen, zoals velen van ons in de kredietcrisis van 2008 en 2009, en mijn bedrijf Smit Consultancy heeft in die tijd en met zeer goed resultaat nogal wat middelgrote en grote bedrijven door de *meltdown* heen geloodst. Michel trok destijds de moedige conclusie dat hij mij nodig had. En tot op heden doe ik zijn financiële zaken. Vandaar.'

Het is niet te geloven. Het kan niet waar zijn dat Michel, zonder mij hierover in te lichten, naar hem is gestapt. Hij haatte hen. Wilde nooit meer iets met hen te maken hebben. Hoe wanhopig moet je zijn om je bedrijf door de vijand te laten redden?

De secretaresse brengt koffie en de notaris opent met een plechtig gebaar de kist op zijn vergadertafel, waarin suiker-, melkpoeder- en theezakjes liggen. 'Ik zou zeggen, neem het ervan,' zegt hij. Ivo en de advocaat lachen beleefd. Ik zou het liefst een dubbele wodka nemen.

'Mevrouw Brouwers,' begint hij. 'Allereerst wil ik u vertellen hoe geschokt wij uiteraard allemaal zijn door het fatale ongeluk van uw echtgenoot. Zo jong... een heel gezin achterlatend. Onze harten gaan naar u uit. En we begrijpen dat het voor u verschrikkelijk moet zijn om hier te zitten en over triviale zaken als erfenis, geld en schulden te moeten praten. Maar helaas, het kan niet anders. We zouden het u allemaal liever besparen, maar er moeten dingen geregeld worden. De heer Smit hier is de executeur, aangewezen door uw echtgenoot.'

'Het lijkt me dat ik daar ook iets over te zeggen heb,' zeg ik. De drie heren kijken me lichtelijk geamuseerd aan.

'Helaas,' vervolgt Van Hummel, 'uw echtgenoot heeft een testament opgesteld en daarin expliciet de heer Smit als executeur vermeld.'

'We hebben samen een testament gemaakt, ik denk zo'n tien jaar geleden, en daarin komt de heer Smit niet voor... Ik heb Michel überhaupt nog nooit over een executeur gehoord.'

Van Hummel slaat zijn ogen neer en strijkt met zijn hand over het document dat voor hem ligt.

'Uw echtgenoot is hier een halfjaar geleden geweest met de heer Smit samen. Hij heeft een nieuw testament opgesteld.'

'Hij kan toch niet zomaar een nieuw testament maken zonder mij daarbij te betrekken?'

Van Hummel schraapt zijn keel. Ivo en Hein Boerrigter roeren in hun koffie.

'Ja, dat mag wel. Uw man kan een testament opmaken zonder dat u het weet. Het is geen contract, het is eenzijdig. Ik ben ook niet verplicht u hiervan op de hoogte te stellen. Maar meneer Brouwers kan alleen beschikken over zijn deel van de bezittingen en het privévermogen.'

'Karen,' zegt Ivo, 'we hebben dat nieuwe testament opgemaakt ter bescherming van jou en jullie kinderen.'

Onder mijn slapen begint het te bonzen. 'Waarom zouden wij bescherming nodig hebben?'

Van Hummel neemt het over. 'De nalatenschap is het vermogen dat de overledene nalaat, dat zijn de bezittingen minus de schulden. Deze schulden kunnen hoger zijn dan het vermogen. Uw man heeft u feitelijk een hoop problemen willen besparen.'

Ik kijk van de een naar de ander. Van Hummel en Boerrigter ontwijken mijn blik. Alleen Ivo durft het aan meelevend terug te kijken.

'Waar het op neerkomt, Karen...' zegt Ivo en hij reikt naar mijn hand, die ik haastig wegtrek. '... is dat wij het oplossen. Het is een hele organisatie, waar veel haken en ogen aan zitten. Erg ingewikkeld, en daar zit jij niet op te wachten.'

'Mag ik dat alsjeblieft zelf bepalen?' antwoord ik en ik leg mijn handen in mijn schoot. 'Ik ben niet dom. Ik ga twintig jaar met Michel. Ik weet heus wel wat er speelt.' Dat laatste is bluf. Ik heb geen idee. Onze gespreksonderwerpen betroffen de laatste drie jaar de kinderen, het huis, zijn afwezigheid en de wijven waar hij zijn pik in stak. Dit eindigde steevast in slaande ruzie en dagenlang mokkend stilzwijgen.

'We hadden er uiteraard niet op gerekend dat hij zou verongelukken. Dit is in feite een tijdelijk testament, het was de bedoeling om het weer terug te draaien na een jaar, als de boel weer op orde zou zijn. En als jij weet wat er speelt, weet je ook dat Michel niet bepaald goed was met geld.'

Er wordt een nieuw rondje koffie gebracht. Ik heb van de

mijne nog geen slok genomen. In wat voor wereld ben ik beland? Ik frunnik aan mijn trouwring en wrijf over het kleine diamantje. Dit soort dingen gebeuren andere mensen. Niet ons. Niet mij en mijn dochters. Ik hield rekening met het ergste, al jaren. Maar het ergste was een scheiding, een faillissement, kanker, misschien een hartinfarct, maar dan zouden we vechten en er sterker uitkomen. Stiekem heb ik weleens gehoopt op iets vreselijks, iets wat ons wakker zou schudden uit onze impasse, iets waardoor we ons zouden realiseren hoe goed we het hadden, hoe belangrijk we voor elkaar waren. Ik heb deze ellende over ons afgeroepen, door niets te ondernemen en te wachten op een ingreep van buitenaf. Had mij genomen, denk ik. Had mij tegen die vangrail geslingerd.

'Zal ik aanvangen met de lezing?' vraagt Van Hummel.

'Graag,' zegt Ivo.

Ik neem een slok van mijn koffie en knik.

'Allereerst even dit voor de duidelijkheid: ik lees de voor u belangrijkste punten voor uit het testament. Het is een nogal lang verhaal namelijk. Vragen kunt u aan ons stellen na afloop. Daar gaan we:

Heden, zesentwintig april tweeduizend twaalf, verscheen voor mij, Bernardus Gerardus van Hummel, notaris te Blaricum, de heer Michel Willem Anthonie Brouwers, geboren te Amsterdam op negen mei negentienhonderdtweeënzestig, wonende Torenlaan 55 te 1261 GC Blaricum, onder het maken van huwelijkse voorwaarden gehuwd met Karen van de Made, zich legitimerend met zijn paspoort... Wat nu volgt sla ik even over... De verschenen persoon verklaarde als volgt over zijn nalatenschap te beschikken: Herroeping. Ik herroep alle vroeger door mij gemaakte uiterste wilsbeschikkingen. Uitsluiting/Erfstelling. Ik sluit mijn echtgenote, mevrouw Karen van de Made, uitdrukkelijk uit als erfgenaam van mijn nalatenschap, alsook mijn kinderen...'

'Sorry,' val ik hem in de rede. 'Ik geloof dat hier iets niet klopt.'

'Ik lees voor wat hier staat, mevrouw Van de Made.'

'Het lijkt me sterk dat mijn man mij en de kinderen heeft onterfd.'

De drie mannen staren me zwijgend aan. Mijn mond is droog.

'Ik stel voor dat ik de lezing vervolg en u uw vragen nog even bewaart,' zegt Van Hummel.

'Er is een goede uitleg, Karen.' Ivo knijpt bemoedigend in mijn schouder. Ik wil dat die man van me afblijft.

'Voogdij. Voor het geval ik mocht komen te overlijden met achterlating van mijn minderjarige kinderen over wie ik op mijn sterfdag het ouderlijk gezag uitoefen, benoem ik tot voogdes over die minderjarigen mijn echtgenote Karen van de Made... Nou, dat lijkt mij duidelijk. Executeur. Ik benoem tot mijn executeur de heer Ivo Johannes Smit, voornoemd, hierna te noemen "de executeur" voor welke benoeming de volgende bepalingen gelden...'

Het monotone geratel van Van Hummel gaat volledig langs me heen. Michel heeft mij en de kinderen onterfd. Achter mijn rug om. Ik kijk naar de gezichten van de drie mannen. Geen detail ontgaat me. Het zweet op de bovenlip van Boerrigter. Ivo die nerveus op zijn vlezige onderlip kauwt. De stoïcijnse kop van Van Hummel, uit wiens neus een dotje grijs haar groeit. De heren die het op een akkoordje hebben gegooid. Mijn keel klopt opstandig.

'Ik geloof dat we al die bepalingen wel kunnen overslaan,' interrumpeert Ivo van Hummel. 'Ik ken ze, en het is voor Karen zinloze abacadabra.'

'Ik weet eigenlijk niet wat ik hier nog doe...' Ik wil opstaan, maar mijn benen weigeren dienst.

'Karen, het is eigenlijk heel simpel. Michels vermogen is nihil. Zijn schulden gigantisch. Om jou niet met een enorme puinhoop op te zadelen, zijn jullie buiten de nalatenschap gelaten. Aan mij de taak om de schulden af te lossen en te zorgen dat er nog iets van zijn bedrijf overblijft. Dit was de enige manier om te voorkomen dat schuldeisers bij jou terechtkomen en nog eens even beslag komen leggen op jouw vermogen.'

Mijn vermogen, ik schiet bijna in de lach. Die zestienhonderd euro die ik per maand binnenhaal met freelancen? En dan is er nog de tweeënhalve ton die ik van mijn moeder heb geërfd, acht jaar geleden. Geld dat Michel voor mij heeft belegd in godweetwat.

'Het geld van mijn ouders,' zeg ik. 'Hoe zit het daarmee?'

'Er is niets meer,' zegt Boerrigter en hij lijkt te schrikken van zichzelf.

Er is niets meer. De woorden galmen door mijn hoofd. Mijn man is dood, zijn geld is weg. Hij heeft me onterfd. Wat voor leven heb ik de afgelopen jaren geleid?

'Dat kan gewoon niet waar zijn. We hebben een huis. We rijden auto's. Wij leiden een comfortabel leven. Ik zie nooit rekeningen of aanmaningen of deurwaarders... Michel zegt... zei altijd: maak je geen zorgen. Alles is goed geregeld. Doe lekker, koop lekker, boek lekker.'

'Hij heeft je een hoop zorgen willen besparen.' Ivo staat achter me en legt zijn handen op mijn schouders. Ik voel een sterke aandrang hem een dreun te verkopen. 'En zoals ik al zei, de bedoeling was om het allemaal weer terug te draaien. Maar helaas is ons die tijd niet gegund.'

'Wilt u misschien nog een kopje koffie?' vraagt Van Hummel.

Een kop koffie. De man is stapelgek. Ik schud mijn

hoofd. 'Ik wil geloof ik even naar buiten,' zeg ik en ik sta op. Mijn spieren voelen stram en het kost me moeite het ene been voor het andere te zetten.

'Zal ik even meelopen?' vraagt Ivo.

'Alsjeblieft niet,' bijt ik hem toe.

Buiten schijnt de zon uitbundig en verraderlijk, want het is steenkoud. Ik leun tegen een grote eik aan de zijkant van de parkachtige tuin en sla mijn armen om mezelf heen. Eigenlijk zou ik willen janken. Hard en met lange uithalen. Alles beter dan dit, deze zware doffe mist in mijn hoofd, die mijn gedachten wazig maakt. Het is heel belangrijk dat ik nu mijn hersens gebruik. Ik druk met mijn koude vingers tussen mijn ogen, mezelf dwingend me te concentreren. De drie mannen daarbinnen hebben me zojuist verteld dat het leven zoals ik dat kende voorbij is. Dat Michel dit allang wist en angstvallig voor mij verborgen probeerde te houden. Waarom? Waarom heeft hij me niet in zijn problemen betrokken? Waarom maakte hij me wijs dat hij overspannen was, depressief, en zei hij niet te weten hoe dat kwam? Ineens snap ik zijn slapeloze nachten, zijn idiote gezuip, zijn hyperventilatie, zijn totale afwezigheid. En ik trok me terug. Ik ergerde me woest aan zijn instabiele gedrag, zijn nachtelijke gespook, die afwezige kille blik. Maar ik wilde niet weten wat erachter schuilging. 'Jezus Michel,' hoor ik mezelf fluisteren en ik mis hem op dit moment meer dan ooit.

'Bent u zover?' Ik schrik op, kijk om en zie de secretaresse in de deuropening staan. 'Ja,' zeg ik en ik ga met grote tegenzin weer naar binnen.

'We gaan er even snel doorheen. Het is veel en ik begrijp dat u het niet allemaal in één keer zult bevatten. Mochten op kantoor maken en u mag dit uiteraard ook via de heer Boerrigter of Smit doen. Ik adviseer u ook met klem om een eigen advocaat te raadplegen.'

Ik ben duizelig en hoor nauwelijks wat Van Hummel zegt.

'Voor mij liggen twee hypotheken op beider naam, een op Torenlaan 55 te Blaricum en een op Mas de Brasseur te Grimaud, Zuid-Frankrijk. Er ligt een totale privéschuld van 1,9 miljoen euro. Daar tegenover staat een overlijdensrisicoverzekering waarvan u de begunstigde bent. Echter, er is een probleem...'

Boerrigter neemt het over. 'De verzekeraar weigert uit te keren omdat er drank in het spel was. Volgens hen is er sprake van opzettelijke eigen schuld aan het ongeluk. We zijn ermee bezig, maar het ziet er niet bepaald gunstig uit.'

Vanuit mijn nek trekt een migraineachtige hoofdpijn op.

'Heren, kunnen jullie me de "for dummies" versie geven?'

'Ik zal het proberen,' zegt Ivo. 'Er is een totale schuld van 3,2 miljoen euro, zakelijk en privé bij elkaar opgeteld. Jij bent alleen verantwoordelijk voor jouw helft van de privéschuld. Dat is 9,5 ton. De andere helft is door de onterving voor mij, ofwel TV Unlimited. Tegenover het totaal van 3,2 miljoen staat de huidige waarde van de panden. De Torenlaan zal zo'n 1,2 miljoen opbrengen. Grimaud misschien 7 ton. Als je mazzel hebt. De huizenmarkt is zeer ongunstig. Er is dus een restschuld van 1,2 miljoen euro. Daarvan is na aftrek van de zakelijke schuld zo'n drie ton eigenlijk voor jouw rekening.'

Ik sla mijn klamme handen voor mijn gezicht.

# 5

Op het pad voor mijn huis staat de gele Twingo van Els, mijn schoonmoeder. Ook dat nog. Ik stap uit en pak het stapeltje papieren van de bijrijdersstoel. Ik moet naar de bank om de gezamenlijke rekening over te sluiten op mijn naam. Aan Michels rekeningen kan ik niet komen. Ivo gaat ervoor zorgen dat er een bedrag op mijn rekening komt te staan waarvan ik de eerste drie maanden rond kan komen. Totdat het huis verkocht is. Ik kijk naar mijn rietgedekte villa, naar de roze en witte omafietsen die nonchalant tegen mijn mooie buxus leunen. Ik kan alleen maar denken dat ik niet naar binnen wil. Het lijkt een plaatje, mijn huis, maar alleen de voorgevel is die van een villa. De achterkant is goedkope prefab zoals ons leven en waarschijnlijk ook het leven van de vorige bewoonster, die dit huis ontworpen heeft.

In de keuken ruikt het naar speculaas. 'Dag lieverd,' zegt Els en ze omhelst me voorzichtig. Onder mijn hand voel ik haar broze schouders trillen. Ik sta mezelf niet toe me in te leven in haar verdriet. Haar man verloren en nu haar enige zoon, ik durf haar nauwelijks aan te kijken. Alsof het mijn schuld is. En misschien is het dat ook wel.

Annabelle en Sophie staan voor het aanrecht, beiden

met een wit kookschort. 'We maken gevulde speculaas,' zegt Sophie. 'Voor morgenavond.'

Ik kijk hen glazig aan. Wat is er morgenavond?

'Het lijkt me toch wel goed om het gewoon te vieren...' vult Annabelle aan.

'Natuurlijk,' zegt Els. 'Ik weet zeker dat de goedheiligman iets voor jullie heeft meegenomen.' Ze knipoogt naar mij. 'Wil je koffie, Karen?' vraagt ze.

'Ik denk dat ik een wijntje neem,' antwoord ik en ik loop naar de kelderkast om een fles merlot te pakken.

'Doe mij ook maar,' zegt Els.

Ik neem de fles en twee glazen mee naar de keukentafel en daar zwijgen we een tijdje, terwijl ik het lood van de flessenhals haal en een kurkentrekker in de kurk draai. Het verbaast me soms hoe we allemaal gewoon doorleven. Sinterklaas, mijn god, gaan we dat morgen echt met elkaar vieren? Bij elkaar zitten rondom een berg cadeaus, die ik ineens niet meer kan betalen? Gaan we gedichten schrijven en lachen om elkaars vileine rijmelarijen? Het klinkt als iets volstrekt onmogelijks en tegelijk weet ik dat het zal gebeuren, alsof het de normaalste zaak van de wereld is. Ik zal een grote pan erwtensoep maken, en Els heeft de twee ons borstplaat en marsepein ongetwijfeld al in haar tas zitten.

'Hoe was het?' onderbreekt ze mijn donkere gedachten en ze kijkt me vorsend aan. Ik neem een slok van de wijn en haal daarna diep adem om tijd te rekken.

'Niet zo goed,' zeg ik zacht. Ik wil de meiden dit nieuws nog even besparen.

'Ik was er al bang voor,' mompelt Els en ze slaat haar ogen neer. Zij wist het dus al. Zij wel.

'Mam, hoe lang moet dit in de oven?' vraagt Sophie en ik vertel haar dat ik geen idee heb. Ik heb nog nooit zelf gevulde speculaas gemaakt.

‘Nee,’ snibt Annabelle. ‘Het enige wat jij doet met die oven is een pizza opwarmen.’

‘Kind, zo praat je niet tegen je moeder,’ zegt Els streng. ‘Drie kwartier op honderdvijftig graden, dat is voldoende. Ik heb het koud, liefje.’ Ze legt haar magere hand op de mijne. ‘Zullen we de haard aansteken?’

We nestelen ons in de grote fauteuils in de woonkamer en ik zet met de afstandsbediening de gashaard aan. ‘Jij weet dus kennelijk meer dan ik?’

‘Nou, meer... Ik weet dat Michel wat financiële problemen had het afgelopen jaar. Zoals iedereen. Hoe groot die problemen waren, dat weet ik niet. Ik heb hem helaas niet echt kunnen helpen. Ik red het net met mijn pensioen. Mijn aandelenportefeuille is ook zo goed als niets meer waard...’

‘Hij heeft ons onterfd.’

‘Wat? Dat kan helemaal niet!’

‘Dat kan blijkbaar wel.’

We zwijgen een ogenblik en staren in de vlammen. Els neemt een flinke slok wijn.

‘Hij heeft dit gedaan om ons heel veel financiële ellende te besparen, zeggen ze. Het was een tijdelijke oplossing, formeel, niemand had gedacht dat hij zou verongelukken. Maar waar het op neerkomt is dat hij zo goed als bankroet was. Zijn executeur gaat proberen te redden wat er te redden valt van het bedrijf.’

‘Tjeetje Karen...’ Haar handen trillen. ‘Ik weet echt niet wat ik hier nu van moet denken,’ stamelt ze.

‘Ik weet wat je bedoelt,’ zeg ik.

‘Die arme jongen.’ Tranen staan in haar ogen. ‘Ik kan je helaas niks... Mijn laatste spaarcenten heb ik hem geleend, Karen. Veertigduizend. Hij zei inderdaad dat hij zijn problemen binnen het jaar opgelost zou hebben. Hij was met iets groots bezig. We hebben er nog ruzie over gehad, want twee weken nadat ik het geld had gestort, gingen jullie skiën. In Sankt Anton nota bene. Een vijfsterrenhotel. Dat vond ik niet kunnen.'

'Ik weet dat het vreemd klinkt, maar ik wist nergens van. Niet van schulden, niet van een lening... Hij riep weleens dat die geflopte talentenjacht hem tonnen per week kostte, maar als ik hem er echt naar vroeg, dan zei hij dat er niets aan de hand was. Dat zijn bedrijf daarop berekend was.'

'Kom op, Karen. Jij weet net zo goed als ik dat hij niet goed met geld om kon gaan. Logisch. Hij is een creatief. En hij houdt van uitgeven. Jullie hebben allebei je ogen gesloten voor de realiteit.'

Ik pak een van de fluwelen kussens en druk dat tegen mijn buik. Onze skivakantie naar Sankt Anton was tien maanden geleden. Vlak daarna is hij naar de notaris gegaan om ons te onterven en Ivo executeur te maken. De overbruggingsperiode is al lang en breed voorbij.

'En nu?' vraagt Els.

'Nu moet ik dit huis verkopen. En op zoek naar een vaste baan.'

'Zit er nog iets van overwaarde op het huis?' vraagt ze angstig.

'Het is te hopen,' zeg ik en ik bedenk dat ik het echt niet zou weten, zoals ik ook niet weet hoeveel hypotheek er precies op zit. Iets van negen ton. We hebben het gekocht op het hoogtepunt van de huizenmarkt.

'Gut Karen, in deze tijd...'

Ik knik en druk het kussen steviger tegen me aan.

'Ze hebben hem de dood ingejaagd,' zegt Els bitter voor zich uit.

'Wie bedoel je precies met "ze"?' vraag ik.

'Die omroepbazen. Het publiek. De bank. Weet ik veel. Die hele schijnwereld. Toen hij bij me kwam... hij was echt ten einde raad.'

'Hij kwam tenminste nog bij jou. Aan mij liet hij niets merken. Ik ben kennelijk al die jaren met een vreemde getrouwd geweest.'

'Karen, je wilde het ook niet weten. Begrijp me niet verkeerd hoor, jou valt niets te verwijten, maar je hebt hem ook buitengesloten. Ik weet dat, omdat ik dat vroeger ook met mijn man heb gedaan. Ik had mijn kind, mijn werk, mijn leven, en hij het zijne. En zolang we het oppervlakkig in evenwicht hielden, functioneerden we samen. We waren beiden als de dood om moeilijke vragen te stellen. We hadden ieder zo onze twijfels, onze verlangens, onze angsten, maar die uitspreken? Nooit. Is dat raar? Nee. De meeste echtparen leven zo fijnzinnig langs elkaar heen. Omdat het alternatief, de strijd aangaan, je losmaken van elkaar, enger lijkt.'

Ze kijkt me met een treurige blik aan. Haar woorden raken me diep. Fijnzinnig langs elkaar heen leven. Dat is wat we gedaan hebben. En ik kan niet blijven beweren dat ik van niets wist. Ik heb het gewoon weggestopt, het niet willen zien, zoals ik ook blauwe enveloppen tussen de oude kranten schuif, bankafschriften ongeopend laat en Michels iPhone en BlackBerry nog steeds in de doorzichtige politiezak op zijn bureau liggen. Alleen al bij de gedachte aan wat daarin wellicht opgeslagen zit, gaat mijn hart als een razende tekeer. Natuurlijk heb ik vragen. Maar die dirigeer ik direct naar mijn onbewuste, bang als ik ben voor de antwoorden. Want wat zeggen die over mij? Ik ben de koningin van de ontkenning. Ik ben geworden wat ik ooit verafschuwde: het vrouwtje dat met oogkleppen op haar belegen, comfortabele leven leidt. Het is tijd om daar verandering in te brengen.

# 6

De meiden liggen op bed, mijn schoonmoeder heeft haar intrek genomen in het gastenverblijf. Met de fles wijn en een glas in de hand loop ik naar Michels werkkamer, die ik na zijn dood slechts één keer heb betreden om zijn telefoons neer te leggen. De rechercheur die belast was met het onderzoek naar Michels ongeluk vertelde me dat hij enkele seconden voor hij de controle over het stuur verloor nog heeft zitten bellen. Ik vroeg hem niet met wie. Michel zat altijd te bellen.

Als ik de kamer betreed, ruik ik Michel. Een mannelijke, houtachtige geur. Ik zet het glas en de fles op zijn bureau en klik de bureaulamp aan. Op het toetsenbord van zijn Mac ligt een dun laagje stof. Ik ga zitten. Onder me zucht het leer van zijn stoel. Zijn bril ligt voor me en ik streel het zwarte hoornen montuur, ruik eraan, het is alsof hij hier naast me staat. Ik zet zijn iMac aan, waarvan ik uiteraard het wachtwoord niet weet, evenmin als de pincode van zijn twee telefoons. Ik open lades en staar naar de stapels papier en heb geen idee hoe of waar ik moet beginnen, laat staan wat ik zoek. Ik blader door zijn grote agenda en vind niets dat me verontrust, behalve het feit dat Michel zijn afspraken in zo kort mogelijke bewoordingen heeft opgeschreven. Lunch, 13, Adam WPA. Meeting, 16 DD. Er staan geen namen en geen adressen, maar die heeft hij natuurlijk allemaal in zijn telefoons. Ik sla de adressenindex open en ook daarin staan weinig gegevens. De mobiele nummers van mij en de meiden, zijn moeder, de nummers van de huisarts en de huisartsenpost, een krabbel met een onbekend nummer en bij de B een hele rij codes die ik niet kan plaatsen. MC1830. 9445 = 7657. AE1313. ZFA1355. ZK 9987. P1432. KL6776. V1003. BLA2233. HSA6068. DDA5666. En daaronder: naammama123.

Ik schenk mezelf haastig een nieuw glas in. Naam mama. Natuurlijk. De codes. Dit zijn de pincodes van al zijn rekeningen. MC, MasterCard. AE, American Express. P is privé, ZK zakelijk. ZFA, die code ken ik, dat is de alarmcode van ons huisje in Frankrijk. BLA, de code van het huis hier. Ik kan wel juichen. Hij heeft me de codes nagelaten. Het was misschien niet met die intentie, maar hij heeft het me heel makkelijk gemaakt met deze stomme actie. Leefde hij nog, dan had ik hem ongetwijfeld de les gelezen. Wie legt nou al zijn belangrijke codes naast zijn computer? Iedereen, bedenk ik tegelijkertijd. De mijne staan gewoon in mijn iPhone, waarvan de pincode 0000 is. Als mijn tas wordt gejat, kunnen ze me compleet leeghalen. Hoewel, nu niet meer. Haha.

Ik toets de meisjesnaam van mijn schoonmoeder in met 123 erachteraan en binnen enkele seconden bevind ik me in het virtuele leven van mijn man. Ik aarzel. Nee, aarzelen is een understatement. Ik ben als de dood. Dat is ook de reden waarom ik nooit in zijn telefoon durfde te kijken. Niet uit nobele principes, niet uit respect voor zijn privacy, maar uit angst voor wat ik aan zou treffen en hoe dat onze levens wellicht voorgoed zou veranderen. Toen ik achter zijn verhouding kwam, twee jaar geleden, was dat puur toeval. Ik stond te koken, hij zat aan de keukentafel Sophie te overhoren. Zijn iPhone stond in de soundbox op het aanrecht en speelde 'Try a Little Tenderness' van Otis Redding, een van mijn favoriete nummers. Ik wilde hem alleen maar harder zetten, toen het berichtje binnenkwam. Zonder belletje of trillertje, dat had hij er natuurlijk met opzet allemaal afgehaald.

*Het was weer hemels lieveling. Nu* MISSEN. X

Nu ik eraan terugdenk voel ik opnieuw mijn bloed bevriezen. Ik nam zijn telefoon onmiddellijk uit de soundbox en stopte hem in de achterzak van mijn spijkerboek. Michel en Sophie keken me verwonderd aan. 'Zo', zei ik. 'Het is beter te leren zonder muziek.'

Ik trok me terug op het toilet en opende zijn inbox. Daarin vond ik niets schokkends, behalve dat berichtje van ene Janine van Dam. Hij had alle voorgaande berichten gewist. En juist dat verontrustte me het meest. Ik haatte hem op dat moment, zo diep en intens dat ik hem met een pan voor zijn kop had willen slaan. Het feit dat ik zelf ook ooit zo'n buitenechtelijke escapade had beleefd, nota bene met een van zijn beste vrienden, hield ik buiten beschouwing. Daar, zittend op de pot, belde ik het wicht. Ze nam op met een verheugd kinderstemmetje: 'Liefje!'

'Ik ben je liefje niet,' antwoordde ik. 'Ik ben de vrouw van je liefje. En ik raad je aan mijn man met rust te laten.' Waarna ik de iPhone in de plee gooide.

Ik klik het icoon van de mail aan en staar naar de eindeloze sliert spam die binnenstroomt. In de zoekbalk typ ik Janine van Dam en ja hoor, daar is ze, gevonden in de prullenmand die hij kennelijk al twee jaar niet geleegd heeft. Slordig. Het eerste bericht in de lange rij en overduidelijk het laatste dat hij haar stuurde, met als onderwerp 'nummer', is verstuurd op 5 mei 2010.

*Je nummer heb ik moeten wissen nadat mijn vrouw je sms'jes vond. Sms van het soort 'ons leven samen kan zo schitterend zijn', dan weet je het wel. Mijn tegenwerpingen dat de berichtjes lyrisch-verhevigde weergaven van de realiteit waren mochten niet baten. Ze gelooft inmiddels dat er nooit iets fysieks tussen ons is gebeurd gelukkig, dus dat scheelt, maar mijn beweringen dat we het eigenlijk alleen over de kunst van het leven en de levende kunst hadden werden duidelijk niet helemaal geloofd. En dus moet het stof even settelen, zoals dat heet.*

*In de tussentijd vrees ik dat mijn telefoon en mailbox regelmatig gecontroleerd gaan worden, dus vlammende commentaren graag tijdens kantooruren en naar kantooradres :-)*

*En verder...*
*Hoe is het met je? Vast een stuk beter dan met mij.*
*Met kus*

Het kolkende verdriet dat zich ophoudt rond mijn maagstreek breekt door bij het lezen van zijn mail. Tranen stromen langs mijn kin. Het is alsof ik hem hoor. De toon van de tekst, de zorgvuldig gekozen woorden, de bittere ironie die erin doorklinkt, alsook de kille zakelijkheid en de leugens. Ik lees de mail steeds opnieuw en vloek. Niet uit woede, maar van pijn en spijt om de loop die ons leven genomen heeft. Ik dacht hem door en door te kennen. Alles van hem te weten. We hebben weleens over scheiden gesproken, maar steeds weer vonden we elkaar en realiseerden we ons dat we dit nooit met een ander zouden opbouwen. Scheiden kan altijd nog. Dat is echt de allerlaatste optie, zei Michel dan. Nu blijkt dat we allang gescheiden waren.

Niet van tafel en bed, maar van hart en geest. Andersom was beter geweest.

Ik wis het bericht en alle andere. Het is ondraaglijk ze te lezen en het heeft geen zin mezelf hiermee te kastijden. En misschien is zij niet de enige geweest. Ik keer terug naar zijn inbox nadat ik mezelf opnieuw heb bijgeschonken en scrol naar beneden, op zoek naar vrouwelijke afzenders met dubieuze onderwerpen, maar ik vind er geen meer. Kennelijk had hij met Janine zijn lesje geleerd. Alles via de kantoormail.

Mijn wangen gloeien. Ik probeer het beeld van Michel boven op een andere vrouw te onderdrukken, maar het lukt niet. De andere vrouw. Een stuk jonger dan ik natuurlijk. En strakker. Vrolijk en onbevangen. Een vrouw die gelooft dat zij hem gelukkiger kan maken, dat wat ze voelt echte liefde is. Echte liefde. Zie dat maar eens vol te houden, jaar in jaar uit. Voor die uitdaging heeft zij nog niet gestaan. Zij kent de geur van zijn sokken niet, de remsporen die hij voor een ander achterlaat in het toilet. Naast haar ligt hij niet te snurken, ze weet niks van zijn rituelen, zijn neiging zich terug te trekken, zijn irritante betweterigheid vindt zij grappig. God, ik haat haar. Misschien was ze in de kerk. Misschien waren ze allemaal in de kerk. Tientallen snikkende vrouwen die zich weduwe voelen. Had een van hen dan verdomme failliet achtergelaten! Ik haal uit en gooi in een woedende beweging mijn halfvolle glas tegen zijn beeldscherm. Daarna sta ik op en smijt de stoel opzij. Het lucht nauwelijks op. Ik maai met mijn arm zijn bureau leeg en dan trap ik tegen het notenhouten blad. Ik trap en ik val, waarna ik opsta en nog een keer schop, zo hard dat ik het bureau hoor kraken. Ik sta klaar om weer uit te halen, mijn hele lijf zindert en trilt, ik lijk me niet meer te kunnen beheersen, ik wil door, ik zal dit hele hok slopen, in mijn fantasie heb ik dat al vaker gedaan, als Michel weer eens tot diep in de nacht zat te werken. Werken, mijn reet. Ik schop en ik schop en ik schop tegen de krakende houten laden, totdat een slaperig 'Mam, tjeesus, wat doe je?' me uit de agressieve roes haalt. Ik kijk om en zie in het licht van de deur mijn jongste staan in haar babyblauwe flanellen pyjama.

'Eh, niks,' stamel ik uit puur automatisme. Je problemen en angsten altijd ontkennen tegenover je kinderen, anders maak je ze maar bang om niks. Zo hebben wij moeders het geleerd. We deinzen beiden van schrik achteruit als een lade met een hevige klap uit het bureau dondert.

'Ben je aan het doorslaan of zo?' vraagt Sophie en ze kijkt me daarbij achterdochtig aan. Ik grinnik stupide.

'Mam? Je bent straal!'

Ik loop naar haar toe en wil een arm om haar heen slaan. Nors doet ze een stap naar achteren. 'Ik weet niet, hoor...'

'Sorry kindje, ik wilde je niet wakker maken...'

'Ik denk dat de hele buurt wakker is. Zou me niks verbazen als oma de politie heeft gebeld.'

'O, lieverd... je moet je geen zorgen maken. Ik was gewoon... verdrietig. Boos. Het werd me allemaal even te veel.' Ik reik naar haar hand en durf haar nauwelijks aan te kijken. Hoewel ik dronken ben, weet ik hoe belachelijk ik eruit moet zien.

'Get a grip...' mompelt ze. Ik zie walging in haar ogen. Dan draait ze zich om. 'Ik ga weer slapen, en dat zou jij ook moeten doen.'

'Sophietje...' roep ik haar na. 'Liefje, het spijt me.' Tranen springen in mijn ogen. 'We praten er morgen over. Dat moeten we doen. Morgen. Praten. Ik wil heel graag...'

'Ja ja, whatever,' hoor ik haar zeggen.

Ik kijk om naar de puinhoop die ik heb aangericht en

loop naar het bureau, waaronder een smalle lade bungelt aan het slotje. In één beweging trek ik hem los. Er valt van alles uit. 'De hond, de vuile hond,' zeg ik in mezelf. Op de grond liggen een sleutel, een witte envelop en een glanzend gouden doosje. Ik open het met bevende handen. Erin ligt een spiegeltje, een Gilette-mesje, een soort pijpje, een heel klein theelepelachtig iets en een envelopje. Ik vouw het envelopje open en vind een drietal pakjes van aluminiumfolie. Een van die pakjes neem ik eruit. Ik weet wat het is en als ik het pakje doormidden scheur wordt mijn vermoeden bevestigd. Wit korrelig poeder valt in mijn schoot. Ik dip mijn vinger erin en proef het. Het bittere goed verdooft mijn tong onmiddellijk. De klootzak.

Ik werk de hele nacht door. Leg al zijn papieren op stapels, ingedeeld op zakelijk, huishouden, privé, weet niet. Ik laad zijn telefoons op, ga nogmaals door zijn agenda, van dag tot dag, en vind niks, ik schud al zijn boeken uit zijn grote boekenkast uit en vind vijfhonderd euro, die hij had verstopt in de biografie van Steve Jobs. Ik haal tientallen dozen leeg die opgeslagen stonden in de kelder onder zijn werkkamer. Ik bekijk zijn oude schoolrapporten, de brieven die we elkaar schreven toen we elkaar net kenden en hij stage liep in New York, brieven vol hunkering en verlangen, de ontslagbrieven van het ziekenhuis na de geboortes van Sophie en Annabelle, zijn babydagboek, een stapel oude platen, bewaarde concertkaartjes van Bruce Springsteen en David Bowie, zijn afstudeerscriptie, een aantal jaargangen van de OOR en zijn oude leren pilotenjack, het jack dat hij droeg toen ik verliefd op hem werd. Ik druk mijn neus erin en ruik door de mufheid heen nog steeds de vage tabaksgeur gecombineerd met patchouli. In de kast onder de trap naar zijn kelder vind ik zakken vol wintersportkleren van de kinderen en zijn clowneske ski-overalls uit de jaren tachtig, een doos oude schoenen en een kapotte leren koffer met daarin zijn studieboeken, een paar fotoalbums uit zijn studententijd en een schoenendoos vol foto's, briefjes en kaarten van lang vergeten vrienden en vooral vriendinnen. Wat heeft die man ongelooflijk veel bewaard. Mijn oude zooi lag bij mijn moeder op zolder en dat hebben we allemaal zonder al te veel emotie vernietigd na de verkoop van haar huis. Nu ik zijn verzameld verleden bekijk, heb ik daar spijt van. Wanneer ik de koffer uit de trapkast sleep, sniffend van het stof, hoor ik een plank klapperen. Er zit geen licht in de kast en dus schijn ik met de flashlight van mijn iPhone naar binnen. In de bodem van de kast zit een metalen vierkantje met een ring. Ik kan me niet herinneren dat dit er ooit zat. Ik trek aan de ring, maar het luik gaat niet open. Dan zie ik het sleutelgat. De sleutel, denk ik, de sleutel uit de la. Ik haast me de keldertrap op, ren zijn werkkamer in en gris de sleutel van zijn bureau. Tot enkele uren geleden wilde ik het liefst niets weten, nu alles. Na ruim twintig jaar samenleven ontdek ik dat ik met een wildvreemde getrouwd was. Het is alsof mijn leven voor zijn dood niet bestaan heeft, of dat alles een leugen was, een droom waaruit ik ontwaak in een nachtmerrie.

De sleutel past. Zorgvuldig verstopt, maar niet berekend op zijn dood en mijn woede. Ik trek het luik open en zie in het schijnsel van mijn flashlight enkele verhuisdekens liggen. Nog meer troep, denk ik eerst. Ik trek de dekens weg en zie het glanzende folie van isolatiemateriaal. Ook dat ruk ik eruit. Daaronder een donkerblauwe sporttas. Ik trek de rits open. Richt mijn flashlight erop. De tas is gevuld met bundels 200 eurobiljetten.

# 7

In de kelder van mijn overleden man ligt negenhonderdduizend euro aan contanten. Ik heb het geteld. Het werd licht toen ik klaar was.

Ik heb er slechts één briefje van gepakt. Om sinterklaascadeaus van te kopen. En dat briefje jeukt onaangenaam in mijn zak. Ik kon het niet laten. In de vroege ochtend vond ik nog dat ik er recht op had. De vijfhonderd euro uit het boek heb ik aan de werkster gegeven omdat ik haar heb moeten ontslaan. Nu ik hier loop, vermoeid van een nacht zonder slaap, door de winkelstraten van Laren, voelt het alsof ik iemand heb bestolen. Maar wat moet ik dan? Onze gezamenlijke rekening is leeg, Michels bankrekeningen zijn geblokkeerd, al ons spaargeld is weg. Wat moet ik doen met al dat geld? Hoe komt Michel eraan? Is het wel van hem? Waarom heeft hij mij nooit in vertrouwen genomen? Waar was die lul allemaal mee bezig? En hoe kan hij zijn gezin dit aandoen? Ons zo in de kou zetten? Hebben we zo weinig voor hem betekend? Zoveel vragen, ik ben er duizelig van. Maar één ding is zeker, dat geld moet zo snel mogelijk mijn huis uit.

Bij de ING-bank laat een medewerker me de verschillende mogelijkheden zien. Ik krijg koffie en de man put zich nogmaals uit in verontschuldigingen over de gang van zaken. Het zijn helaas zulke moeilijke tijden voor iedereen, het is ongelooflijk wat zij dagelijks voor ellende zien. Ik zit, nip van mijn koffie en vraag of ik een kluis kan huren. Hij kijkt me verheugd aan, blij dat hij eindelijk eens niet 'Nee, helaas,' tegen me hoeft te zeggen. 'Ja, mevrouw Brouwers, die verhuren wij. Nu moet ik erbij zeggen dat nagenoeg alle kluizen bij ons vol zitten, maar uw man had hier ook een kluis en bij mijn weten is die onlangs opgezegd.'

'Opgezegd? Door wie?'

'Door de executeur. Hij heeft ook de inhoud, eh, opgehaald.'

Ivo.

'Echter,' vervolgt de man, 'het goede nieuws is dus dat die kluis is vrijgekomen. Een grote, van een bij anderhalve meter. Betekent wel dat de huurprijs ook flink is, 360 euro per jaar, en dat wij verlangen dat uw inkomen maandelijks op uw lopende rekening hier wordt gestort.'

Inkomen, ja, daar moet ik godverdomme ook nog voor zorgen. Van het geld dat ik verdien, gaan wij niet rondkomen. En de afgelopen maand heb ik niets gedaan, dus ook niets verdiend.

Er ligt negen ton in mijn kelder. Ik zou het bij de politie moeten aangeven. Tegen Ivo moeten zeggen. Maar het geld gaat die kluis in en ik wacht gewoon. Maanden, jaren desnoods. Als niemand erom komt, is het van mij.

'Heeft u enig idee wat er in mijn mans kluis zat?' vraag ik.

'Nee mevrouw, dat is de privacy van de klant, het spijt me.'

Als ik mijn tuinpad oprijd, schemert het al. Het huis is donker. Wanneer ik uit mijn auto stap, schrik ik van voetstappen achter me. Ik draai me om en kijk recht in de glimmende smoel van Ivo.

'Niet schrikken! Sorry! Ik kwam alleen maar even dit afleveren,' zegt hij en hij knikt naar de grote mand vol pakjes die hij in zijn armen houdt.

'Ik hoef jouw cadeautjes niet,' antwoord ik terwijl ik de tassen uit de auto til.

'Ik zet ze gewoon hier neer, en dan kijk je zelf maar wat je ermee doet. Is toch leuk voor die meiden. Het is al zo'n rottijd...'

Hij zet de mand neer bij mijn voordeur en komt kreunend overeind. 'Kloterug...' mompelt hij.

'Ik zit niet te wachten op dit soort liefdadigheid. Ik heb liever dat je me gewoon de waarheid vertelt,' zeg ik. 'Hoe kan het zo slecht met hem gegaan zijn dat hij zich uitgerekend tot jou heeft gewend? Hij wilde jullie nooit meer zien, niets meer met jullie te maken hebben... We zijn verhuisd, hebben een nieuw leven opgebouwd...'

Hij tast in de binnenzak van zijn wollen jas en haalt er een sigaar uit. 'Ach Karen,' zegt hij terwijl hij de sigaar tussen zijn lippen stopt en hem aansteekt, 'we hebben destijds allemaal ons lesje geleerd. We waren jong, we hadden kleine kinderen, geld als water... Er leken geen grenzen te bestaan, niet voor ons, we voelden ons toch uitverkorenen? En we zijn ervoor gestraft. Big time. Maar op een gegeven moment gaat het leven door, Karen. Moet je elkaar vergeven. Als iemand dat weet, ben ik het wel. Ik heb mijn vrouw verloren. Michel kon geen kant op. En hij wist precies wie hem het beste kon helpen.'

Ik zet de tassen voor me op het grind. 'Waarom heeft hij mij daar niets over verteld?'

Ivo zucht. 'Vermoedelijk omdat hij geen zin had in gezeik. Ik heb meer klanten die niet aan hun vrouw durven vertellen hoe slecht de zaken ervoor staan,' vervolgt hij. 'Heeft met het mannelijk ego te maken, denk ik.'

'Het voelt alsof ons hele huwelijk, ons leven een grote leugen was...'

Ivo strijkt met zijn hand over zijn grote kale kop. 'Ik weet het, Karen. Ik ben ook bedrogen. Probeer, hoe moeilijk het ook is, er niet in te blijven hangen. Ga door met je leven. Zie ook de mooie kanten van hem.' Zo ken ik Ivo weer. De accountant die zodra het over gevoel gaat in clichés begint te spreken.

'Hij is... hij was een mens, een man en hij heeft fouten gemaakt. Zoals wij allemaal. Jij ook. Vergeef het hem, ook voor jezelf, je kunt jezelf gek maken van woede en dat is zonde. Het is de toekomst die telt. Jij moet door, met die twee meiden. Je kunt alles in je eentje doen, verbitterd en zwelgend in de slachtofferrol, of je kunt de hand pakken die je aangereikt wordt.'

'En die hand is van jou?'

'Misschien.'

We zwijgen even. Ik zoek in mijn jaszak naar de huissleutels.

'Nou,' zegt Ivo, 'ik denk dat ik maar weer eens ga...'

'Ja,' zeg ik. 'Dan ga ik nu naar binnen...'

Hij pakt me bij mijn schouders en geeft me een onhandige zoen op mijn wang. Ik onderdruk de neiging even mijn hoofd op zijn schouder te leggen en loop naar mijn voordeur. Op het bordes draai ik me nog een keer om.

'Ivo,' vraag ik. 'Was Michel aan de coke?'

Ivo speelt met zijn autosleutel en kijkt me niet aan.

'Dat was een van onze grootste zorgen, ja...' zegt hij zacht.

'Is hij daarom zo in de problemen geraakt?'

'Het heeft de hele zaak niet veel goed gedaan.'

'Hoe kan het dat hij dit zo goed voor mij verborgen heeft weten te houden?'

'Jij hebt niks misdaan, Karen. Je hebt hem gewoon vertrouwd. En in die tv-wereld is het bijna vreemd als je geen coke gebruikt, dus verwijt jezelf niets, alsjeblieft.'

Ik schud mijn hoofd en steek de sleutel in het slot.

'Heb een mooie avond. En bel me als er iets is. Doe dat nou gewoon,' roept hij, terwijl hij wegloopt en zijn hand opsteekt.

## 8

Ik schrik wakker uit een droom waarin ik over een lange brug ren met een tas geld in mijn hand. De lakens zijn klam van mijn zweet. Mijn hart roffelt in mijn borstkas. De wekker geeft aan dat het halfdrie is. Ik probeer me te herinneren wanneer ik voor het laatst gelukkig was. Hoe dat voelde. Ik kom uit bij afgelopen zomer, toen we spontaan besloten naar het strand te rijden op een zwoele zomeravond, om daar te eten met z'n vieren. We hadden mooie gesprekken met de meiden en Michel was voor het eerst in maanden op zijn gemak. Ik weet nog dat ik dacht: er moet iets leuks gebeurd zijn op de zaak, dat hij zo relaxed en blij is. Na het eten, terwijl we terugliepen met onze blote voeten in het warme zand, sloeg hij een arm om me heen. Het ontroerde me, dit onverwachte gebaar van intimiteit, en ik moest op mijn tong bijten om het er gewoon bij te laten, om het niet te verpesten met vragen. We vreeën ook die nacht, heel rustig en vertrouwd, alsof het niet maanden geleden was dat we dat voor het laatst gedaan hadden. Hij viel in slaap met een arm en een been over me heen. Ik lag daar, klaarwakker, in de armen van mijn man zo gelukkig te zijn dat ik weigerde te slapen, om zo lang mogelijk te genieten van zijn lijfelijkheid.

Ik stap uit bed, steek mijn voeten in mijn sloffen en trek

mijn ochtendjas aan. Daarna slof ik de trap af naar de keuken, en pak een sigaret uit het pakje dat ik verstopt heb in de grote blauwe vaas op de schouw. Geheime verslavingen, mijn gezin kent er nogal wat. Ik loop naar Michels werkkamer en ga zitten op de bank voor zijn boekenkast. De kamer ligt er nog net zo bij als ik hem vanochtend heb achtergelaten. Een in elkaar gezakt bureau, stapels papier op de grond, zijn computer op de koffietafel voor me. In de fles die op het bijzettafeltje staat, zit nog een restje wijn en dat schenk ik in het glas dat ernaast staat. Ik klik op de spatiebalk van het toetsenbord en het scherm van de computer licht op. Het wachtwoord weet ik. Daarna open ik zijn Facebookpagina. Zijn account staat open. Ik ga naar zijn berichten en zie een eindeloze rij namen en profielfoto's van mensen die ik niet ken. Ik bekijk ze een voor een, mijn drang naar zelfkastijding kent geen grenzen meer. Ik zoek naar een antwoord op al mijn vragen en lees alle oppervlakkige conversaties. Niet meer in de hoop hem te betrappen op nog meer ontrouw. Het is wonderlijk hoe snel het went te weten dat je man je bedroog. Nee, ik wil weten waar hij mee bezig is geweest de weken en maanden voor zijn dood. Of er misschien iemand iets zegt over de tas met geld, over drugs, over vreemde transacties. Maar behalve een flinke lijst berichten over afspraken in Zuid-Frankrijk ruim een jaar geleden in de besloten Facebookgroep Diamond Dust, vind ik niks. Ik probeer de pagina van de Facebookgroep te openen, maar die blijkt opgeheven. Daarna keer ik terug naar zijn e-mail en lees tot mijn ogen branden van vermoeidheid, maar ook daarin vind ik, behalve enkele aanmaningen, helemaal niks verdachts of opvallends.

'Doe ook niet zo naïef, stomme trut,' zeg ik tegen mezelf nadat ik het laatste slokje wijn achterover heb geslagen. Natuurlijk vind ik niks in zijn computer. Hij was niet gek.

Als er ergens iets te vinden is, dan is het in een van zijn telefoons. En daar kom ik niet in zonder pincode.

Eenmaal terug in bed vraag ik me af waarom ik zo graag wil weten wat er vooraf is gegaan aan Michels dood. Wat gaat het me opleveren? Vermoedelijk niets. Hij blijft dood. Ik blijf een enorme schuld houden. Ik zou me erbij neer moeten leggen en me focussen op de toekomst. De huizen verkopen, verhuizen, een baan zoeken die wat oplevert. Laat het los. Ook dat geld in de kelder. Geef het aan Ivo. Je man was een drugsverslaafde, hij deed dingen die drugsverslaafden nu eenmaal doen. En nu is hij dood en moet je rouwen, wonden likken, opstaan en opnieuw beginnen. Zoals al die zogenaamd sterke vrouwen in de vrouwenbladen, die vertellen dat verlies, ziekte, burn-out of faillissement uiteindelijk hun mooiste geschenk bleek, dat het hen sterker en dankbaarder heeft gemaakt. Schouders eronder. Het als een uitdaging zien. En heeft niet iedereen geheimen? Als ik plotseling doodga, vinden ze mijn sigaretten in de vaas, mijn vibrator gerold in een paar sokken in het nachtkastje, op mijn laptop een wekelijks bezoekje aan RedTube en een fetisj voor zeer exclusieve reizen. Zien ze aan mijn bankafschriften dat ik driemaandelijks naar dokter Jani ga om mijn voorhoofd glad te laten spuiten en in Facebook treffen ze een licht flirterige mailwisseling met een ex uit een ver verleden. Kleine, maar niet wereldschokkende stiekemheden. Onvergelijkbaar met het dubbelleven dat Michel erop na leek te houden. Ik kan het niet loslaten, omdat ik het eenvoudigweg niet kan geloven. Er moet meer zijn. En pas wanneer ik weet wat er werkelijk gaande was, kan ik verder. Er zit niets anders op dan de telefoons te kraken, hoe dan ook. Ik sta weer op, ga naar beneden en loop naar Michels kantoor. Daar pak ik de bronzen vogel die dienstdoet als presse-papier, en leg de BlackBerry en de iPhone op de parketvloer. Met twee ferme tikken sla ik beide telefoons kapot.

# 9

In de Apple Store op het Leidseplein lijkt niemand last te hebben van de crisis. Klanten staan gelaten in de rij om iets te mogen aanschaffen. Na twintig minuten ronddwalen in het duizelingwekkend grote pand word ik door een verkoper verwezen naar de Genius Bar, waar ik op afspraak mijn iPhone kan brengen ter reparatie. Ik trek mijn meest hulpeloze gezicht en vraag hoe lang ik moet wachten.

'Geen idee, mevrouw, het is momenteel erg druk. De meesten maken een afspraak van tevoren, via de site.'

'Maar ik kom helemaal uit het noorden...' zeg ik. Zeggen dat je uit Blaricum komt wekt meestal weinig sympathie. 'Het kan toch wel vandaag?'

'Ik hoop het voor u.'

'Misschien kun jij me helpen. Ik wil eigenlijk een nieuwe, een iPhone 5.'

Ik zie zijn ogen oplichten. Er valt iets te slijten en dat maakt hem zichtbaar behulpzamer.

'Nou, dat kan hoor. We hebben ze nu ook op voorraad.'

De jongen gaat me voor naar de tafel met iPhone-modellen.

'Wilt u een zwarte of een witte? En u kunt kiezen voor 16, 32 of 64 gigabyte.'

'Jeetje, wat een keuzes. Ik wil sowieso een witte. En die gigabyte, wat maakt het uit?'

'Tja, het hangt ervan af wat u van plan bent erop te zetten. Heeft u veel foto's, muziek, filmpjes, apps?'

'Ik denk het wel. Wat is veel?'

'Als u ook uw muziek en foto's erop bewaart, is 16 gig al snel te weinig. Het beste is denk ik in het midden te gaan zitten, 32 gig. Die kost 772 euro.'

Mijn god. Dat zijn bedragen die me ik me eigenlijk absoluut niet meer kan veroorloven. Maar ik heb een kleine greep in de tas gedaan voor het goede doel.

'En mijn vraag is dus of jullie alle gegevens die op deze staan,' – ik houd Michels kapotte iPhone in de lucht – 'op mijn nieuwe kunnen zetten.'

'Uiteraard. Wij synchroniseren hem voor u. Ik neem aan dat we ook uw oude simkaart overzetten?'

'Nee, ik heb een sim only gekocht bij KPN. T-Mobile heeft geen ontvangst in mijn huis, zo irritant...'

De verkoper glimlacht. Deze operatie verloopt vlekkeloos.

'Heb ik met die nieuwe simkaart eigenlijk nog wel mijn oude pincode?'

'Nee, u kunt gewoon met de fabrieksinstelling de telefoon aanzetten. Daarna kunt u de pincode zelf wijzigen.'

'Oké, en wat is dan de fabrieksinstelling?'

'Vier keer nul.'

'Haha, natuurlijk. Sorry hoor, techniek is niet mijn sterkste kant.'

De verkoper wijst me de koffiehoek waar ik kan wachten op mijn volledig nieuwe gesynchroniseerde iPhone 5.

'Mag ik van u de pincode van deze telefoon?'

Kut. Ik voel hoe het bloed naar mijn kaken stijgt. 'Nou, dat is een beetje moeilijk, die eh, die weet ik niet meer.'

De verkoper kijkt me koud aan. 'Dat is lastig. Dan kan ik niet bij de data.'

Ik leg mijn handen tegen mijn wangen, die gloeien. 'Ik weet dat het stom klinkt, maar ik ben het echt vergeten. Ik heb een ongeluk gehad, met de fiets. Vandaar ook dat-ie stuk is. Ik had niks ernstigs hoor, alleen een zware hersenschudding en daardoor... Nou ja, het doet er niet toe. Maar ik wil zo graag al die foto's terug, en mijn liedjes. Ik houd ook een dagboek bij op mijn telefoon. Wat moet ik nou doen?'

Mijn ogen worden vochtig. Ik hoef er weinig voor te doen om wanhopig over te komen. De verkoper schokt wat met zijn schouders.

'Heeft u geen back up gemaakt?'

'Ik ben niet zo technisch. Ach, en alle sms'jes van mijn kinderen. Die wil ik ook zo graag bewaren.'

'Ja, nou ja, het mag eigenlijk niet...'

'Ik begrijp het...' zeg ik zachtjes en ik strek mijn hand naar de kapotte iPhone.

'Maar we kunnen het wel. Ik ga het proberen. Wacht u hier. En ik beloof niks.'

Een klein uur later reken ik cash af. Daarna herhaal ik het hele ritueel bij KPN aan het Rokin met de BlackBerry. Mijn tranen om mijn overleden man doen de businessmanager overstag gaan. Hij zet de simkaart in de nieuwe BlackBerry waarop Michel al een paar maanden recht bleek te hebben met verlenging van zijn abonnement. Het wachtwoord wordt gereset, et voilà. Ik heb toegang tot alles wat hij voor mij verborgen hield.

Op het Leidseplein bestel ik een koffie bij café Stanislavski. Met bevende hand haal ik de gloednieuwe iPhone uit mijn tas. Als eerste open ik zijn berichten. Het laatste bericht dat hij ontving is van zijn secretaresse Diana en gaat over de rampzalig lage kijkcijfers van *May the Best Voice Win*. Daarna een berichtje van mij. *'Ik ga slapen, tot straks.'* De laatste woorden die hij van mij hoorde. Kil en ongeïnteresseerd. Verder een hele rij sms'en van onbekenden waar wat irritatie in klinkt. Kennelijk kwam Michel nogal vaak te laat of niet opdagen. Zijn laatste ongeopende whatsapp is van ene Dr. Bernard. *'Eikel. Waar ben je zo bang voor?'* Dit is het enige bericht van deze persoon, ontvangen vlak na zijn ongeluk. De rest heeft hij blijkbaar gewist. Ik zie een reeks lieve whatsappjes van onze dochters en daarna eentje van ene Diamond Dust.

*'Bel me terug. Je wilt niet dat ik het op mijn manier oplos.'*

Wat is dit? Met bevende handen bel ik. Ik krijg te horen dat dit nummer niet langer beschikbaar is.

Ik vraag de serveerster om nog een koffie en een glas water. Mijn mond is kurkdroog. Ik open zijn agenda. De afgelopen maand had hij bijna wekelijks een afspraak met Ivo. Ik ga terug naar zijn berichten en zoek op Ivo Smit. Hun uitwisseling van berichten bestaat uitsluitend uit korte teksten als *'Oké gozer!'*, *'Top! Ik ben er. Waar jij? Ik wacht'* en *'On my way'*. Nergens kan ik uit opmaken waar die besprekingen over gingen. Ik scrol steeds verder en uiteindelijk vind ik een sms'je met iets wat mij intrigeert.

'De Vogel komt ook,' schrijft Ivo en ik weet meteen wie hij hiermee bedoelt. Dat moet Simon Vogel zijn. De naam alleen al geeft me rillingen en het feit dat hij en Michel iets aan het uitvreten waren helemaal.

Ik neem een slok van de slappe koffie en staar naar de mensen om me heen. Ik heb het gevoel alsof ik onder een glazen stolp zit. Ik zie moeders en dochters, bedaagde stellen, groepjes vriendinnen, druk pratende zakenmannen, chagrijnige serveersters, allemaal mensen die gewoon hun leven leiden, in het hier en nu. Ik vraag me af of ik wel besta.

Of ik niet degene ben die dood is. Ik bekijk de e-mails van mijn dode man die ik blijkbaar nooit goed heb gekend, die ook leefde alsof ik niet bestond. De enige die me werkelijk het gevoel gaf dat hij me zag, was Simon. Ik schud mijn hoofd omdat ik niet meer wil denken aan die tijd, maar het is al te laat, daar zijn ze al, de beelden van mij en Simon halfnaakt neukend in onze oude schuur. En deze keer zonder de bijbehorende schaamte en schuld. Toen leefde ik. En hoe.

Ik steek mijn hand op en bestel een glas witte wijn. Dan zoek ik in Michels contacten naar Dr. Bernard en druk op het mobiele nummer dat erbij hoort. De telefoon gaat drie keer over.

'Met Claire,' klinkt het lijzig aan de andere kant. Een vrouwenstem.

'Ik ben op zoek naar dokter Bernard,' zeg ik. Een onderdrukt gegniffel volgt.

'Dan hebt u een verkeerd nummer gedraaid, ben ik bang.'

'Kent u Michel Brouwers?'

Een lange stilte volgt. Ik kan haar ademhaling horen.

'Ja,' zegt ze dan. 'Hij is toch die televisieproducer die verongelukt is?'

'Hij was mijn man. En u heeft hem als laatste gewhatsappt.'

Opnieuw volgt er een stilte. Ik hoor haar lopen en een deur sluiten.

'Dat klopt,' zegt ze.

'U whatsappte "Eikel, waar ben je zo bang voor?"'

'Ja.'

'Waar ging dat over?'

Ze zucht. 'Mevrouw, ik heb hierover al uitgebreid met de politie gesproken. Ik zou zo graag met rust gelaten worden.'

De politie. Waarom hebben zij me hierover niets verteld? Waarom vertelt niemand mij ooit iets?

'Dat kan. Als u mij gewoon zegt wat u daarmee bedoelde. Het is nogal een dubieuze vraag, gezien wat er daarna is gebeurd.'

'Ik hoef geen verantwoording aan u af te leggen.'

Die op niets gebaseerde vijandelijkheid. Dat kan maar een ding betekenen.

'Ik wil gewoon weten waar u mijn man van kent. Kende.'

'Van werk. Ik heb wat klussen voor hem gedaan. Ik ben visagiste.'

Ik drink van mijn witte wijn. Het zuur brandt in mijn slokdarm.

'Claire,' zeg ik. 'Waarom was mijn man een eikel, en waar was hij bang voor?'

'Ik snap dat het moeilijk voor u is, uw man is dood, u blijft achter met twee kinderen en zo, en iedereen vindt u zielig en helpt u en praat met u. Maar voor mij, voor mij is het ook heel wat. Alleen, dat mag niet. Ik moet me verstoppen achter in de kerk. Niemand die mij condoleert, mij belt...'

Hoe oud is dit kind? Die toon, haar manier van praten, dat zelfmedelijden, het is alsof ik mijn oudste dochter hoor praten. Het ratelt maar door.

'Dus als ik het goed begrijp,' onderbreek ik haar, 'had je een verhouding met mijn man. Dat geeft niks hoor, daar bel ik niet over. Iedereen had een verhouding met mijn man. Interesseert me niks...'

'U klinkt anders vrij hysterisch.'

'Ik wil gewoon weten waar hij bang voor was. Als jij zo dik met hem was, dan weet je ook dat hij nogal wat problemen had. En ik wil precies weten wat er is gebeurd. Dat hij bijvoorbeeld niet door iemand van de weg gereden is. Of misschien in een opwelling zelf een slinger aan zijn stuur heeft gegeven.'

Ik kijk om me heen. Mensen aan de andere tafels staren naar me. Mijn hoofd lijkt te koken.

'Nou, dat zou me niets verbazen,' hoor ik haar zeggen. 'Ze waren hard bezig hem eruit te werken.'

'Wie zijn ze?' vraag ik, ditmaal zachtjes.

'Ja, ik weet het ook niet precies. Ik ken al die hoge piefen niet. Hij zei het zelf. Hij zei: ik word kaltgestellt.'

Ik voel dat ik breek. Haar woorden trekken alle kracht uit me. Ik kan geen woord meer uitbrengen. Hij deelde zijn problemen met een of ander wicht. Dat is nog erger dan dat hij haar neukte.

'Maar met de vraag "waar ben je bang voor" bedoelde ik dat niet hoor,' kwaakt ze ergens in de verte door. 'Ik bedoelde onze relatie. Die had hij verbroken. Omdat hij getrouwd was en niet wilde scheiden. Good for you dus.'

Michel werd eruit gewerkt. Uit zijn eigen bedrijf. Net als Evert destijds uit zijn sportzaken. Met zijn dood begon alle ellende. We bombardeerden hem met z'n allen tot gek. En nu Michel.

'Ze hadden gezegd dat hij zijn mojo kwijt was. MTBVW was de druppel, zeg maar.'

'O. Oké,' mompel ik. 'Sorry. Ik moet nu ophangen.'

Ik druk haar weg en stop mijn telefoon in mijn tas. Ik wil weg hier. Ik wil weg van alles. Ik wil twee oxazepams, me oprollen onder het dekbed en dagenlang slapen.

Buiten is het nat en grijs. Een stevige wind jaagt de mensen naar hun huizen. Ik loop gehaast naar de parkeergarage waar mijn auto staat. Ik kan de gedachte aan Evert niet loslaten. Er zijn wonderlijke overeenkomsten tussen zijn dood en die van Michel. Ze hadden allebei zakelijk en geestelijk grote problemen. Ze werden allebei bijgestaan door Ivo. En ze kwamen allebei op een dubieuze manier om het leven. Degene die verantwoordelijk is voor Everts dood en die van zijn minnares Hanneke, zit vast. Babette. Als het aan haar had gelegen, was ik er ook niet meer geweest.

Bestrijd je angst door hem aan te gaan, zegt mijn therapeute Daphne altijd. Dus dat ga ik doen. Ik wil datgene waar ik bang voor ben. De waarheid.

# 10

De kliniek ligt als een betonnen blok in een kaal landschap. Ik parkeer mijn auto op het daartoe aangewezen terrein en stap in de gure wind. Nog even en ik sta oog in oog met de vrouw die me bijna om het leven bracht. De vrouw wier waanzinnige blik mij jaren heeft achtervolgd. Er was nogal wat therapie nodig om haar uit mijn hoofd te bannen. Het is me nooit helemaal gelukt. De angst is er altijd, sluimerend onder mijn middenrif, klaar om als ik even uit balans raak, toe te slaan.

Ik trek mijn jas dichter om me heen en loop naar het grote hek, waar ik me meld bij de portier, die uitgebreid mijn paspoort en toestemmingsbrief checkt in zijn computer. Ik probeer ondertussen door de spijlen van het hek te kijken. Ik zie af en toe iemand lopen en vraag me af of het een tbs'er is. Het zweet staat op mijn rug. Alsof ik zo dadelijk in een bad vol slangen ga stappen.

'Mevrouw Brouwers, hier zijn uw papieren weer,' zegt de portier en uit zijn mond ontsnapt een wolkje. Het is koud, maar ik heb het bloedheet.

'Wacht u hier op uw begeleidster, zij komt eraan. En u hoeft nergens bang voor te zijn hoor. Ze bijten niet. Het is hier geen *Silence of the Lambs*.' Hij grinnikt om zijn eigen grap.

Ik schrik op van het geluid dat het hek maakt bij het openschuiven. Een kleine frêle vrouw komt met ferme passen op me af gelopen en stelt zich voor als Ine Steen. Ik schud haar koude, smalle hand en zij vertelt dat ze de psychiatrisch verpleegkundige is die de leiding heeft over de vrouwenafdeling. Nadat ik ben gefouilleerd bij de ingang volg ik haar verder naar binnen, door de kille gangen en schuifdeuren van het gebouw, dat iets weg heeft van een Amerikaans motel.

'De meesten zijn op dit moment aan het werk, of bij de therapie,' vertelt ze, 'maar mevrouw Struyk komt zo direct naar de bezoekersruimte.'

'Hoe is ze?' vraag ik. Ine Steen kijkt me professioneel glimlachend aan.

'Het gaat goed met haar. Ze is een zeer coöperatieve patiënt. Op de afdeling is iedereen dol op haar.'

'Krijgt ze vaak bezoek?'

'Niet heel vaak. Haar kinderen komen af en toe, soms iemand van haar familie. U bent een slachtoffer van haar, toch?'

Ik bloos. Alsof het iets is om me voor te schamen.

'Zeker op aanraden van uw psychotherapeut, dat u hier bent?'

'Nou nee, uit mezelf...'

'Ah, oké. Het gebeurt heel vaak dat slachtoffers langskomen. En wij stimuleren dat ook. Het is erg goed voor het verwerkingsproces, maar ook voor de genezing van onze patiënten. Ze kunnen hun berouw tonen, hun gevoelens toetsen. Het is in ieder geval een mooie stap richting vergeving en het helpt om het verleden achter je te laten.'

Het verleden achter me laten. Ik heb er alles aan gedaan. Maar mijn verleden tackelt me alsnog.

De bezoekersruimte is zoals alle andere bezoekers- en wachtruimtes. Ongezellige witte tafels, stoelen waarvan de bekleding kriebelt aan je benen en een zielloze speelhoek, badend in het onverbiddelijke licht van de spaarlampen. Van de droge warme lucht die er hangt krijg ik meteen hoofdpijn. Ik ga zitten aan een van de tafels en glimlach ongemakkelijk naar de bewaker, die er niet uitziet als een bewaker, maar als een man die zomaar toevallig zit te mijmeren naast de deur. Ik vraag me af wat hij onder zijn opzichtige vrolijke trui draagt. Een wapen? Handboeien? Een heel arsenaal aan verdovingsspuiten? Ine vraagt me wat ik wil drinken. Ik antwoord: 'Koffie graag. Zwart met suiker.'

Ze loopt weg en daar zit ik dan, te wachten op een vrouw die ik tien jaar geleden voor het laatst zag in de rechtszaal, toen ze veroordeeld werd tot drie jaar gevangenis en daarna tbs. De vrouw die geprobeerd heeft mij te vermoorden op een hotelkamer in een Van der Valk-hotel te Akersloot, nadat ze eerst haar man en daarna mijn beste vriendin om het leven had gebracht. Ik heb haar regelmatig teruggezien in de nachtmerries die ik sindsdien heb. Hoe ze boven op me zat, een waanzinnige blik in haar ogen. En ik onder haar, verlamd door de pijn. Babette, die zo mooi kon huilen, die het lijden tot kunst had verheven, die met haar zogenaamde hulpeloosheid alle mannen had weten te verleiden.

Daar staat ze, in de deuropening naast Ine, die twee papieren bekers koffie in haar handen houdt. Ik herken haar onmiddellijk, hoewel ze duidelijk ouder en dikker is dan toen en haar lange haren niet meer lichtblond, maar vaal peper-en-zoutkleurig zijn. Ze draagt een donkerpaarse sweater en een strakke spijkerbroek. Ze loopt op me af, statig en ontspannen, zoals ik me haar herinner, met trage, gecontroleerde bewegingen. Imponerend en mooi. Een dodelijke combinatie met haar borderline en narcistische persoonlijkheidsstoornis.

'O, Karen,' zegt ze en ze spreidt haar armen. 'Dat jij me op komt zoeken... Ik kan je niet zeggen hoeveel het voor me betekent.'

Ik laat me kussen op beide wangen. Voel de warmte van haar huid. Ze ruikt naar bouillon.

'Voor we gaan zitten wil ik zeggen hoeveel spijt ik heb van alles. Iedere dag. Mijn ziekte...'

Ze pauzeert even en slaat haar ogen neer. 'Mijn ziekte heeft zoveel kapot gemaakt. Dat je weet dat ik me dat realiseer.' Ze neemt mijn hand tussen de hare. 'En ook wil ik je condoleren met je verlies. Ik vind het zo afschuwelijk. En zijn dood heeft zoveel bij me losgemaakt. Het heeft me echt een paar dagen teruggeworpen...'

'Dank je wel...' zeg ik en ik doe een stap achteruit.

Babette pakt een stoel en gaat zitten.

'Jullie hebben een uurtje,' zegt Ine en ze neemt plaats in de stoel aan de andere kant van de deur. Ik ben in ieder geval veilig.

'Vertel,' begint Babette, 'hoe is het?'

Ik schraap mijn keel. ' Het gaat,' antwoord ik. 'Of eigenlijk, het gaat slecht.'

'Dat snap ik...' zegt ze. Ze legt haar handen om de beker koffie en kijkt me meelevend aan. Even heb ik het gevoel dat ik hier de patiënt ben.

'En de meiden, hoe is het met hen?'

'Goed, naar omstandigheden uiteraard. Ze zijn heel verdrietig, maar je weet hoe het is, hun leven gaat ook door. Met school, hockey en feestjes.'

'Heb je een foto?'

Ik knik en haal mijn portemonnee uit mijn tas. Daaruit pak ik de foto van mijn stralende meiden voor ons huis in

Zuid-Frankrijk en schuif die over tafel.

'Hier zijn mijn jongens,' zegt ze en ze haalt een foto uit de achterzak van haar spijkerbroek. We bekijken elkaars kinderen, die we tien jaar niet gezien hebben en die we ons herinneren als klein en druk. Beau en Luuk, haar zoons, woonden na de brand en de dood van hun vader weken bij ons in huis. Nu zit ik te staren naar twee bijna volwassen kerels, groot, breed en met borstelig blond haar.

'Ze zien er goed uit,' zeg ik.

'De jouwe ook. Wat een kanjers. Beau en Luuk doen allebei vwo. Niet te geloven toch?'

Ik glimlach en slik mijn ontroering weg. Het is inderdaad niet te geloven. Twee jongens die zoveel ellende hebben meegemaakt.

'Ze wonen bij Everts halfbroer en zijn vrouw. Fantastische mensen.'

'In Bergen?'

'Ja. In ons oude dorp. Beau doet examen dit jaar.'

'Annabelle ook. Vwo.'

'Niet te geloven...' zegt ze zacht.

Even is het alsof we niet in een tbs-kliniek zitten, maar in een cafeetje herinneringen ophalen. Twee moeders die liefdevol en trots elkaars kinderen bespreken.

'Simon helpt ze.' Ze kijkt me aan en in haar ogen denk ik triomf te zien.

'Heb je nog steeds contact met hem?'

Ze knikt. 'Jezus, wat heb ik trek in een sigaret...' Ze staat op en richt zich tot Ine, die in een tijdschrift zit te bladeren. 'Ine, mogen we niet even een rondje lopen? Kan ik roken...'

'Ja, natuurlijk.' Ine komt overeind en gebaart naar de bewaker dat hij de deur naar buiten moet openen.

'Wat moet je anders hier,' zegt Babette als we buiten staan, op een veldje omheind door rasterhekken. Ze steekt een sigaret op en biedt mij er een aan. Ik pak hem aan en krijg van haar een vuurtje.

'Ja, Simon, hij belt weleens, en één keer per jaar komt hij langs. Om te praten over de jongens. En de zaak. Hij is bewindvoerder, tot Beau en Luuk achtentwintig zijn. Zo wilde Evert het.'

Ik ril en het roken maakt me licht in mijn hoofd.

'Ivo is bewindvoerder van Michels nalatenschap...' zeg ik.

'Dat verbaast me niets. Die twee hebben overal een vinger in de pap.'

'Nou, mij verbaasde het zeer. Ik heb hen tien jaar niet gezien. Michel en ik lieten de eetclub achter ons, we begonnen opnieuw...'

'Je kunt de eetclub niet achter je laten,' mompelt Babette. Ze staat stil en staart langs me heen. 'Het is de Brotherhood.'

'En wat is precies de Brotherhood?'

'Weet je, ik ben ervan overtuigd dat het beter is al die dingen niet te weten. Zodra je het weet, gaat alles fout. Kijk naar mij. Kijk naar Hanneke.'

Ik kijk haar aan en vraag me af of ze niet nog steeds stapelgek is. 'Volgens mij heb jij er destijds voor gezorgd dat alles fout is gegaan...'

Het klinkt scherper dan ik wil.

'Ze kunnen je gek maken. Ze kunnen je doden. Ze kunnen je zo gek maken dat je niets liever wilt dan sterven. Ze weten alles van je. Dus ook op welke knoppen ze moeten drukken om jou hele gekke dingen te laten doen.'

'Babette...'

'Nee, je hebt gelijk. Ik heb Evert omgebracht. Ik had jou vast en wilde je wurgen. Daar neem ik de volledige verantwoordelijkheid voor. Dat is mijn stoornis en ik weet dat de maatschappij voorlopig nog beter af is met mij hier binnen. Maar ik heb Hanneke niet geduwd, al zal niemand dat ooit geloven. Het komt iedereen goed uit om ook dat op mijn conto te schuiven. De rotte appels moesten uit de mand. En dat klusje lieten ze aan mij over. De gestoorde.'

Ze sluit haar ogen en zucht. Ik gooi mijn peuk weg. Ik ril van de kou.

'Wat is de Brotherhood?' vraag ik nogmaals. 'Aanstellerige term, trouwens...'

'Ik weet het niet precies,' zegt ze en ze wrijft nerveus in haar handen. 'Het is mij niet verteld. Maar Evert dronk veel en liet weleens iets los. Hij kon de druk niet meer aan. Beetje bij beetje werd hij zijn eigen bedrijf uitgewerkt en hij zei weleens dat het niet meer van hem was, maar van de Brotherhood.'

Ine roept dat onze tijd om is. Babette recht haar rug en kijkt me ernstig aan. In de periode dat wij vriendinnen waren, was ieder woord dat uit haar mond kwam een leugen. Ze loog over de dood van Evert, over haar verhouding met Simon, ze was een meester in het spelen van de zielige weduwe.

'Ik snap dat je me niet gelooft. Maar je bent niet voor niets hierheen gekomen. Jij weet ook dat er nog steeds iets niet klopt. De Brotherhood heeft tien jaar later weer een leven gekost.'

We lopen samen terug naar de deur. Mijn hoofd loopt over. Babette spoort niet. Dat is een bewezen feit. Maar wat ze zegt, klinkt logisch.

'Ik heb helemaal niets meer te verliezen. Dus geef ik me over. Simon helpt mijn jongens, soit. Ik laat het toe. Zie het als wiedergutmachung. Ze gaan jou ook helpen. Let maar op. En ik zou me niet verzetten, als ik jou was. Verzet maakt je gek. Het zorgt ervoor dat je niet meer slaapt, niet meer eet, dat je ziek wordt. If you can't beat them, join them. Pak die poen. Denk alleen aan jezelf en je kinderen. Ga door met je leven en stel geen vragen. Met de vragenstellers is het niet goed afgelopen.'

'Nog één ding,' vraag ik. 'Zegt Diamond Dust jou iets?'

Ze wendt haar blik af. 'Daarmee maken ze nagelvijlen toch scherp?'

'Ik vond een sms in Michels telefoon van ene Diamond Dust. En er was ook een Facebookgroep met die naam.'

'Ik heb geen idee. Veel goeds zal het niet betekenen.'

We vegen onze voeten en stappen samen naar binnen. Ine wacht ons glimlachend op. 'Dank je wel,' zeg ik en ik steek mijn hand uit naar Babette. Ze trekt me naar zich toe en kust me naast mijn oor. 'Doe het. Laat het los. Het verleden bestaat niet,' fluistert ze.

'Eh, dames?' zegt Ine en ze neemt Babette bij de elleboog.

'Ik vond het fijn met je te spreken,' zegt Babette. 'En ik hoop dat je nog een keer langskomt.'

'Ik ook...' antwoord ik. 'Misschien doe ik dat.'

'Word gelukkig. Ook namens mij,' zegt ze en drukt een kus op mijn wang. Dan draait ze zich om, recht haar rug en loopt mee met de bewaker. Ze kijkt niet meer om.

'En?' vraagt Ine. 'Is het gegaan zoals je verwachtte?'

'Ja, ik geloof het wel... Het moet allemaal even bezinken,' antwoord ik.

'Neem de tijd, vrouw. Het is niet niks allemaal. Het gaat erom dat je deze stap hebt gezet. Met een eerste stap zet je alles in beweging. Vooruit. Dat is schitterend. Dat vertel ik mijn patiënten ook. Hoe uitzichtloos hun situatie ook is, er is altijd hoop. Als je die eerste stap maar zet.' Ine maakt een gebaar richting de deur. Mijn tijd hier zit er overduidelijk op.

Eenmaal terug in mijn auto leg ik mijn hoofd op het stuur. Boven mijn ogen beukt een hevige pijn. Dat eeuwige geleuter over loslaten, hoe vaak me dat al niet gezegd is. Door Michel, door Daphne, mijn therapeut, door de meiden, door mijn moeder. Maar hoe dan? Hoe doe je dat godverdomme? Kon ik het maar. Mijn schouders ophalen en doorgaan. Mijn gedachten op andere dingen richten. Maar ik ben geen loslater, ik ben een vastbijter. Ik heb me vastgebeten in mijn huwelijk, mijn liefde voor Michel en de kinderen, ik heb gevochten als een leeuw voor onze relatie, die ineens geheel op leugens gebaseerd blijkt te zijn. Maar nu ga ik mijn tanden zetten in die Brotherhood. Ik moet het weten. Ik laat me niet als vrouwtje met een bonus aan de kant schuiven.

# 11

In de Albert Heijn is het druk en chaotisch. Er schalt kerstmuziek uit de boxen en de schappen zijn gevuld met kant-en-klare lekkernijen. Ik heb geen idee wat ik allemaal in die kar moet gooien. Ik wil een slaappil en in bed liggen met een kussen over mijn hoofd. Iedere dag die gang door de supermarkt is een kwelling. Mensen die je meewarig aanstaren. Je hoort ze tegen elkaar zeggen: Aggut. Die arme vrouw. Zo vlak voor de feestdagen weduwe worden. Het is wat. Zo zie je maar, geniet van iedere dag. Het leven is kort. Het kan elk moment anders zijn.

Hoe ze opzijdeinzen als ik aan kom lopen. Ik haat ze, de lafaards.

'Ja, en op die leeftijd vind je ook niet zo een-twee-drie een ander...' hoor ik een vrouw achter me fluisteren. Loslaten. Dit soort dingen moet ik allemaal loslaten.

Op de automatische piloot vul ik mijn kar. Melk, yoghurt, eieren. Altijd goed. Tomaten, komkommer, paprika, een zak aardappelen en spinazie. Drie biefstukken, roomboter en twee flessen rode wijn. Ik weet dat ik te veel drink, maar ermee stoppen kan ik nu nog niet. Het is mijn enige vorm van ontspanning. Ik loop langs de schappen, de blikken van de mensen negerend, en pak kaarsen, toiletpapier, drie dozen van de nieuwste wastabletten die in de bonus zijn, mueslirepen en flesjes vitaminewater voor school, en een heel gesneden maisbrood. Dan vervolg ik mijn weg naar de kassa, denkend aan Babette, voor wie deze doodgewone gang door de supermarkt definitief tot het verleden behoort. Die haar kinderen niet kan kussen voordat ze naar school gaan. Ik heb geen medelijden. Ze heeft twee mensen gedood, haar kinderen in levensgevaar gebracht. Ik zal nooit vergeten hoe ze op me zat, hoe ze ervan genoot mijn leven in haar handen te hebben. En toch, sinds ons gesprek van vanmiddag begrijp ik haar pijn. Leugens en geheimen kunnen je tot waanzin drijven.

Ik sluit aan in de rij en haal mijn telefoon uit mijn jaszak. Drie whatsappjes in de groep huishoudelijke mededelingen, waarvan ik en mijn dochters de enige leden zijn.

'Mam, die gast is hier, je weet wel, die glijer van de begrafenis waar jullie vroeger mee omgingen,' schrijft Annabelle.

'Uit Bergen. Om ons huis te bekijken,' schrijft Sophie.

'Tjeesus. Staat ons huis te koop?!?'

Ik bel meteen.

'Hoi mam, hij is alweer weg hoor. Waar ben jij?' vraagt Annabelle.

'In de Appie. Wat kwam hij doen?'

'Waarom hijg je zo?'

'Ik hijg niet. Ik sta gewoon in de rij van de kassa.'

'O, nou ja, je klinkt alsof je aan het rennen bent. Ben je stressed out?'

'Een beetje. Wat kwam hij doen?'

'Kijken naar ons huis met een of andere fatso. En nog een gast, die Engels sprak. Maar Sophie is dus helemaal over de zeik omdat jij ons niks vertelt. Pap gaat dood en jij zet meteen ons huis te koop. Waar slaat dat op?'

'Zeg, je hoeft niet zo'n toon aan te slaan...'

'Nee, jij bent lekker bezig.'

'Ik ben zo thuis, dan praten we erover.'

De caissière staart me geïrriteerd aan en vraagt luid naar mijn bonuskaart.

Ik geef haar mijn sleutelbos en steek mijn pinpas in de gleuf van het pinapparaat, waarna ik mijn code intoets.

*Pas geblokkeerd*, verschijnt er op het display.

'Hij doet het niet,' snauwt de caissière.

'Dat kan niet,' stamel ik. Ik pak mijn pas en wrijf die langs mijn jas. Probeer het nog een keer.

*Pas geblokkeerd*, staat er wederom.

'Heeft u nog een andere pas?'

Ik graai in mijn portemonnee, op zoek naar mijn zakelijke pinpas. Achter mij klinkt opstandig gezucht. Opnieuw stop ik een pas erin, ditmaal mijn zakelijke. Toets de code in.

*Saldo ontoereikend.* Tranen schieten in mijn ogen.

'Ik snap er niets van...' zeg ik zachtjes.

'Hier,' hoor ik een vrouw achter me zeggen. Ik draai me om en kijk in het gebruinde gezicht van de moeder van een van mijn dochters vriendinnen. Denise heet ze. Over haar wordt gezegd dat ze ordinair is en een drankprobleem heeft. Ze glimlacht meelevend en reikt me haar pinpas aan. 'Negen twee negen drie,' zegt ze. 'Toe maar.'

Buiten wacht ik haar op. Met trillende handen open ik het pakje Marlboro light dat ik net heb gekocht. Het interesseert me niets dat mensen me hier zien staan roken. Het interesseert me niets meer dat ik rook. Ik heb iets nodig dat me troost. Met ferme stappen komt Denise op me af gelopen, een volle kar voor zich uit duwend. 'Meid, wat een toestand,' roept ze al van een afstand. Ik glimlach alsof de schaamte allang van me is afgegleden.

'Lekker sigaretje,' zegt ze, luid en schor, en ik vraag of ze er ook een wil.

'Dat niemand nou een klein barretje begint, zo hier naast de Appie. Dat je even een koffietje kunt doen, of een roseetje...'

'We zouden nooit meer thuiskomen,' zeg ik.

Denise grinnikt en wrijft met haar hand over mijn rug. Als je net weduwe geworden bent, voelen anderen een onbedwingbare behoefte je bemoedigend aan te raken.

'Ik hoef dat geld van die boodschappen niet terug hoor,' zegt ze.

'Ik snap er niets van,' zeg ik verontschuldigend. 'Ineens weigeren al mijn passen. Maar er staat geld op mijn rekening, dat weet ik zeker.'

'Je hoeft mij niets uit te leggen. Mijn man is twee keer op de fles gegaan. Ik weet hoe het voelt.'

'Dat je zomaar je pincode door de hele Albert Heijn roept...'

'Die is iedereen alweer vergeten. Ik heb een bloedhekel aan al die aanstellerij en mooidoenerij. Ze staan zich allemaal te verlekkeren aan je ellende, maar iets doen, even helpen, ho maar. Ramptoeristen.'

Ze trekt driftig aan haar sigaret.

'Nou ja, in ieder geval ontzettend bedankt. En uiteraard betaal ik die boodschappen wel terug.'

'Niets te danken, schat. We zitten allemaal in hetzelfde schuitje. De poen is op. De party is over.'

Ze ruikt naar zure witte wijn.

'Ik ben gewoon gaan werken, weet je dat? Ik sta vijf dagen in de week kleren te verkopen aan die stomme wijven. Ik ben er trots op dat ik jou mijn pinpas kan geven. Met mijn eigen zuurverdiende centen erop.'

'Gelijk heb je,' zeg ik zacht.

'Nou meid, ik moet er helaas vandoor, het hongerige kroost wacht... Toedels!' Ze steekt haar hand op en beent verder met haar kar. Ik staar Denise na als het geluid van een whatsapp klinkt. Ik haal mijn telefoon uit mijn jaszak en lees.

*Schoonheid! Gaat het een beetje? Ben net in je huis wezen kijken, aangezien ik voor relaties iets in die contreien zoek. Doe er een ton af en ik neem het. En mocht je geïnteresseerd zijn, ik heb een appartement leegstaan waar je zo in kan tegen een kleine huur. Kus S*

# 12

Ik leg mijn klamme handen op mijn middenrif. Vluchten kan niet meer. Het liedje dringt zich op. Als vluchten niet meer kan, wat moet je dan doen? Je overgeven. Stilstaan en ondergaan. Of terugvechten. Het eerste is geen optie, blijkt wel uit de staat van oerpaniek waarin ik verkeer. Terugvechten dus. Ik drink thee en eet plichtmatig mijn yoghurt met muesli. Weduwe worden en erachter komen dat je jaren in een leugen hebt geleefd heeft in ieder geval een voordeel: je valt kilo's af. Ik kijk voor de duizendste maal naar Simons whatsapp en zie dat hij online is. Mijn hart stuitert in mijn borst. Het herinnert me aan vroeger, mijn opwinding bij het lezen van zijn sms'en destijds. Voelde het toen veelbelovend, nu is het angst. Weer terug te gaan naar dat leven, die mensen die me zo verraden hebben. Babette, Angela, Ivo, Simon, wat willen ze van me? 'If you can't beat them, join them,' zei Babette en dat is natuurlijk wat ik moet doen. Ik heb geen keuze. Ik moet het weten.

*'Hé Simon,'* typ ik in de antwoordbalk. *'Jammer dat ik je gisteren heb gemist. Misschien kunnen we even afspreken om over je voorstel te praten. Groet, Karen'*

In café Rust Wat is het warm en druk. Ik geef mijn jas aan de ober en zeg dat ik een afspraak heb met de heer Vogel.

Een grote grijns verschijnt op zijn gezicht en hij leidt me naar een tafel achterin. Simon staat op als hij me ziet. Hij drukt me als de Godfather tegen zich aan. 'Dag meissie,' zegt hij zacht.

'Dag Simon,' zeg ik en ik neem plaats op de stoel tegenover hem.

'Ik heb een heerlijk wijntje open laten trekken.'

De ober schenkt mijn glas vol.

Of het verstandig is met Simon wijn te drinken weet ik niet, maar ik heb zelden in mijn leven zoveel zin in een glas gehad als nu. We toosten en nemen dan allebei een slok.

'Dat we nu zo tegenover elkaar moeten zitten...' begint Simon. 'Echt, lieverd, het breekt mijn hart.'

'Ja,' zeg ik. 'Het is een ramp.'

'Een ramp die mij een aantal nachten flink uit mijn slaap heeft gehouden,' vervolgt hij. 'Om eerlijk te zijn al voordat hij verongelukte.'

'Ik wist van niets,' zeg ik en ik neem nog een slok.

'Ja. Dat was Michels wens. Hij schaamde zich zo, Karen. Hij wilde het alleen oplossen. En we waren goed op weg...'

'Wat voor huwelijk heb je, wanneer je je schaamt voor dit soort dingen? Als je zulke grote geheimen hebt? Dat vraag ik me iedere dag af.'

'Dat is wat verslaving kennelijk met iemand doet. Hij had voor iedereen geheimen. Hij heeft zijn hele toko geplunderd. Hij leefde in een waanwereld.'

Ik staar naar zijn gezicht, dat nog steeds even glad en blakend is als tien jaar geleden. Hij is weinig veranderd. Iets dikker, zijn donkere haren zijn nu George Clooney-grijs. Het zou me niets verbazen als hij botox doet.

'Zo eenzaam...' fluister ik.

'Afschuwelijk,' zegt hij.

'Dat niemand naar mij toe gekomen is. Dat verwijt ik

jullie. Als iemand hem had kunnen helpen, dan ben ik dat. Verdomme, we hadden hem in een kliniek moeten zetten, of wat dan ook... Het is allemaal zo zinloos. Zo pijnlijk. Zo verdrietig. En nu is gewoon alles kapot. Alles wat we hebben opgebouwd. Mijn leven... En mijn meiden, Simon, hoe moeten zij dit ooit begrijpen?'

'Ik begrijp dat je het zo ziet. Maar ik denk dat het toch belangrijk is vooruit te kijken. We krijgen hem niet terug. We kunnen wel proberen jullie weer op de rit te zetten.'

Er valt een lange stilte. Simon pakt de menukaart en zet een bril op. Hij kijkt me aan en glimlacht wanneer hij mij hetzelfde ziet doen.

'Het is niet meer tegen te houden hè?' zegt hij.

'We worden oud,' zeg ik.

'Thom is de deur al uit. Studeert rechten. Ik neem de salade met kreeft.' Hij slaat de menukaart dicht. Ik zeg dat ik hetzelfde doe. Dan staat hij op. 'Heel even naar het toilet, sorry,' zegt hij en voor hij wegloopt, knijpt hij in mijn schouder.

Ik bestel twee salades met kreeft bij de ober die onze glazen opnieuw vult. Mijn maag knort. Ik vraag mezelf hoe ik in deze situatie verzeild ben geraakt. We hebben nogal wat ondernomen om deze man uit ons leven te krijgen. Ik onderdruk de herinnering aan ons samen in het schuurtje, zijn handen die mijn billen grepen, zijn hebberige mond om mijn tepel. Maar de vragen blijven opdoemen in mijn hoofd. Hoe heb ik het toen zover laten komen? Hoe kan Michel achter mijn rug om doorgegaan zijn met de man die zijn vrouw neukte? Zou Simon ooit ook iets voor mij gevoeld hebben? Ik veeg mijn handen droog aan mijn servet. Voel ik me nog steeds aangetrokken tot hem? Nee. Ik ben eerder kwaad. Ik zou met gemak een vork in zijn oogbal kunnen steken. De gebotoxte grijns van zijn smoel willen slaan. De man die ons leven verziekt heeft. Het zou me niets verbazen als hij Michel zijn eerste lijntje heeft gegeven.

'Ik snap dat je me haat,' hoor ik achter me. Simon gaat weer zitten en neemt een flinke teug uit het glas water dat naast zijn wijn staat. 'Dat heeft Michel ook gedaan, in het begin.'

Hij lijkt nerveus. 'Maar hij had mij nodig. Zakelijk dan. We hadden grote investeringen gedaan en als we daar de stekker uit zouden trekken, dan zou zijn tent meteen aan diggelen zijn geweest. Hij heeft me geslagen en uitgescholden, en daarna zijn we gaan zitten, mano a mano. Laten we proberen de emoties erbuiten te houden, heb ik gezegd. Ik geloof nog steeds in wat je doet, ik hoef mijn investering niet terug, laten we draaien met die handel. Zodoende zijn we dus verder gegaan, hij en ik. En met groot succes in het begin, zoals je weet. En niet te vergeten, waarvan ook jij een mooi leven hebt kunnen leiden.'

'Een leven dat, naar nu blijkt, fictie was. Ik begrijp jullie mannen niet. Voor mij is een mooi leven een waarachtig leven, gevuld met liefde, waardering, oprechtheid, intimiteit. Die mooie auto, de villa, de poen, het kan me allemaal gestolen worden. Ik ben geen hoer, zoals die andere wijven.'

'Doe niet zo hypocriet, Karen. Kijk naar jezelf. Je bent zo gewend in luxe te leven dat je het niet eens meer doorhebt. Zeg nu eerlijk: het interesseerde je toch geen hol wat Michel allemaal deed in Duitsland? Wat er gaande was in zijn bedrijf? Als je echt zoveel van hem hield, en hem zo goed kende, dan had je toch gezien hoe slecht het met hem ging? Hoe vaak ben je er geweest? Nou?'

Mijn wangen gloeien. Ik staar naar mijn inmiddels weer lege glas.

'Eén keer. Bij de opening...'

'I rest my case.'

Ik bijt op de binnenkant van mijn wang. No way dat ik bij hem ga janken.

De ober brengt warm brood en zoute boter. Ik breek een stukje af en steek het in mijn mond. Simon reikt naar mijn hand, die ik vlug wegtrek.

'Lieverd, ik wil je geen pijn doen, maar we moeten wel realistisch blijven.'

Ik slik en knik. Hij heeft gelijk, hoewel ik het niet kan uitstaan. Ik heb Michel ook in de steek gelaten. En nu is hij dood. Er valt niets meer uit te praten, goed te maken, aan te pakken, op te lossen. Hij is dood en als ik me niet zo van hem had verwijderd, dan had hij nog geleefd. Ik kan iedereen de schuld geven, maar ik draag ook verantwoordelijkheid.

'Luister. Niemand heeft schuld aan zijn dood, behalve hijzelf. Hij is onder invloed in die auto gestapt, hij is honderdtachtig gaan rijden, hij wist dat het glad was. Laten we nu bespreken waarvoor we hier zitten. De toekomst. Jouw toekomst. Ik heb een voorstel.' Hij pakt de fles wijn uit de koeler en schenkt ons beiden bij.

'Een halfje,' zeg ik.

'Ik heb een klant in Kaapstad, die met zijn gezin terug wil naar Nederland. Zijn vrouw komt uit het Gooi, dus ze zoeken een huis in deze omgeving. Jouw huis is perfect voor ze. Ze hebben besloten in de kerstvakantie naar Nederland te komen, omdat dat de overgang naar een andere school voor de kinderen gemakkelijk maakt. Een nieuw jaar, nieuw begin... Ik doe dus een bod op jouw huis. Eén komma vier. Zonder voorbehoud van financiering, het kan bij wijze van spreken morgen op jullie bankrekening staan.'

'Je wilt dat ik nu mijn huis verkoop en er in de kerstvakantie uit ga? En waar moet ik dan precies heen? Ik heb niks, Simon... Dat geld gaat linea recta naar de bank. Ik houd niets over.'

'Uiteraard heb ik daar ook aan gedacht. Het beslag dat op het huis ligt is dan meteen opgeheven. Dus er zijn geen privéschulden meer.'

'Beslag? Jezus...'

Voor onze neus worden twee kreeftsalades neergezet. 'Eet u smakelijk,' zegt de ober. Simon zet enthousiast zijn vork in een stukje kreeft.

'En ik heb voor jou een appartement. Het is niet heel groot, maar wel met drie slaapkamers, twee badkamers. Mooi balkon. Boven een winkel. Helemaal turnkey, echt top. Je kunt er zo in en wat mij betreft betaal je de eerste maanden geen huur. Pas als je de boel een beetje voor elkaar hebt, laten we zeggen over drie maanden, vraag ik duizend per maand. Er is één probleem. Het is in Bergen.'

Ik prik in een kerstomaatje.

'Face your fears,' lacht hij.

Terug naar Bergen. Ergens wist ik al dat hij met zoiets zou komen. Het is zoals Babette zei: Simon zal voor je zorgen. Simon staart me afwachtend aan, met de zelfvoldane glimlach waar ik tien jaar geleden als een blok voor viel. En met mij vele anderen. Maar hij krijgt mij niet meer klein. Ik mag dan ooit een naïef kuiken zijn geweest, nu ben ik groot. Van mij gaat hij niet meer winnen. Al moet ik het met mijn leven betalen.

'Jezus Simon, Bergen. Mijn leven is hier. Dat van mijn dochters ook.'

'Weet ik. Ik zou willen dat ik je hier zoiets kon bieden. Ik heb ook wel wat in Amsterdam, maar ja, dat is de stad. Dat is helemaal een megaomslag. En kinderen zijn flexibel. Ze kennen onze jongens, de kinderen van Ivo en Angela, de jongens van Babette. Gaan allemaal heel leuk met elkaar om.'

Ik zucht.

'Je kunt het ook niet doen,' vervolgt hij. 'Dan probeer je je huis te verkopen en zoek je iets in Blaricum. Maar dan eindig je in de Bijvanck. Ik vraag me af of je dochters dat zo leuk vinden. Als je je huis al verkoopt. Dat duurt tegenwoordig ook een jaar.'

'Maar jij hebt toch zojuist een bod gedaan op mijn huis?'

Simon grinnikt. 'Yep. Onder voorwaarde dat jij er in de kerstvakantie uit bent.'

Nu is het mijn beurt om te grinniken. 'O ja. En hoe zie je mij dat doen, een heel huis leeghalen in een paar dagen? Dat krijg ik toch nooit voor elkaar?'

'Ik schakel Smit in. Zij verhuizen alles, in een dag als het moet. Pakken in, pakken uit, zetten neer, sluiten aan. En ze hebben ook een opslag, voor spullen die je niet kwijt kunt. Op mijn kosten uiteraard.'

Deze man wil mij graag onder zijn hoede hebben. Ik denk aan de tassen met geld. Zou het daarom gaan? Ik sla mijn ogen neer en frummel aan mijn servet.

'Kom gezellig weer bij ons, lieverd. De tijden zijn veranderd. We hebben allemaal geleerd. Ik heb het met Patries besproken. Zij heeft er totaal geen moeite mee. Wat er tussen ons gebeurd is, behoort tot het verleden, zij heeft dat allang verwerkt. Jij toch ook?'

Ik glimlach en haal mijn schouders op.

'Laat ons doen waar we goed in zijn, en je leven een klein stukje gemakkelijker maken, waar mogelijk. Dat zijn we je verschuldigd.'

'Weet je wel wat je van me vraagt? Heb je enig idee wat Michel en ik doorgemaakt hebben? Hoe moeilijk het is geweest om opnieuw te beginnen? De nachtmerries die ik heb gehad...'

'Ja. We hebben allemaal onze portie gehad. Denk je dat Patries gelukkig was met de situatie? Ik heb moeten vechten voor onze relatie, Karen. Ik heb jaren aan de ketting gelegen. Ivo verloor zijn vrouw. Kees en Angela zijn uit elkaar. En als je erop terugkijkt, was het kinderspel. We gedroegen ons als verveelde pubers. We zijn te jong getrouwd, namen te veel verantwoordelijkheden op onze nek. Wat wisten wij van het leven? Niks. We deden maar wat. Maar daarvoor hebben we allemaal onze prijs betaald. En nu zijn we groot. Kunnen we onze fouten rechtzetten en elkaar vergeven. En for the record: ik heb niemand vermoord. Ivo ook niet. Het enige dat ons te verwijten valt, is dat we in Babettes val zijn getrapt. Er was slechts één rotte appel, maar zij infecteerde ons allemaal.'

'En toch zorg je voor haar. En voor haar kinderen.'

'Je hebt je research goed gedaan...' zegt hij ernstig. 'Natuurlijk doe ik dat. Zo ben ik. Die jongens hebben recht op een mooie toekomst. Zij heeft recht op de beste behandeling.'

'En je voelt je schuldig, over alles wat er toen gebeurd is,' zeg ik.

'Ja,' zegt hij. 'Dat ook.'

We eten zwijgend. Ik leeg mijn derde glas witte wijn en voel geen angst meer. 'Nog een flesje bestellen lijkt me niet verstandig...' zegt Simon.

'Nee,' zeg ik.

Hij houdt de fles omhoog en gebaart naar de ober een nieuwe te brengen. Zo ken ik hem weer.

'Dus jij en Patries zijn de enigen die nog samen zijn...' zeg ik.

'Ja. Het gaat beter dan ooit. Zij heeft haar werk, dat doet haar enorm veel goed. We hebben nu een gelijkwaardiger relatie. Ze ontpopt zich tot een zeer ambitieuze vrouw. Leuk is dat.'

'Goh. En neuk je nog steeds buiten de deur?'

'Jezus Karen...'

'Nou?'

'Ik heb je net gezegd dat ik jaren aan de ketting heb gelegen.'

'Ja, en dat klinkt als verleden tijd. Bovendien lijk jij me niet de man die zich aan de ketting laat leggen.'

'My hands are clean.'

'Als mannen liegen, gaan ze ineens Engelse termen gebruiken.'

Hij lacht en krabt aan zijn neus.

'En aan hun neus krabben.' Snel haalt Simon zijn hand weg.

'Michel bedroog mij continu,' zeg ik. 'Ik hem één keer. Met jou.'

'Nou, dat was niet één keer,' lacht hij. 'Weet je, je moet het allemaal niet zo serieus nemen. Dat is jouw probleem, dat je altijd alles zo bloedserieus neemt.'

'Ik kan me vergissen, maar dat vreemdgaan van jullie heeft levens gekost.'

'O, nu is het ineens jullie?'

'Ons dan. In ieder geval heeft het ook bijna mijn leven gekost. Dan laat je het wel, in het vervolg.'

'Ja, dat was bloedserieus.'

We kijken elkaar in de ogen. Ik denk aan tien jaar geleden. De gulzigheid waarmee hij me kuste. Hoe ik niets liever wilde dan zijn pik in mij. Inmiddels ben ik bijna vergeten hoe dat voelt. Alsof ik totaal ben uitgedroogd.

'Ik doe het,' zeg ik. 'Ik weet alleen niet hoe ik het mijn dochters moet vertellen.'

'Vertel gewoon de waarheid,' zegt hij. Zijn konen zijn rood.

'Haha, dat is een grappig advies, uit jouw mond.'

Hij heft triomfantelijk zijn glas. 'Ik ben blij, Karen. Blij dat ik je van dienst kan zijn. Dankbaar dat je me een tweede kans geeft.'

Ik klink mijn glas tegen het zijne. 'Heb ik een andere keuze dan?'

'Hear hear,' zegt hij.

# II

# BERGEN

# 1

Ik herinner me de dag waarop we voor het eerst verhuisden naar Bergen. Toen was ik ziek van angst. Amsterdam verlaten voor zo'n aangeharkt dorp, ik vroeg me continu af of dat nu wel zo'n goede stap was. Vandaag, twaalf jaar later, maak ik dezelfde gang en voel ik niks. Het is bijna eng hoe weinig het me allemaal doet.

We rijden het dorp in, via de Bergerweg naar de Ruïnelaan, waar ons appartement boven een schoenenzaak wacht.

'Alles staat hier te koop,' mompelt Sophie.

'Ja, vind je het gek, wie wil hier nou wonen?' snauwt Annabelle.

'De crisis slaat ook hier hard toe,' zeg ik. We slaan af bij de rotonde.

'O, mama, kunnen we alsjeblieft niet gewoon in Blaricum blijven? Dit is zo ongelooflijk kut...'

'Ik weet het lieverds. Maar je zult zien dat je heel snel gewend bent. Dat het leuk wordt. En het is maar een half jaartje voor je, Annabelle, dan ga je studeren...'

'Alsof je dat nog kunt betalen.'

'Waarom denk je dat ik dit doe?'

'Mam, we staan achter je. Het is gewoon een moeilijke tijd. Maar dat kun je ook als uitdaging zien. Ik hou wel van nieuwe dingen,' zegt Sophie.

'Doe gewoon eens even normaal alsjeblieft,' zegt Annabelle.

'Ik doe normaal. Jij doet niet normaal.'

'Ach stik erin, braaf trutje.'

We staan voor de schoenenzaak. Achter de etalageruiten staan de prachtigste hakken uitgestald. 'O my god,' zegt Sophie.

'Nou, dat kunnen we dus ook allemaal niet meer betalen,' zegt Annabelle.

'Je weet het niet,' zeg ik, 'misschien als je een baantje zoekt...'

Ik open de deur naar het nauwe halletje, waarachter een steile trap naar boven leidt.

'Deze trap is ongeschikt voor dronkenschap,' grinnikt Annabelle terwijl we omhoog sjokken.

'Ja,' zegt Sophie, je kunt hier echt doodvallen.'

Ik denk aan mijn studententijd, toen ik ook boven een winkel woonde. Terug bij af, denk ik.

'Het stinkt hier.'

'Ik denk dat dat de lijm is van de vloerbedekking. Alles is net gerenoveerd.'

'Zo,' zeg ik als we ons nieuwe onderkomen binnenstappen. 'Nou dat valt toch best wel mee?'

'Doe niet zo nep, mam.'

We hebben een open keuken, een klein kookeiland, vloeren van eikenlaminaat. De wanden zijn witgesausd en in de hoge ramen hangen grijze vouwgordijnen. In de vensterbank staat een grote vaas met een prachtig boeket. '*Welkom thuis. Simon en Patricia, Ivo en Amanda, Kees en Janine en alle kinderen,*' staat er op het kaartje. Amanda en Janine, dat zijn kennelijk de nieuwe liefdes.

'Echt heel IKEA,' zegt Annabelle.

Ik toon ze de slaapkamers en zeg dat de kleinste voor mij is en die met eigen douche en wc voor Annabelle. 'Sophie en ik delen de badkamer op de gang.'

Sophie is, omdat ze de makkelijkste is, eigenlijk altijd de lul.

'Hier kunnen onze spullen toch nooit allemaal in?' zegt Annabelle.

'Wanneer komen die eigenlijk?' vraagt Sophie.

'Vanmiddag, met de verhuiswagen. Zij richten het hier ook helemaal in.'

'Toe maar,' zegt Annabelle. 'Doe maar luxe.'

'Leuk!' roept Sophie. 'Ik vind het tof hier mam, echt. We gaan het heel gezellig maken. Veel leuker eigenlijk, zo'n klein huis.'

'Dus die glijer laat jou hier gratis wonen?' We lopen langs de Ruïnekerk met Troel. Op het veld rond de kerk brachten onze dochters uren door met de andere kinderen, vroeger, terwijl wij ons volgoten in het café. 'En jij vindt dat niet raar?'

Ik zucht. 'Laat het maar gewoon allemaal aan mij over,' zeg ik. We stoppen bij een cafeetje dat er vroeger nog niet zat. Het terras zit vol, ondanks de kou. Onder de warmtelampen zitten de rokers, bedekt door fleecedekens. Ik snak naar een sigaret.

'Dit ziet er leuk uit,' zegt Sophie. De rokers staren ons aan.

Binnen is het behaaglijk warm en volop kerst. Alle tafels lijken bezet, er is alleen nog plek aan de grote leestafel in het midden. We hangen onze jassen over de leuningen van de stoelen en gaan zitten. Ik heb het gevoel alsof iedereen naar ons kijkt. We bestellen cappuccino bij de vlotte serveerster en dan is er ineens die stem achter me, de harde, heldere stem die ik herken uit duizenden. 'Jeetje, Karen, wat leuk!' Ik draai me om en kijk in het lachende gezicht van Angela. Zo vol en wulps als ze vroeger was, zo mager en breekbaar is ze nu. Maar haar lippen zijn nog steeds streng rood gestift. We geven elkaar drie zoenen en ik stel haar voor aan de meiden. 'O schat, ik heb zo vaak aan je gedacht,' roept ze en iedereen aan de leestafel kijkt op. Ze pakt een vrije stoel en komt naast me zitten. 'Lieverd, wat brengt je hier?'

'Je zult het niet geloven, maar we wonen hier. Sinds vandaag.'

Ze staart me ongelovig aan.

'Ja, echt!' zegt Sophie.

'Je bent gek,' zegt Angela hoofdschuddend. 'Waarom in godshemelsnaam?'

'Dat vraag ik me ook af,' voegt Annabelle er snibbig aan toe.

'Lang verhaal,' zeg ik. 'Maar hoe is het met jou?'

Ze haalt haar schouders op en haar gezicht lijkt ineen te zakken. 'Matig. Ook een lang verhaal. Kees en ik zijn gescheiden. Al een tijdje hoor. Heb je mijn kaart gehad?'

Ik knik en bedank haar daarvoor.

'Ik dacht al, ik hoor niks terug... Het is ook allemaal wat. Wie had dat gedacht hè? Dat ons leven zo zou lopen. Het houdt niet op. Evert dood, Hanneke dood, ik gescheiden, jij weduwe... Alleen Simon en Patries ontspringen de dans. Althans, tot nu toe.'

In haar grijze ogen zie ik de verbittering. Ik krijg er kippenvel van.

'Anyway, Karen, nu je hier toch woont... Zullen we binnenkort een keertje eten? Even bijkletsen? Ik heb je zoveel te vertellen.'

'Dat lijkt me leuk,' zeg ik.

We wisselen mobiele nummers uit en dan nemen we afscheid, met drie zoenen.

De cappuccino's worden gebracht en we bestellen nog drie tosti's.

'Vind je het goed als wij zo meteen even het dorp in gaan?' vraagt Annabelle.

'Tuurlijk, schatjes.'

Ik voel me ineens moe en oud en vraag me wederom af wat ik hier doe, in dit benauwde dorp, waar ik mezelf ooit verloor. Wat hoop ik hier te vinden? Antwoorden. Mijn intuïtie vertelt me dat hier in dit dorp, waar we ooit verleid werden mee te doen aan die dodelijke hedonistische dans, de waarheid over Michels dood verborgen ligt. En om greep op mijn leven te krijgen, moet ik die vinden. Pas daarna kan ik rouwen, loslaten en opnieuw beginnen.

Aan het einde van de middag, als de schemer intreedt en ik alle winkels van het dorp heb gezien zonder iets te kopen, krijg ik een bericht van de verhuizer dat alles staat en hangt en ze op punt van vertrek staan. Ik schaam me dat ik geen enkele blik op hun werk geworpen heb, maar ik kan het gewoon niet aan, te zien hoe mijn oude leven onttakeld wordt. Toen ik me nog bemiddeld waande, dacht ik dat het me niets zou doen, ineens zonder geld te zitten. Dat het niet uit zou maken, een groot of een klein huis, een dure of goedkope vakantie, brood van de bakker of van de Aldi. Nu ik de gang door het stof maak en armoede mijn noodgedwongen nieuwe lifestyle is, realiseer ik me hoezeer ik gehecht was aan mijn status. Hier terug te komen in een flatje boven een winkel voelt als een verschrikkelijke nederlaag.

In de woonkamer staat Simon met zijn handen in zijn zij uit het raam te kijken. Zijn licht gebogen rug straalt spanning uit. Troel begint tegen hem te blaffen. Ik aai het beest over haar kop om haar op te laten houden en vraag Simon wat hij hier doet.

'Wat jij hier niet doet,' antwoordt hij knorrig. 'De verhuizers opvangen en bedanken.'

'Sorry,' zeg ik. 'Ik ben een beetje van slag. Ik wilde gewoon niet zien hoe mijn huis werd leeggehaald en er met mijn spullen werd gesleept.'

'Het is allemaal goed gegaan. Het grootste deel staat in hun opslag.'

Zijn been trilt.

'Fijn,' zeg ik. Ik haal de fles rode wijn die ik onderweg heb gekocht uit de tas en trek de besteklade open. Mijn messen, vorken en lepels liggen in het gelid. Ik pak de kurkentrekker en haal het lood van de fles.

'Wil je het niet zien? Je nieuwe boudoir?'

'Ja. Eerst een glaasje.'

Ik schenk twee glazen in en geef er een aan hem.

'Vraagje,' zegt hij. 'Had Michel nog een andere werkplek, of een opslag of zoiets?'

Ik kijk hem aan en plotseling weet ik waar hij het over heeft. Hij is op zoek naar het geld. Die hele verhuizing is een farce, een smoesje om het huis te kunnen doorzoeken.

'Nee,' antwoord ik. 'Hoezo?'

'We missen een belangrijk deel van de administratie... Ingewikkeld verhaal, maar het komt erop neer dat we ernstige problemen met de belasting krijgen als we die dossiers niet terugvinden.'

'O. En daarnaar was je op zoek in mijn oude huis. Hij had een kluis bij de ING. Maar die heeft Ivo opgezegd. Ik neem dus aan dat jullie die al leeggehaald hebben.'

'Jij hebt die kluis daarna gehuurd.'

'Ja. Ik had wat sieraden die ik daar heb ondergebracht,

maar ik heb besloten ze toch te verkopen. Ik moet wat, Simon, ik heb geen rooie cent.' De leugen rolt eruit met het grootste gemak.

Hij grinnikt. Ik krijg nauwelijks lucht.

'Nou ja, we vinden het wel. Het zal wel moeten. Ik durf niet eens te denken aan wat er gebeurt als het niet boven water komt.'

'Wat dan?'

'Dan wordt het bedrijf aangeslagen voor miljoenen. Het zal iemands ondergang betekenen. En ik hoop niet de mijne. Daar heb ik het verdomme niet allemaal voor gedaan.'

'En ik ben al genoeg gestraft voor jullie gekloot, vind je niet?'

Hij zet zijn glas wijn op tafel en komt dichter bij me staan. Legt zijn handen op mijn wangen. Ik huiver.

'Zo is het, schatje,' zegt hij en drukt een kus op mijn mond. 'En zullen we nu even een rondje doen? Kijken of alles op zijn plek staat?'

Als we in mijn slaapkamer staan, waarin mijn bed en mijn ladekast staan alsof dat altijd al zo is geweest, komen de meiden thuis. Ze roepen me en aan hun stemmen hoor ik dat ze een leuke middag hebben gehad.

'Mam, mam, het was zo grappig!'

'Het was onwijs lachen! Weet je wie we ontmoet hebben?'

Wanneer ze mij en Simon naast mijn bed treffen, zijn ze stil. Ze kijken ons vragend aan.

'Niks aan de hand, hoor,' lach ik. 'Simon liet me even zien hoe alles erbij staat.'

'Jouw zoon,' zegt Sophie, 'we hebben jouw zoon ontmoet.'

'Ah, wat leuk. Welke? Ik heb er drie namelijk.'

'Thom,' zegt Annabelle.

'Haha, Thom met een H,' voegt Sophie eraan toe. Ze hebben overduidelijk een glaasje op.

'O, mam, het was onwijs leuk, in een heel leuk kroegje met allemaal gekke lampen en heel lelijk behang op de muur. Daar zit dus iedereen.'

# 2

Ik lig op de bank voor de flatscreen die zo ongeveer alle kanalen ter wereld kan ontvangen. De meiden zijn zojuist in vol ornaat vertrokken. Hun flexibiliteit verbaast me. Ik wou dat ik die had. Dat ik me met hetzelfde gemak in mijn mooiste kleren kon hijsen en naar de kroeg zou gaan. Maar het idee alleen al vervult me met een verschrikkelijke angst. Ik zap van talentenshow naar talentenshow en vraag me af wat mensen in godsnaam zo leuk vinden aan dit soort programma's, waarin compleet talentlozen de kans beloofd wordt op een momentje roem en ze gebruikt worden om de kas van de producent te spekken. Argeloos verkopen de deelnemers hun ziel aan de duivel, gebonden aan wurgcontracten waarin ze vastleggen nog jaren een deel van hun winst af te staan en mee te doen aan ieder idioot nieuw programma. Het kan niet anders dan dat Michel er schathemelrijk mee geworden is. Waar is al dat geld eigenlijk gebleven? Wat heeft hij ermee gedaan? Of is hij ook slechts een schakeltje in het spel? Is de Brotherhood ook een soort talentenshow en Michel degene die de worst is voorgehouden?

Ik loop naar het aanrecht en schenk mezelf een nieuw glas in. Iedere ochtend bij het ontwaken neem ik me voor te stoppen met drinken. Tegen de middag bedenk ik dat minderen ook kan en tegen de avond schuif ik het stoppen vooruit naar de volgende dag. Want 's avonds komen de angsten en emoties die ik bij daglicht weet te omzeilen. Ze wellen op tegen de schemering en dan is het alsof ik in een put van verdriet val. En ik haat het. Ik haat het dat ik een man die me jaren heeft bedrogen, een man die ik naar nu blijkt, helemaal niet goed kende, een verschrikkelijke lul, dat ik die man zo vreselijk mis. Maar misschien mis ik niet eens hem. Misschien mis ik de nabijheid van een persoon die om me geeft. En misschien mis ik dat al jaren. Een man die zich over me ontfermt, die zegt dat alles goed komt. En wat me nog het meest bang maakt, is de gedachte dat die man misschien nooit meer komt. Dat ik alleen blijf, elk jaar een stukje ouder en eenzamer.

Ik neem een slok en steek onder de afzuigkap een sigaret op. Zie mezelf in de weerspiegeling van de grote ruit en voel zelfmedelijden. Zo oud ben ik niet. Vijfenveertig. Ik kan er heel goed uitzien. Waarom heb ik mezelf dan levend begraven in mijn huis? Ook voor de dood van Michel ging ik nauwelijks de deur uit. Ik werk, doe boodschappen, kook, praat en eet met de kinderen, ruim af, zet koffie en kijk tv. Dat is mijn leven. Dat Michel dood is, merk ik eigenlijk in het dagelijks leven nauwelijks.

Vroeger was ik anders. Ging ik overal op af, altijd onrustig en hongerig naar avontuur. Waar ben ik mezelf kwijtgeraakt? Dat was hier, in dit dorp, tien jaar geleden. En hier ga ik mezelf ook weer terugvinden. Ik kijk op de klok. Halftwaalf. Ik neem nog een slok en pak mijn telefoon.

'Kom je nog?' heeft Simon gewhatsappt. Ik zet de telefoon in de soundbox op het kookeiland. Abba galmt door de kamer.

*Mama mia, here I go again. My my, how can I resist you.*

Ik zing mee terwijl ik naar de badkamer loop. Deze vrouw gaat uit.

*Yes, I've been brokenhearted, blue since the day we parted,*
*Why why, did I ever let you go.*

Ik borstel mijn haren en draai er met de tang wat nonchalante krullen in. Smeer wat foundation op mijn huid, lipgloss op de lippen en teken met trillende handen een lijntje om mijn ogen. Daarna schop ik mijn Uggs uit en wurm mijn benen in een zwarte panty. Even flitst door mijn hoofd dat ik misschien ook een leuk lingeriesetje moet aantrekken en mezelf moet scheren hier en daar. Maar dat slaat nergens op. Ik steek mijn armen in mijn petrolgroene jurkje dat ik vlak voor Michels overlijden heb aangeschaft voor kerst. Het jurkje zat toen als gegoten. Nu lubbert het om mijn lijf. Ik leg mijn handen om mijn borsten. Daar is weinig meer van over.

In de Stories wordt allang niet meer gegeten. Alle tafels zijn aan de kant geschoven en muziek schalt uit de boxen. Het is er donker en rokerig en de gasten schreeuwen boven de muziek uit. Even denk ik dat ik verkeerd ben en blijf ik hangen bij de deuropening. Ik staar naar de bar, in de hoop een bekend gezicht te ontwaren, als een hoogblonde vrouw haar pumps uitgooit en enigszins wankel via een stoel de grote leestafel beklimt. Ze gilt en klapt in haar handen om de anderen aan te sporen tot dansen. De vrouw is van mijn leeftijd. Iedereen klapt en joelt mee. Dan richt ze haar verhitte blik op mij. Ze glimlacht en wenkt me. Ik glimlach aarzelend terug. Ze steekt een hand naar me uit. Ik voel een sterke aandrang weg te rennen. Ze roept mijn naam.

'Karen! Ik ben het!'

Op handen en voeten klautert ze de tafel weer af. Patricia. Ik herinner me haar als mager, met strak gekapte donkere krullen.

'Hallo! Wat leuk!'

Ze valt me om de hals en drukt drie kussen op mijn wangen. 'Ik heb zoveel aan je gedacht!'

Ze ruikt naar drank en Chanel N° 5. Haar borsten lijken van plastic.

'Jeetje Patries, ik herkende je haast niet...'

'Maar ik jou wel!' Ze drukt zich nogmaals tegen me aan. 'Wat een drama,' zegt ze met hoge stem. 'Wat kan het leven ongelooflijk oneerlijk zijn.'

Niet alleen haar haar is anders. Haar strenge dunne lippen zijn nu rond en gezwollen en haar jukbeenderen lijken hoger. Alleen haar hals verraadt haar leeftijd.

'Maar wat fijn dat je weer terug bent. En wij zijn er hoor, voor jou. Wat er vroeger gebeurd is, ach dat is zo ver weg. Ik wil dat je weet dat ik het je allang heb vergeven.' Ze ratelt maar door over hoe gesteld ze was op Michel, terwijl ze mijn hand pakt en me meesleurt naar de bar, waar de anderen staan. 'Kijk eens wie hier is!' roept ze en vijf mensen draaien zich om, allemaal met grote bellen witte wijn in de hand. Simon kijkt me geamuseerd aan. 'Zo. Toch aangedurfd?' Ivo staat te wankelen op zijn benen. Uit zijn opengeknoopte overhemd krult grijzig borsthaar. 'Karen, wat leuk! Mag ik je voorstellen aan Amanda, mijn echtgenote?' Ik krijg een slap handje van een slanke vrouw met lang, donker haar. In haar mondhoek bungelt een sigaret. Vreemd hoe mannen hun liefdes inruilen voor exacte kopieën ervan. Amanda lijkt een jongere versie van zijn overleden vrouw Hanneke.

Iemand drukt een kus in mijn nek en als ik me omdraai zie ik een man die overduidelijk in gevecht is met zijn leeftijd. Ik zie de hoofdhuid door de grijsblonde, halflange haren, die hij zorgvuldig quasinonchalant naar achteren heeft gekamd. Zijn verslappende kaaklijn verbergt hij onder een hip driedagenbaardje. 'Karen,' lacht hij en alleen aan zijn stem herken ik Kees. 'We waren op de begrafenis hoor, Janine en ik, maar we wilden je daar niet storen. Kind, kom hier.' Hij legt zijn armen om mijn middel en mijn gezicht verdwijnt in de dikke, grijze shawl die om zijn nek hangt. 'Drank voor deze dame!' schreeuwt hij naar de barkeeper en binnen de minuut krijg ik ook zo'n emmer witte wijn in mijn hand gedrukt. 'Nou, dit is dus Janine, mijn nieuwe vriendin, de love of my life. Janine, Karen.'

'Hoi,' zegt ze. Haar grote bruine ogen kijken me fel aan. Haar stem komt me bekend voor. We klinken de glazen en Simon brengt een toast uit op onze hereniging. Er worden geen moeilijke vragen gesteld. Niemand lijkt het vreemd te vinden dat ik, na alles wat we hebben meegemaakt, hier weer sta. Over Michel wordt niet gesproken. Zo gaat het kennelijk nog steeds. We zuipen, we dansen, we sjansen. En wie niet meedoet wordt ingeruild.

Terwijl Kees in mijn oren tettert hoe dolgelukkig hij is met zijn nieuwe vriendin, staar ik naar Patricia en haar nieuwe beste vriendinnen Janine en Amanda. De laatste twee zijn zeker tien jaar jonger dan wij en Patricia spreekt ze toe als een schooljuf haar leerlingen. Ze zien er alle drie anders uit, maar ergens ook hetzelfde. Hun lange haren gekapt en gekruld, met een onnatuurlijke glans, hun voorhoofden te glad en te uitdrukkingsloos, hun huid te bruin, hun halzen omhangen met te veel te opzichtige sieraden. Als ze zich alle drie als één persoon omdraaien en mij aankijken, wend ik gauw mijn blik af.

Drie glazen wijn later staat Ivo met een servet boven zijn hoofd te zwaaien. Zijn kale hoofd glimt. Patricia klimt weer op de tafel, samen met een andere, oververhitte vrouw die ik niet ken. Het is alsof alles zich herhaalt, alleen met andere hoofdrolspelers. 'Gezellig hè!' schreeuwt Amanda in mijn oor. 'Gekkenhuis! Ieder weekend,' gilt ze. 'Ik kom uit Barendrecht, nou daar gaat het er echt niet zo aan toe hoor.'

Ik vraag haar waar het toilet is. Ze wijst naar achteren en ik wurm me door de middelbare menigte die kant op. Ik voel handen om mijn middel, op mijn kont, langs mijn heupen. Als ik omkijk zie ik lodderige grijnzen van lelijke, rood aangelopen mannen.

Uit het damestoilet rollen twee vrouwen, gillend van het lachen. Als ze mij zien, liggen ze helemaal dubbel. Ik heb het gevoel alsof ik op het feestje van een van mijn dochters ben. Ik sluit me op in de wc, trek mijn panty en onderbroek naar beneden en ga zitten, met mijn hoofd in mijn handen. Ik ben dronken, maar niet zoals de rest. Mijn hart gaat tekeer en mijn maag lijkt verzuurd door de witte wijn. Is dit wat ik moet doen om hun vertrouwen te winnen? 'Ja, Karen,' zeg ik tegen mezelf. 'Hiervoor zijn we gekomen. En het gaat verdomd makkelijk.' Ik denk aan Babette en hoe zij als slachtoffer iedereen om haar vinger wond. Dat vinden ze lekker. Zielige vrouwen die hulp nodig hebben. Daar kunnen ze wat mee. En ik hoef er niet eens zo heel veel voor te liegen. Ik haal mijn onderbroek en panty weer op, trek door en open de deur, waar een klein leger van wankele vrouwen staat te wachten. Hun gezichten rood aangelopen, de haren plakkerig. Allemaal blond, allemaal dun, allemaal of ze net van Ibiza komen. De enige donkere staat achter in de rij, en neemt me vorsend op. Het is Janine. Ik glimlach flauwtjes naar haar. Haar bozige blik geeft me een ongemakkelijk gevoel.

De spiegel vertelt me dat ik er minstens zo hysterisch uitzie als de rest. Van mijn zorgvuldig aangebrachte krullen is niets meer over. Mijn oogleden hangen vermoeid en de harde lijnen langs mijn mond lijken weer dieper dan vanochtend. Mijn magere decolleté is ineens vlekkerig. Ik werk mijn lippen bij met wat gloss en veeg de uitgelopen mascara weg. Daarna probeer ik met mijn vingers weer wat volume in mijn haar te wrijven.

'Hé, Karen, ik moet je wat vertellen,' zegt een harde stem in mijn oor. Het perfecte gezichtje van Janine is zo dichtbij dat ik kan zien dat ze wel degelijk poriën heeft. Ze lijkt op iets te kauwen. Haar pupillen zijn groot.

'Vertel,' zeg ik. Het kind ergert me.

'Zullen we even roken?' vraagt ze.

'Nee, vertel maar gewoon hier,' zeg ik.

'Hier is het een beetje druk.'

We schuifelen het toilet uit, en om het hoekje staan we stil.

'Je hebt geen idee wie ik ben, hè?' vraagt ze. Ik schud mijn hoofd. Ik weet niet wie ze is. Ik weet wel dat ik nu al een hekel aan haar heb. Maar dat zal jaloezie zijn. Op haar jeugd, haar onverschrokkenheid.

'We hebben elkaar ooit een keer aan de telefoon gehad, zo'n twee jaar geleden.' Haar stem is zo luid dat ze niet hoeft te schreeuwen om boven de muziek uit te komen.

'Oké,' zeg ik. Ik snak naar een drankje en wenk de ober.

'Heel kort maar,' zegt ze.

'Wat is nu precies je punt?' vraag ik. De ober heeft de wenk begrepen en geeft me een glas witte wijn. 'Van Simon!' roept hij. Ik hef mijn glas richting Simon, die druk in gesprek is.

'Ik had een verhouding met je man,' zegt ze. In haar ogen denk ik triomf te zien.

'Ach,' zeg ik zo cool mogelijk. 'Wie niet, schat?'

Ik zoek in mijn tas naar sigaretten. Het is alsof alle kracht uit me vloeit.

'Ja, sorry dat ik het zo breng maar ik dacht, je komt er toch wel achter.'

'Nou meisje, bedankt voor deze informatie, als je het niet erg vindt, loop ik nu weer door.'

Eenmaal buiten inhaleer ik de nicotine diep mijn longen in. Het idee dat hij dat wicht heeft liggen neuken. Met haar perfecte lichaam en haar harde, stupide Westfriese tongval. Ik weet het weer, Janine van Dam, de meid van het sms'je, god, hoe oud was dat kind toen? Vier-, vijfentwintig? Alsof ik nog niet genoeg pijn heb gehad. En wat moet Kees ermee? De liefde van zijn leven, wat een giller. Dat mannen na vijfentwintig jaar hun vrouw inruilen en werkelijk geloven dat zo'n jonge griet oprecht van ze houdt. Hun vrouw na vijfentwintig jaar inruilen voor zoiets. De deur gaat open en een vlaag 'September' van Earth, Wind & Fire klinkt. Ik voel een warme, stevige hand in mijn nek.

'Heb je het naar je zin?' vraagt Simon. 'Je mag nu ook binnen roken hoor.'

'Ik ben even klaar,' zeg ik nors.

'Snap ik,' zegt hij.

'Waarom heb jij je vrouw eigenlijk niet ingeruild, zoals al die gasten binnen?'

Simon schiet in de lach. 'Omdat ik daar het nut niet van inzie. En bovendien, Patricia laat zich niet inruilen.'

'Ah. Dus dat is het geheim. Maar zij heeft zich omgebouwd tot nieuwe vrouw. Ook een manier.'

'Ik begrijp dat het gesprekje met Janine je nogal geraakt heeft.'

Ik blaas de rook van mijn sigaret krachtig uit. 'Daar had jij me wel op kunnen voorbereiden. Ze is de minnares van mijn man geweest. Hoe doen jullie dat? Hebben jullie gewoon een middelbareschoolklas golddiggertjes paraat, voor als het saai wordt?'

'Ik denk dat je overdrijft, Karen. Soms groeien man en vrouw uit elkaar. In het geval van Kees stond zijn vrouw compleet stil. Zij stond zijn ontwikkeling in de weg. Dan hoeft er maar een zo'n wilde tante voorbij te komen die wel zin heeft in van alles en het is zo gebeurd.'

'Dat had mij dus ook kunnen overkomen.'

'Stond jij stil dan?'

Ik knik. Tranen branden in mijn ogen.

'Welnee,' zegt Simon en hij slaat een arm om me heen. 'Michel heeft wat stoute dingen gedaan. Zo zijn mannen nu eenmaal. Maar hij zou je nooit verlaten. Als vrouwen gewoon een beetje met hun man mee bewegen, gebeurt dat niet.'

Patricia verschijnt, gehuld in een fluorroze gebreide omslagdoek, een sigaret in haar mond en in elke hand een glas witte wijn.

'Ik dacht, ik kom even bij jullie staan.' Ze reikt me een glas aan en wrijft over mijn rug. 'Valt zeker niet mee, hè, allemaal.'

'Nee, eigenlijk niet nee,' zeg ik zacht.

'Dames, ik heb het koud, ik ga weer naar binnen,' zegt Simon.

'Wist jij het al?' vraag ik.

'Dat Michel een verhouding met Janine heeft gehad?' Ze knikt. 'Ja, sorry. Hij heeft haar weleens meegenomen. En nu Kees. Met open ogen loopt hij erin. Ik weet hoe je je voelt, schat.'

Ja, zij weet hoe ik me voel. Simon heeft vele andere vrouwen gehad. Ik ben haar Janine.

'Hoe stap je daar zo makkelijk overheen?' vraag ik.

'Ik laat me niet zo snel leiden door goedkope emoties,' antwoordt ze terwijl ze de roze deken strakker om zich heen trekt. 'Ik kijk naar het hele plaatje. Naar de basis. De kern. Daar gaat het om. Al het andere is onbelangrijk. Tijdelijk vermaak. Weet je, seks is slechts een handeling. Zolang het de basis niet bedreigt, ach...'

'En wat is jullie basis precies? Wat is het geheim?'

'Wij kunnen niet zonder elkaar. Dat is onmogelijk. Onze levens zijn zo met elkaar vervlochten, er is niet eens meer sprake van twee individuen. Wij zijn een. Daarom hoef ik nooit bang te zijn. Niemand krijgt ons kapot. Alleen de dood misschien.'

Ik huiver bij die laatste zin. Haar kaken spannen zich en ze kijkt recht voor zich uit, naar de prachtig uitgelichte kerk. Ik zeg haar dat ik misselijk ben en naar huis wil. Ze biedt aan mee te lopen, maar ik wil liever alleen zijn. Onderweg naar huis vraag ik me af of iemand mij en Michel ooit kapot had gekregen. Ik durf er mijn hand niet voor in het vuur te steken dat dat niet was gelukt. Onze basis was aan het wankelen. We hadden onze levens meer met elkaar moeten vervlechten. Misschien was Michel dan nu niet dood geweest.

# 3

We zijn samen in ons huis in Zuid-Frankrijk. We zijn jong en de meisjes nog klein. Ineens huil ik en vraag hem waarom hij ons in de steek heeft gelaten. Hij draait zich om en ik zie een heel andere, oudere Michel. Zijn blik is hard en bitter. 'Je vergist je,' zegt hij. 'Jij liet ons in de steek.' Ik sla mijn armen om hem heen. Hij blijft staan, verstijfd en koud. 'Ik heb geen keuze,' zegt hij. 'Ik moet eruit stappen. Het is mijn enige kans.' Dan geeft hij me een zet en ik val in het zwembad.

Buiten is het nog donker. Ik kijk op mijn telefoon. Zeven uur. Achter mijn ogen hamert de straf voor te veel drinken. Op mijn telefoon typ ik de woorden van Michel. Ik wil ze niet vergeten. Ik lees ze steeds weer opnieuw. Wat Babette zei is natuurlijk waar. De vragenstellers zijn eraan gegaan. Michel was bezig eruit te stappen. Uit de Brotherhood. En dat is hem fataal geworden. Hij is de dood ingejaagd zoals Evert en Hanneke vermoord zijn. En in die tassen zit het geld dat hij veilig probeerde te stellen. Hij heeft de winst afgeroomd, misschien wel jarenlang, om iets voor zichzelf te houden.

Ik sta op. Het is onmogelijk nog te slapen. Mijn gedachten draaien overuren. Onderweg naar de badkamer controleer ik de slaapkamers van de meisjes. Beiden liggen veilig in diepe slaap in bed. Ik heb ze niet horen thuiskomen. Ik poets de smaak van zure witte wijn en sigaretten weg en stap dan onder de gloeiend hete straal van de douche. Dat Michel een cokeverslaafde was, zijn Simon en Ivo's woorden. Ik heb daar behalve het doosje dat ik in zijn bureau vond, geen enkel bewijs voor. En dat doosje kan ook van een ander zijn. Van een van zijn hoeren bijvoorbeeld. De hoeren zijn moeilijker weg te denken. Voor hun aanwezigheid in zijn leven bestaan genoeg bewijzen. Als vanzelf zie ik die Janine weer voor me, met haar bambi-ogen en strakke, glanzende lijf. Ik zie voor me hoe zijn handen haar ronde billen strelen, hoe ze haar borsten pakken, hoe hij haar kust.

Ik zet koffie, trek mijn trainingspak aan, smeer wat jam op een boterham. Bedenk dat ik moet pinnen en boodschappen doen, en vervolgens dat mijn passen geblokkeerd zijn. Mijn laatste beetje cash heb ik gister opgemaakt. Het geld dat ik nog krijg van mijn opdrachtgevers zal pas volgende maand gestort worden. Ik denk aan het geld in de kluis. Daar kan ik op een zaterdag niet bij. Ik moet het daar sowieso weghalen. Simon weet ervan. Maar waar verstop je negen ton? Ik heb te veel koppijn om daar nu iets zinnigs op te bedenken. Troel wrijft haar mollige lijf langs mijn benen. Ik weet niet meer of ik haar vannacht nog heb uitgelaten. Soms doen de meiden het, maar meestal niet. Ik pak de riem en trek mijn jas aan. Ze kwispelt enthousiast.

Het is nog schemerig buiten en de straten zijn verlaten. Langs de huizen en de winkels loop ik naar het bos, dat begint bij de Hoflaan. Daar sla ik de Komlaan in, tot aan de rotonde waar in de bocht ooit het huis van Evert en Babette stond, tot het afbrandde. Nu staat er een heel nieuw pand, een rechthoekige grijze doos, met hoge glazen puien.

Op het witte grindpad staan een BMW X5 en een Mini Cooper geparkeerd. De Mini Cooper is nu wat in mijn tijd hier de LandRover was, het autootje van moeders. Het dorp is ervan vergeven. Ik ga linksaf de Rondelaan in, langs het voormalige huis van Simon en Patricia, dat ze nog net in de goede tijd verkocht hebben, vertelde Patricia. Sinds twee jaar wonen ze aan de Voert, in een zelf ontworpen droomhuis dat alles herbergt wat ze zich ooit hebben gewenst. Ik denk aan haar woorden: dat ze niet zonder elkaar kunnen. Samen één zijn. Het klinkt prachtig, maar ook enigszins benauwend. En als ze daar zo zeker van was, had ze zich toch ook niet die enorme voorgevel hoeven aanmeten. 'We zijn weer een team,' zei ze. Ik vraag me af in hoeverre. Zou zij op de hoogte zijn van alle dubieuze activiteiten van de Brotherhood?

Aan het eind van de Rondelaan, tegen de Eeuwigelaan aan, ligt de kast van Kees en Angela. Ik loop ernaartoe, me afvragend wie van de twee er is blijven wonen.

De roodstenen rietgedekte villa ligt er prachtig bij. Er hangt een grote kerstkrans op de voordeur en in de buxusbollen langs het pad schitteren honderden kleine lampjes. De gordijnen zijn nog allemaal gesloten. Het enige dat niet past in het plaatje is de Renault Kangoo die onder het afdak geparkeerd staat. Zou die van Amanda zijn? Ik stel me voor hoe zij door mijn huis zou lopen, in mijn bed zou stappen, naast mijn man. Hoe ze zou koken voor mijn kinderen, die dol op haar zouden zijn, omdat ze zo leuk jeugdig meedoet. Dat ik werd vervangen door zo'n wicht, met zo'n zelfingenomen wijs smoelwerk, dat haar complete zelfvertrouwen ontleent aan haar leeftijd en lichaam. Alleen al bij het idee word ik woedend.

'Goedemorgen!' klinkt het achter me en ik schrik zo dat ik bijna in de zorgvuldig geschoren heg val.

'Hé Karen! Sorry, ik wilde je niet laten schrikken! Ik herkende je niet... Ik dacht, wie staat daar nu weer te gluren.'

Angela lacht en ik ook, ik herken haar lach, overdreven en hoog, een gestreste lach die tegen het huilen aan zit. Haar twee jack russells keffen mee en van de weeromstuit begint mijn Troel ook te blaffen. 'Jezus, wat een herrie op de vroege ochtend,' schreeuwt Angela. 'Hé schat, hoe is het? Wat doe jij hier op dit onzalige uur?'

'Hond uitlaten,' zeg ik. 'En ik kon niet meer slapen.'

'Heb jij dat ook? Ik denk dat ik al jaren niet meer slaap. Klokslag vijf uur word ik wakker. Vreselijk.'

We geven elkaar drie zoenen en ik verontschuldig me voor mijn slonzige uiterlijk. 'Ach meid, moet je mij zien.' Weer lachen we, ditmaal omdat we er precies hetzelfde uitzien. Joggingpak, Uggs. Het uniform van de vrouw die het leven grotendeels heeft opgegeven. 'Zin in koffie?' vraagt ze en ik volg haar, de weelderige tuin in. Bij de deur veegt Angela de poten van haar honden schoon, ook die van de mijne. We doen onze Uggs uit en lopen naar de keuken over de klassieke marmeren zwart-wittegels. 'Ik heb hier tegenwoordig een bed & breakfast,' vertelt ze. 'Ik dacht, laat ik van de nood een deugd maken. Ik heb geen moer te doen, geen cent te makken, ben toch vroeg wakker. Lotte studeert in Leiden, de jongens zijn hier om de week... En het huis is aan de straatstenen niet te slijten. Dus boven slapen gasten. Ik heb er nu zes. Ik heb een logeerbed in de kelder gezet, weet je wel, waar vroeger de speelkamer van de kinderen was?'

'En die gasten komen zo allemaal ontbijten?'

'Ik breng het naar hun kamer. Ik heb geen zin in al die vreemden in mijn keuken. Maar alles staat al klaar hoor, kijk!'

Ze wijst op drie dienbladen waarop twee borden, twee

kopjes, twee glazen jus en een rieten bakje met miniverpakkingen jam, hagelslag en boter staan. 'Alleen nog even de broodjes in de oven, eitjes koken en koffie en thee zetten. Het is al met al niet zoveel werk. En als de kinderen er zijn, neem ik geen gasten.'

Ik ga zitten aan de eikenhouten tafel, die ik me nog herinner van onze eetclubavonden. Angela wist altijd alles beter. Zo vond ze moeders die werkten ontaard. Ik weet nog hoe ze, met dat uitgestreken gezicht van haar, verklaarde hoe haar grootste genot de zorg voor haar kindjes was.

'Hoe vaak hebben we hier gezeten,' zeg ik.

'Ja. Dat waren andere tijden,' zegt Angela terwijl ze schepjes koffie in de filter gooit. 'Het kon niet op.'

'Ik begrijp het niet. Kees heeft je toch wel goed achtergelaten?'

Haar mond wordt een woedende streep. Ze doet water in het reservoir.

'Hij heeft geen stuiver,' zegt ze bits.

'Ik heb hem gezien gisteravond.'

'O, ja? Met die hoer zeker?'

Ik knik.

'Wacht maar tot zij erachter komt hoe slecht hij ervoor staat. Dan is ze er zo weer vandoor.'

'Ze heeft ook wat met Michel gehad,' gooi ik eruit.

'Ik hoorde al zoiets.'

'Jij ook al. Waarom weten de mensen hier meer over mijn man dan ik?'

'De mensen hier weten alles. Ze weten meer over ons dan wijzelf en wij weten meer over hen dan over onszelf. Er is hier weinig anders te doen.'

Angela zet twee kopjes op tafel, en een schoteltje suikerzakjes en melkcupjes. Ze gaat tegenover me zitten. Haar treurige blik raakt me.

'Kees rommelde al een halfjaar met haar voor ik erachter kwam. Ik hoorde het nota bene op het schoolplein. Komt er zo'n kut naar me toe, ook zo'n roofkip in een Mini Cooper...'

Ik schiet in de lach.

'Ja, zo is het toch? Anyway, dat kind zegt tegen me: "Ik vind het zo erg voor jou en je kindjes." Geen idee waar ze het over had. Bleek dat iedereen al wist van Kees en Janine. Janine had lopen rondbazuinen dat Kees bij me weg was. Iedereen wist het, Karen. Ook onze beste vrienden. Simon, Patricia, Ivo, Amanda... Enig idee hoeveel pijn dat doet? Ik draag vijf messen in mijn rug.'

'Die Amanda, is zij ook een vriendin van je?'

'Ach, ze hoort bij Ivo en het is wel een lief kind. Maar onder ons gesproken: weer zo'n typje dat meer heeft met de bult achter in de broek dan die voorin. Als je begrijpt wat ik bedoel.'

Het koffiezetapparaat begint te pruttelen. Angela haalt een pakje sigaretten uit de zak van haar vest.

'Ja, ik rook. Volop. Acht jaar gestopt geweest. Ik ben een wrak. Dat mag je best weten.' Ze biedt mij er een aan. Samen inhaleren we, terwijl we voor ons uit staren.

'Ik weet het,' zeg ik, 'hoe dat voelt.'

Ze glimlacht en pakt mijn hand.

'Ik heb niemand meer gezien hier. Ja, Patricia een keer. Kwam vertellen dat ik mezelf bij elkaar moet rapen. Dat ik moest doen zoals zij.'

'O, en hoe is dat?'

'Jezelf verbouwen en daarna overal waar je de kans krijgt dronken op tafel gaan staan dansen. Net zo'n slet worden als al die anderen. Je moet erbij blijven, Angela, zei ze. Een beetje lol maken. Het leven vieren. Heb je haar gezien? Dat is toch sneu?'

Ik denk aan Patricia, hoe ze daar stond gisteravond, wankel op de tafel met haar rok omhoog. Ik kan me bijna niet voorstellen dat Simon dat leuk vindt.

'Yep, ' zeg ik.

'Wat een toestand, hè, daar?'

'Nogal ja.'

'Alimentatieavond noemen ze het.'

Ik grinnik. 'Hoezo?'

'Allemaal gescheiden of bijna scheidende vrouwtjes op zoek naar een welkome aanvulling op de alimentatie. Wie waren er allemaal?'

'Simon en Patricia, Ivo en zijn nieuwe vrouw en Kees dus. Met Janine. De rest ken ik niet.'

'Beter.'

Angela schenkt de koffie in. Ze vraagt me waarom ik weer in Bergen woon en ik vertel haar een deel van het verhaal. Mijn bezoek aan Babette en de tassen met geld laat ik onvermeld. Ik weet nog hoe onbetrouwbaar ze tien jaar geleden was en heb geen enkele reden om aan te nemen dat dat nu anders is. Angela hoort me hoofdschuddend aan.

'Goh. Dus Simon heeft zijn haak maar weer in jou geslagen.'

'Ik heb weinig keus,' zeg ik.

'Waarom helpt hij jou, en mij niet? Lijkt me duidelijk. Hij wil iets van je. Hij wil jou in zijn kamp houden.'

Ik denk aan het geld. Dat is wat Simon wil.

'Ik zou maar uitkijken als ik jou was. Er zijn mij iets te veel doden gevallen.'

Ik pak mijn kopje en neem een slok.

'Weet jij iets van de Brotherhood?' vraag ik.

'Ach... ja. Gaat dat niet over mannensolidariteit? Kees zei zoiets. Een man verraadt zijn vrienden niet. Dat is nu eenmaal de code van de Brotherhood, zei hij.'

'En hoe zit Kees erin? Zakelijk bedoel ik, bij Simon en Ivo?'

'Diep,' zucht Angela. 'Ivo doet alle accountancy. Simon bezit de panden. Kees huurt. Hij bezit niks. Maar weet je, ik heb me er eigenlijk nooit echt goed in verdiept. Volgens mijn advocaat heeft hij op papier alleen schulden. Ook op dit huis... Meer schuld dan overwaarde. We hebben het allemaal moeilijk. Het is crisis. De mensen houden hun geld in hun zak. We dachten dat het niet op kon... Nou, het is op.'

'Niet bij Simon...'

'Nee. En niet bij Ivo. En Kees leeft niet bepaald alsof het op is. Tjongejonge. Je hebt hem gezien toch, met zijn baard en zijn rafelige sjaaltje. Het is toch te zielig voor woorden. Hij is vijftig. Gaat hij er ineens bij lopen als een soort landloper.'

Angela staat met een ruk op. Haar stoel valt om.

'Sorry hoor. Ik kan me er zo kwaad over maken. Ik voel me zo... weggegooid. Weggesmeten als een vieze ouwe dweil. En hoe kom ik daar van af? Van dat gevoel? Dat weet niemand. Alsof ik dat niet wil. Ik wil geen zure ouwe doos zijn! Maar ik krijg het gewoon niet voor elkaar. Ik doe mijn best. Ik leef gewoon door. Van dag tot dag. Doe het maar eens. Na vijfentwintig jaar huwelijk, na jarenlang voor de kinderen gezorgd te hebben. En dan ineens, boem, man weg. Geld weg. Kinderen weg.'

Ze loopt naar een keukenkast, trekt de deur open en pakt er een fles uit. 'Ik heb alleen nog limoncello,' zegt ze. 'Wil je?'

'Het is kwart voor negen,' zeg ik lacherig.

'Nou en!' zegt Angela schril. 'Carpe diem, zeggen ze toch?'

'Moet je die ontbijtjes niet brengen?'

'Over een uurtje.' Ze schenkt het gifgele spul in twee borrelglaasjes.

'Angela,' zeg ik. 'Je kinderen zijn toch niet weg?'

'Lotte studeert. Heel af en toe is ze hier. De jongens komen om de week. Afschuwelijk vind ik dat. Met hun spulletjes op en neer. Daan gaat nog wel, die is groot, maar Joepie, ach... hij zit net in de brugklas. Mijn hart breekt als ik hem zie gaan met die grote tassen.'

Ik denk aan Angela zoals ik haar ken van vroeger. Een perfecte huisvrouw. Haar kinderen altijd in witte en pastelkleurige kleertjes. Huismoeder zijn noemde ze een voorrecht. Hanneke en ik botsten voortdurend met haar als we weer eens discussieerden over het combineren van werk en kinderen. En nu zitten we tegenover elkaar. Haar mooie plaatje, dat ze altijd met verve verdedigde, is compleet ingestort.

'Maar goed,' zegt ze en ze ploft weer in haar stoel. 'Genoeg over mij. Jij zal het ook niet makkelijk hebben. Zit je ineens weer hier. In dit kutdorp.'

'Het is maar voor even,' zeg ik. 'Tot ik mijn financiën weer op orde heb. Mijn meiden willen ook studeren. En dan ga ik gewoon weer in Amsterdam wonen.'

Angela neemt een nipje van haar limoncello en legt daarna haar armen op tafel. 'En Karen, heb je ook nog iets van een liefdesleven?'

'Ik heb net mijn man verloren. Nee, dus.'

'Kan toch? Hij had toch ook een liefdesleven naast jou?'

Ik vraag haar of ik nog een kop koffie mag. De limoncello schuif ik naar haar toe. Ik merk dat ik me erger aan haar botte opmerking.

'Dat is misschien jullie stijl, maar niet de mijne,' zeg ik venijnig.

'Je mag mij erbuiten laten hoor,' zegt Angela. 'En ik meen

me te herinneren dat jij ook niet vies was van een buitenechtelijk uitstapje.' We zwijgen even, beiden starend naar het tafelblad.

'Maar goed,' vervolgt Angela dan, 'ik ga af en toe naar de alimentatieavond. Dan pik ik uit pure frustratie iemand op. Eén keer per maand of zo.'

Ze begint aan de tweede limoncello.

'Jezus Angela, dat is nou het laatste wat ik van jou verwachtte.'

'Je moet wat. Ik doe ook aan internetdaten trouwens. Soms verlang ik zo naar een warm lichaam, een arm om me heen, een pik in me... Heb jij dat niet? Ben jij niet bang dat het nooit meer gaat gebeuren in je leven? Dat je altijd alleen blijft? Dat niemand meer van je zal houden?'

De oven piept. Ze slaat de limoncello in één keer achterover en staat op. Uit de oven walmt de geur van versgebakken brood.

Ik kom overeind en zeg dat ik haar met rust ga laten. Ze omhelst me en drukt me stevig tegen zich aan. 'Laten we een keer samen gaan!' roept ze.

'Dat is goed,' zeg ik.

'En wat doe je overmorgen?'

'Overmorgen? Wat is er dan?'

'Kerst!'

Kerst. Ik ben er nog geen seconde mee bezig geweest.

'Kom bij mij. Met je meiden. Mijn kids zijn er ook. Gezellig.'

'Ik weet het nog niet. Ik wil eigenlijk het liefst rustig, met z'n drietjes...'

'Wat jij wil,' zegt ze. 'Kijk maar.'

Wanneer ik langs het hertenkamp terugloop met Troel, begint het zachtjes te regenen. Ik stop bij het groene hek en kijk naar het groepje herten dat bij elkaar schuilt. In mijn hoofd is het een moeras van verwarring en somberheid. Het onverwachte bezoek aan Angela is een duistere spiegel van wat me te wachten staat als ik het mysterie niet tot op de bodem oplos. De waarheid kan nooit erger zijn dan het lege, eenzame bestaan dat zij leidt.

# 4

De bankmanager in Blaricum ontvangt me allerhartelijkst. Hij neemt me mee naar zijn bureau en geeft me een kopje lauwe koffie, waarna hij tegenover me gaat zitten en driftig op zijn toetsenbord begint te tikken. Hein van Loon, staat er op het naambordje dat op zijn revers zit. Hij tuurt naar het scherm en schraapt zijn keel.

'Wat fijn dat u even bij komt praten,' begint hij, en typt nog wat. 'Ik begrijp dat u verhuisd bent...'

Ik knik.

'En wat een geluk dat u uw huis zo snel heeft kunnen verkopen in deze tijd.'

Ik glimlach. 'Ja,' zeg ik. 'Dat neemt een hoop zorgen weg.'

Hein legt zijn armen op zijn bureau en kijkt me medelijdend aan. 'Het spijt me dat we uw passen hebben moeten blokkeren. Ik persoonlijk vind het afschuwelijk wanneer we zulke trouwe klanten als u dit soort beperkingen moeten opleggen. Maar u zult begrijpen dat wij met handen en voeten gebonden zijn in deze tijden...'

'Uiteraard,' zeg ik. 'Maar het lijkt me nu opgelost toch? En ik ben hier om mijn verhuizing te regelen. Ook van de kluis.'

'Heeft u uw ID bij u?'

Ik open mijn tas en geef hem mijn paspoort. 'Het lijkt me toch dat u inmiddels wel weet wie ik ben...'

Hein grinnikt zonder te lachen. 'Regels, regel, regels...' zingt hij en loopt naar het kopieerapparaat. Wanneer hij weer komt zitten vraagt hij me een aantal papieren te ondertekenen. 'Gewoon standaardovereenkomsten dat u uw rekeningen hier afsluit, ons toestemming verleent uw tegoeden op uw nieuwe rekening te storten, automatische betalingen door te voeren, dat soort dingen.'

Het doet me denken aan hoe Michel me vroeger vroeg papieren te tekenen. 'Formaliteiten lieverd, hele saaie formaliteiten. Maar ze willen dat jij ook tekent. Je kan tegenwoordig geen stap zetten zonder je vrouws goedkeuring.' En terecht, zei ik dan. En ik tekende, zonder enig benul waar het allemaal over ging.

'We adviseren u om een nieuwe rekening te openen, op uw eigen naam, in uw nieuwe woonplaats. Dan zorg ik er persoonlijk voor dat de vijfduizend euro die ten name van u gestort is, daarop terechtkomt. Ik heb het even voor u geparkeerd, anders komt ook dat geld in de grote schuldenpot terecht.' Hein geeft me een guitig knipoogje.

'Vijfduizend euro, waar komt dat vandaan?'

Hein begint driftig te tikken. Hij staart geconcentreerd naar zijn scherm en draait het dan naar mij toe.

'Birds Enterprises,' zegt hij. Ik lees de tekst die bij de storting staat.

Voorlopige lening, fijne kerst en een kruisje.

'Oké,' zeg ik, 'en hoe kom ik dan nu aan geld?'

'Als u vandaag of morgen een nieuw pasje aanvraagt, kunt u binnen tien werkdagen weer pinnen. U kunt nu bij mij tweehonderdvijftig euro opnemen...'

'Tweehonderdvijftig? En daar moet ik tien dagen mee doen? Met de feestdagen voor de deur?'

'U mag een opname doen van maximaal tweehonderd-vijftig. Sorry. Uw account heeft code rood. Wellicht kunt u over enkele dagen bij uw bank in uw nieuwe woonplaats weer een opname doen. Zullen we dan nu uw kluis leeg-halen?'

In de auto, met negen ton in de tas naast me. Het voelt als een vloek, die poen, en het liefst zou ik het zo uit het raam gooien. Wat moet ik ermee? Wat wilde Michel ermee? Waar komt het vandaan? En waarom heb ik nooit eerder vragen gesteld? Die keer dat hij in Zuid-Frankrijk ineens met een envelop vol cash aan kwam zetten en hij het hele gezin trakteerde op een lunch bij Club 55. Flashmoney, noemde hij het. Ik vroeg niets. Ik lachte en dronk en kocht met de meiden drie peperdure bikini's. Ik start de auto en rijd voor een laatste keer over de Huizerweg, langs het Warandepark en de Red Sun, waar we nog niet zo lang geleden iedere vrijdagavond aten en vooral liters montrachet dronken. Michel die iedereen leek te kennen en vrolijk leek, op het hysterische af, tot we thuiskwamen en hij zijn masker afzette. Dan trok hij zich terug in zijn werkkamer en kwam er nauwelijks nog een woord uit. Ik begreep op het laatst niets meer van die man en was alleen maar bang voor de onvermijdelijke scheiding, voor het cliché dat ik overal om me heen zag, het ene na het andere echtpaar met puberkinderen dat er de brui aan gaf.

Ik sla de Torenlaan in en minder vaart wanneer ik langs mijn oude huis rijd. In de tuin staat een grote container en de prachtige buxusheg ligt uitgegraven langs de weg. Er staan twee zwarte busjes op onze oprijlaan en wanneer ik stop om beter te kunnen gluren, zie ik twee grote gespierde kerels met kruiwagens vol puin uit mijn voordeur lopen. De tranen schieten in mijn ogen. Ik pak mijn telefoon en bel Simon, die onmiddellijk opneemt.

'Wat de fuck ben je met mijn huis aan het doen?' schreeuw ik met overslaande stem. Aan de andere kant klinkt een zucht.

'Schoonheid, kan ik je later terugbellen? Ik zit in een bespreking...'

'Nee!' roep ik. 'Je vertelt het me gewoon nu maar.'

'Momentje.' Ik hoor gestommel en stemmen op de achtergrond. Voetstappen en daarna het piepen van een deur. Zou hij nu voor me staan, dan had ik hem geslagen.

'Daar ben ik weer. In de eerste plaats, Karen, is het jouw huis niet meer, en in de tweede plaats lijkt het erger dan het is. We maken van de werkkamer een vierde slaapkamer voor die mensen.'

'En waarom ligt mijn hele tuin dan in puin?'

'Mijn hele tuin, Karen. Ik heb het gekocht, weet je nog? Maar goed, ik snap dat het je aan het hart gaat... Er worden drie parkeerplaatsen aangelegd en daarna gaan die mooie buxussen gewoon weer de grond in. Mag ik jou vragen wat je daar in godsnaam doet?'

'Het zal je misschien verrassen Simon, maar ik heb een leven. Dat zich tot voor kort hier afspeelde. Ik was hier gelukkig, godverdomme, tot jullie alles kwamen verneuken.'

Een lange stilte volgt. Zijn ademhaling klinkt dreigend.

'Ik begrijp je wel, Karen, maar het komt allemaal goed. Je gelooft het misschien niet, maar ik heb echt het beste met je voor. Geef je gewoon over aan de situatie.'

'Ik ben niet dom. Ik lijk het misschien wel en ik heb de afgelopen jaren mijn kop in het zand gestoken, maar ik ben het niet.'

'Dat weet ik, lieverd.'

'En noem me alsjeblieft geen lieverd of schoonheid of schatje meer.'

‘Point taken.’
Ik druk hem weg en steek woedend een sigaret op.

# 5

In de biologische slagerij staat een zee van bontkragen. Het hele dorp lijkt zich hier verzameld te hebben om vlees voor de kerst in te slaan. Ik trek een nummer en sluit aan in de lange rij. Achter mijn ogen klopt een stekende pijn. Ik bekijk de gezichten van de mensen om me heen en registreer de zenuwtrek om de ogen, de trillende wang, de stijf op elkaar geperste lippen, de van stress gespannen kaak. Een jaar geleden stond ik ook zo, mijn hoofd duizelend van de todolijstjes, op obsessieve wijze mijn kerstdroom te verwezenlijken. Hoe ongelukkiger, hoe meer kaarsen, bomen, takken en kransen en in mosterd gesudderde konijnenbouten. Kerst is het feest van de ontkenning.

Wanneer ik aan de beurt ben, bestel ik tien stevige maiskippen, een gourmetschotel voor vier en een hele batterij vleeswaren. 'Zo, u heeft er zin in,' zegt de verkoopster. 'Patrick, hebben we nog tien maiskippen?'

'Alleen diepgevroren,' roept slager Patrick terwijl hij een lamsbout tot poulet snijdt.

'Maakt niet uit,' zeg ik, 'als ze maar flink zijn.'

'Grote familie?' vraagt iemand achter me en wanneer ik me omdraai zie ik dat het Janine is, gehuld in een prachtige donkerbruine lammycoat. Haar glanzende haren perfect geföhnd, haar make-up naturel en onberispelijk. De nachtmerrie van elke vrouw boven de veertig. Ik glimlach alleen maar. Slager Patrick kijkt verheugd op wanneer hij haar ziet en verlaat zijn snijtafel om Janine drie zoenen te geven. 'Alles staat klaar, kanjer,' zegt hij en hij geeft een van zijn werkneemsters de opdracht Janines bestelling uit de koeling te halen. Voor vrouwen als Janine bestaan rijen niet, evenmin als nummertjes en kassa's.

'De kinderen komen eten met kerst,' zegt ze. 'En dat zijn echte carnivoren.'

'Ik wist niet dat jij kinderen had,' zeg ik.

'Van Kees. Maar ik hou van ze alsof ze van mij zijn. En ze hebben mij echt volledig in hun hart gesloten.'

'Van Kees en Angela bedoel je.'

'Eh, ja...' stamelt ze. Mijn maag draait zich om bij het idee dat zo'n wicht dit ooit over mijn kinderen zou zeggen.

'Nou meid, wat fijn voor je. Prettige feestdagen dan maar!' zeg ik.

'Jij ook hè, met je dochters. Het zal niet meevallen...'

Ik heb helemaal geen zin om met haar te babbelen over Michel of over mijn eerste kerst zonder hem. Als het aan haar had gelegen, had zij me enkele jaren geleden al een eenzame kerst bezorgd. En van mijn dochters gehouden alsof het de hare waren. Ik pak mijn tassen aan en reken cash af. Daarna negeer ik haar poging mij drie zoenen te geven en loop met geheven hoofd naar buiten.

Bij thuiskomst leg ik de kippen en mijn tas op het aanrecht en maak voor mezelf een sterke espresso, waarmee ik naar het raam loop. Buiten zie ik de mensen als grote mieren op en neer dribbelen, van winkel naar winkel, op jacht naar nog meer spullen.

Op het aanrecht ligt een briefje. *'Mama, wij zijn het dorp in. X'*

Ik ben in ieder geval blij dat zij zich zo goed vermaken hier. Zo moeilijk is het ook niet. In dit dorp word je als nieuweling snel opgenomen, nieuwsgierig als iedereen is naar mensen van buiten. En de meiden hunkeren naar de warmte van een groep, zeker nu hun moeder zo afwezig en verdrietig is. Ik begrijp het en ik wil hun jeugd op geen enkele manier in de weg staan. Maar het maakt me wel bang te zien hoezeer ze worden aangezogen door de groep. Zoals ik destijds.

Ik hang mijn jas aan de kapstok in de gang en doe mijn voordeur op het schuifslot. De gordijnen sluit ik voor de zekerheid. Uit de keukenla haal ik de boterhamzakjes en mijn huishoudhandschoenen. Dan pak ik de twee enveloppen met geld uit mijn tas en leg het in negen stapeltjes van honderdduizend op het aanrecht. Ieder stapeltje gaat in een boterhamzakje, dat ik zorgvuldig dichtknoop en in het achterste van een bevroren kip duw. Daarna gaat de kip in de onderste lade van de vriezer. De overgebleven tiende kip vul ik met boter, citroen, knoflook en rozemarijn en schuif ik in de oven. Het lievelingskostje van de kinderen.

Als de bel gaat, ruikt mijn hele appartement naar gebraden kip met knoflook, zit ik aan een heerlijke rode wijn en staan de verhuisdozen vol kerstballen, slingers en lichtjes op de eettafel. De jongen van de kerstbomenstal brengt onze boom naar boven en samen zoeken we de perfecte plek uit voor de Nordmann, die een rib uit m'n lijf was en waarover ik me nu enigszins bezwaard voel. Al ligt er bijna een miljoen in mijn vriezer, ik kan er voorlopig niks mee.

Ik geef de jongen een fooi, maak een foto van de boom met mijn telefoon en whatsapp die naar mijn kinderen. Samen de boom versieren is altijd een van de hoogtepunten van het jaar geweest. Ik deed de lichtjes, zij de ballen en de slingers, en de beeldschone goud met rode piek mocht Michel erop zetten, als hij thuiskwam van zijn werk. Een sentimenteel ritueel, waarbij we dan ook nog eens 'Last Christmas' van Wham! op repeat zetten. Dan dansten we gevieren, de handen in de lucht, en lachten we om Michel, die George Michael playbackte. De herinnering hieraan lijkt de grond onder mijn voeten weg te slaan. Ineens voel ik weer wat 'nooit meer' betekent. Nooit meer zien, nooit meer voelen, nooit meer lachen. Nooit meer samen herinneringen ophalen. De enige persoon die onze kinderen net zo goed kende als ik, net zoveel en onvoorwaardelijk van ze hield, is weg. Ik heb me afgelopen weken geconcentreerd op zijn donkere kant, en dat hielp, maar hij had ook een lichte, zachte kant, waar ik zo van hield dat ik al het andere voor lief nam.

De meiden reageren niet op mijn bericht. Ik stuur er nog een. Ze zijn verdomme de godganse dag met hun mobiel bezig. Ik bel ze. Ze nemen niet op. Het is halfzes. Over een uur is de kip klaar. Ze zitten natuurlijk in een of ander café, met hun nieuwe vrienden. En dat is niet erg, integendeel, het is precies wat ik voor ze wil, maar nu heb ik ze nodig. Ik zet de oven lager, trek mijn jas aan en ga naar buiten. Gelukkig zijn in dit dorp de mogelijkheden beperkt. Als ze in de kroeg zitten, moet ik ze toch binnen tien minuten gevonden hebben.

De terrassen van Bergen zitten vol, dankzij de heaters die de drinkende rokers warm houden. Ik dwaal langs de kerk en door het centrum, weggedoken in mijn jas, speurend naar mijn meiden. In Miracles zitten ze niet, en in de Stories vind ik Patricia, die met een aantal vrouwen aan de rosé en bitterballen zit. 'O, de kinderen,' zegt ze, 'die zijn vast bij de après-skibar, naast het ijsbaantje, je weet wel, op het plein. Ook een glaasje?' Ik sla het aanbod af, me nog steeds verwonderend over haar nieuwe gezicht, waarvan geen enkele emotie is af te lezen.

'Leuk hè, dat ze elkaar meteen weer zo weten te vinden!' roept ze me na.

Sophie en Annabelle staan met vier lange, blonde jongens als volleerde kroeggangers aan een statafel in de après-skibar, drinkend uit grote, witte glazen waarop in koeienletters Moët staat. Ik zie ze lachen, en meezingen met René Froger. Sophies wangen zijn vuurrood van opwinding. Een van de jongens heeft een arm om Annabelles schouders geslagen. De jongens dragen hun halflange haar strak achterovergekamd en vastgeplakt met, ik vermoed, een halve pot gel. Ze roken alle zes alsof hun leven ervan afhangt. Midden op de statafel staat een koeler met een grote fles witte Moët & Chandon erin. Wanneer Sophie mij opmerkt laat ze meteen haar sigaret op de grond vallen. 'O my god,' zie ik haar zeggen. Annabelle zwaait naar me en glimlacht brutaal. 'Mam!' roept ze. 'Wat gezellig! Kom erbij!'

'Nou, zo gezellig vind ik het niet.' Ik weet niet waarom, maar tranen dringen zich op. 'Hebben jullie mijn berichtjes niet gehad?' Beiden graaien naar hun telefoon. De jongen naast Annabelle haalt zijn arm van haar schouder en steekt zijn hand naar me uit. 'Mevrouw Brouwers, aangenaam kennis te maken. Ik ben Thom Vogel, u weet wel, de zoon van.'

'Mam, we wilden net naar huis gaan hoor...'

Thom wenkt de barman en voor ik het weet drukt hij ook mij een groot wit glas in handen. Hij is niet de zoon van, maar de kloon van.

'En dit zijn Thies, mijn broer, Beau, mijn beste vriend, en Luuk, zijn broertje.'

'Hoi,' zeg ik. 'Moeder van deze dames.'

Ik staar naar de gebruinde jongensgezichten die me minzaam lachend aankijken.

'Enne, nog gecondoleerd, hè...'

'Dank je wel,' zeg ik. 'Meiden, we gaan.'

'Ah, mam, doe nou even niet zo hysterisch...'

'Mevrouw,' begint Beau en hij legt zijn hand op mijn arm.

'Zeg maar gewoon Karen,' zeg ik snibbig en ik trek mijn arm terug.

'Laten we nog even dit glaasje leegdrinken, oké? En proosten op jullie terugkeer!' Thom heft zijn glas. De meiden doen opstandig mee. Annabelle drukt me tegen zich aan. 'Mam, we vinden het juist leuk dat je er bent. Er is toch niets mis met een beetje lol maken, dat mag toch best?'

'Kom op. Jassen aan.'

'Jezus!' snauwt Sophie en ze slaat haar glas in één keer achterover. Ik heb zin om haar een mep te verkopen. Niet dat ik het doe, niet dat ik het ooit doe.

'Mevrouw Brouwers...' zegt Thom.

'Ik heet Van de Made. Karen van de Made. En noem mij alsjeblieft Karen.'

'Oké, Karen dan, ik vind het zeer onprettig dat wij op deze manier kennis moeten maken. We drinken alleen maar een kerstborreltje. We hadden niets kwaads in de zin. Kan ik iets doen om het goed te maken?'

Ik weet niet wat me meer ergert, de brutale arrogantie van mijn dochters of de vormelijke oudemannentaal van deze jongen.

Sophie staat inmiddels te janken. 'Ik haat je!' schreeuwt ze.

'Nee, Soof, dat moet je niet zeggen,' zegt Beau. 'Je kunt je moeder niet haten.'

'Ik wel! Dat wijf sleurt ons eerst tegen onze zin hier naartoe en nu mogen we niet eens een beetje lol hebben.'

'Ik wacht buiten,' zeg ik en ik kijk Thom streng aan. 'Ik verwacht jullie daar binnen vijf minuten.'

Stilzwijgend lopen we met z'n drieën naar huis. Sophie wankelt op mijn hoge hakken. We helpen haar de trap op en ik houd haar haren omhoog als ze overgeeft in het toilet. 'Sorry hoor, mam,' zegt Annabelle schuldbewust terwijl ze rommelt in de dozen met kerstversiering. Ik pak een glas water en een paar pantoffels voor Sophie en maak met een nat washandje haar gezicht schoon.

'Mam, het is zo cool hier,' zegt ze met dikke tong.

'Ze is gewoon verliefd op die Thies,' zegt Annabelle.

'Helemaal niet! Je bent zelf verliefd. Op Thom.'

Ik sla mijn armen om het breekbare middel van mijn jongste dochter en begeleid haar naar de bank. Annabelle heeft de eerste rode ballen al in de kerstboom gehangen.

'Zullen we Wham! opzetten? Net zoals vroeger?' vraagt ze. Vroeger, dat is toen haar vader er nog was. Vroeger, dat is net aan een maand geleden.

Ik zet mijn iPhone in de box en zet het nummer op. Al bij de eerste klanken wordt mijn keel dik.

'We missen papa nu heel erg...' zegt Sophie.

Ik knik. De meiden kijken me aan, met grote ogen vol tranen.

'Nou, dan moet jij maar de piek doen,' zegt Annabelle en ze overhandigt me de smalle witte doos. Op slag veranderen mijn dochters in de kleine meisjes die ze ook zijn. Sophie komt van de bank en stort zich op de doos met kerstspullen. Ze vinden door hen gevouwen engelen en de gipsen beeldjes van kindeke Jezus, Jozef en Maria, die zij ooit zelf beschilderden. Ik kijk naar ze en voel dat ik ze zo wil houden. Bij mij. Van mij. Voor altijd. En ik weet dat dat niet zal gaan. Ze vliegen uit, nu al, ze gaan hun eigen weg. Het gaat ze pijn doen en hard maken.

# 6

Het is stil op straat en pas wanneer ik de twee kerkklokken om het luidst hoor slaan, weet ik het weer: het is kerst. Vanavond komt mijn schoonmoeder eten. We gaan gourmetten, zoals ieder jaar. Tradities die ontstaan zijn toen de meiden klein waren en waaraan we met z'n allen enorm gehecht zijn. Nu Michel er niet meer is nog meer, lijkt het wel. Mijn telefoon gaat. Ik neem op, ervan overtuigd dat het mijn schoonmoeder is.

'Ja, hoi, met mij.' Een schorre vrouwenstem. 'Ja, sorry dat ik je nu stoor en ook nog een zalige kerst toegewenst, maar ik moet je even spreken.' Ik heb geen idee wie dit is.

'Over de kinderen.'

'Oké. Ja, hoi Patricia.'

'De jongens vertelden me wat er gisteren is gebeurd. Meid, ik schaam me diep. Dat kan natuurlijk helemaal niet.'

'Ach, die dingen gebeuren.'

'Ja, klopt, maar ik heb nog zo gezegd: Doe nou rustig aan met die meisjes. Ze hebben net hun vader verloren, ze zijn nieuw hier...'

Ik ben even stil. Dan vraag ik wat ze precies bedoelt.

'Nou ja, Simon en ik vroegen de jongens zich een beetje over je dochters te ontfermen. Ze wegwijs te maken in het dorp, je weet wel, dat soort dingen. Het is niet niks toch, ineens te moeten verhuizen, nieuwe vrienden te moeten maken...'

Een koude rilling glijdt langs mijn ruggengraat. Zij en Simon. Ze proberen niet alleen greep op mijn leven te houden, maar ook op dat van mijn kinderen.

'Goh, wel eerlijk van je zoons, dat ze dat allemaal verteld hebben.'

'Ja, zo zijn ze. We zijn heel open thuis, alles is bespreekbaar. Is trouwens ook onmogelijk in zo'n dorp als dit, geheimen bewaren.'

Ik grinnik. 'Daar weet ik alles van.'

'Maar goed, ik hoop maar dat je niet boos op ze bent.'

'Ik was boos op Sophie en Annabelle. Sophie mag niet drinken en Annabelle is de oudste, zij heeft de verantwoording. Maar wat is boos? We zijn zelf ook jong geweest...'

'Gelukkig. Dus morgen gaat door?'

'Morgen. Wat is er morgen?' Ik kan me niet herinneren dat ik iets afgesproken heb.

'Kerstdiner. Hier bij ons. Ivo is er, Kees... en alle kinderen.'

Ik denk aan Angela, die dan in haar eentje zit.

'Mag ik iemand meenemen?' vraag ik.

'Natuurlijk! Maar wie dan, als ik vragen mag?'

'Angela.'

Er valt een lange stilte. Dan: 'Dat lijkt me wel wat ingewikkeld worden.'

'Het is kerst. Dan laat je je vrienden toch niet alleen zitten?'

'Ja, maar Angela en Janine... Dat wordt heel a-relaxed.'

'Haar eigen kinderen zijn er ook.'

'Weet je, ik heb nooit zoveel gehad met Angela, jij wel? Ik vond haar altijd zo bitchy. Achterbaks ook.'

'O? Daar heb ik nooit iets van gemerkt. In mijn herinnering waren jij en Angela heel dik samen, net zoals Hanneke en ik...'

'Ik denk ook niet dat Simon het goed vindt. Kees is zijn maat. Vind je het heel erg?'

Ik steek een sigaret op. Ja, ik vind het heel erg. Dit is precies de reden waarom ik hier ooit vertrokken ben. Het gekonkel. De uitsluiting. Maar wanneer ik ervoor kies naar Angela te gaan, vertrouwen ze mij niet meer.

'Ah, dus het zijn eigenlijk de mannen die onze vriendschappen bepalen...'

'Jezus Karen, jij bent altijd zo bloedserieus. Kom je nou of niet?'

'Ik ben er, met de meiden. Moet ik nog iets doen, meenemen, maken?'

'O, leuk. Nee schat, wij hebben hier alles voor mekaar. Gezellig. Zullen de jongens ook heel leuk vinden. Ze zijn helemaal onder de indruk van jouw meisjes. Nou, doei, tot morgen, halfacht.'

In het bos hangt een lage mist. Ik ben de enige die er loopt, over het bruggetje van het Oude Hof, het water waar ik tien jaar geleden in fietste. Toen dacht ik dat ik hun geheimen had ontrafeld. Nu weet ik niets meer. Het is gewoon allemaal doorgegaan achter mijn rug. Dezelfde spelletjes worden steeds opnieuw gespeeld. De een wordt binnengehaald, de ander uitgekotst. Ik loop langs de villa's van de Eeuwigelaan en bel Angela om te vragen of ze zin heeft vanavond bij mij te komen eten met haar kinderen. Haar stem is hoog en ze reageert bijna overdreven enthousiast. 'Ja natuurlijk, wat enig! Ik heb al eten gemaakt, ik heb konijn gestoofd in mosterd en witte wijn, zal ik dat dan gewoon meenemen? Weet je zeker dat je genoeg ruimte hebt? Ik neem ook wel wat wijn mee. Van de Aldi, dat wel, maar weet je dat ze daar best prima wijnen hebben?'

Ik kijk naar de voordeuren van de villa's, alle behangen met dikke kransen, de bomen in de tuinen verlicht door duizenden lichtjes. Het lijkt allemaal zo prachtig. Hier leidt men het mooie leven, als mooie man met een mooie vrouw en mooie kinderen in mooie kleertjes. De bloemen in hun lommerrijke tuin bloeien eeuwig, zoals de SUV eeuwig glanst, en de mooie man met zijn mooie vrouw hebben ook mooie interessante vrienden, die ze dagelijks ontmoeten op een van de terrassen, na het tennissen, of met een verzameling boodschappentassen gevuld met lekkernijen. De mooie kinderen maken hun witte kleertjes vuil op het veld van de Ruïnekerk en de mooie man geeft rondjes rosé en besluit dat ze gezellig blijven eten. De mooie man en zijn mooie vrouw bespreken de nieuwste scheidingen en faillissementen met hun mooie vrienden, die zeker lijken te weten dat zij nooit failliet zullen gaan en nooit zullen scheiden, en ze denken van elkaar: wacht jij maar, volgende week is het jouw beurt. En achter die mooie hoge hekken om die mooie groene tuinen, compleet met veilig ingegraven trampoline en boomhut, wordt nauwelijks geslapen vanwege de torenhoge schulden, het schelden en het vechten, het zuipen en het vreemdgaan.

'Nou meid, tot vanavond dus,' hoor ik Angela zeggen.

'Ja, gezellig,' antwoord ik afwezig, terwijl ik Janine en Amanda voorbij zie rijden. Ze zwaaien. Ik zit er weer middenin. Maar deze keer sta ik aan het roer.

# 7

Mijn schoonmoeder ziet er slecht uit. Haar ogen staan troebel en ze is nog magerder dan de vorige keer dat ik haar zag. Rond zeven uur staat ze voor mijn deur met haar kleine weekendtas. We omarmen elkaar en ze barst onmiddellijk in snikken uit. 'Ik mis hem zo,' zegt ze bibberig. Ik huil ook, maar deze keer om haar. Wat heb je er eigenlijk aan zo oud te worden? Je geliefde, je kind, jezelf te verliezen? Zo oud te zijn dat niemand meer echt op je zit te wachten, je geen plannen voor de toekomst meer kunt maken, je alleen nog maar afscheid kunt nemen en moet leven van herinneringen?

We lopen naar boven en de meiden roepen in koor: 'Oma!' waarop ze opnieuw in snikken uitbarst. 'Let maar niet op mij hoor, ik ben een beetje emotioneel vandaag,' zegt Els en ze drukt haar neus in de haren van mijn dochters, op zoek naar de geur van haar zoon.

'Kind, wat woon je hier leuk,' roept ze uit. Sophie neemt haar jas en tas aan, waarna Els plaatsneemt aan de keukentafel. 'En wat hebben jullie het hier prachtig versierd.' De meiden gaan naast haar zitten. Ze streelt hun wangen om de beurt. 'Hoe bevalt het, hier weer te wonen?' vraagt ze.

Annabelle en Sophie halen hun schouders op. 'Best, geloof ik,' antwoordt Sophie.

'We zijn er nog maar net,' zegt Annabelle.

'Wat een toestand allemaal, hè...' zucht Els, en ze neemt een ferme slok van het glas witte wijn dat ik haar heb ingeschonken. 'Maar jullie moeder heeft een goede keuze gemaakt. En dat huis in een week tijd verkopen, dat is een wonder in deze tijd. En Zuid-Frankrijk?'

'Zuid-Frankrijk zit in Michels erfenis. Is van de zaak...'

'Tjongejongejonge. Goed met geld is hij nooit geweest, die zoon van mij.'

Ik denk aan de kippen in mijn vriezer, gevuld met negen ton.

De bel gaat opnieuw. 'Hè gezellig, nog meer gasten?' vraagt Els. Ik glimlach en geef haar een kus op haar voorhoofd. Nooit zal ze klagen dat ze ons te weinig ziet, nooit moppert ze dat het te druk, te warm, te koud, te laat of te vroeg is. Ze vraagt niets voor zichzelf.

Angela maakt haar entree met een bizarre hoeveelheid pannen, tupperwarebakjes en flessen. Met rood aangelopen hoofd verschanst ze zich onmiddellijk achter mijn aanrecht en begint te rommelen in mijn kasten. 'Ik had geen madeira in huis, heb jij dat? Moet bij het konijn!' Ik denk aan de limoncello en vraag me af of haar madeira misschien ook zo is opgegaan. Angela's kinderen Lotte, Daan en Joep geven ons bedrukt een handje.

'Lieve hemel, wat leuk,' breekt schoonmoeder Els het ijs. Ik neem alle jassen aan en schenk cola in voor alle kinderen, die al lang geen kinderen meer zijn, maar norse, pukkelige pubers. Daan en Joep houden hun Abercrombie-petten op.

'Mag mijn ijstaart even in je vriezer?' vraagt Angela en voor ik kan antwoorden staat ze al gebogen over mijn vrieslades, met een van de bevroren kippen in haar hand.

‘Hij zit nogal vol,’ stamel ik.

‘Ja, dat zie ik. Ik maak even ruimte.’ De kip valt uit haar handen met een dof plofje op de grond.

‘Laat mij maar,’ zeg ik geërgerd en raap de kip op. Het zakje geld steekt met een klein puntje uit de holte. Ik duw het terug en maak ruimte in de vrieslade.

We eten. De kinderen gourmet, de vrouwen konijn met stoofperen, zuurkool en cranberry’s. De gesprekken gaan moeizaam, hoewel de wijn vloeit, en ik krijg de zenuwen van Angela, die continu onrustig heen en weer beent tussen aanrecht en tafel, want ze heeft ook nog een heerlijk toetje, dat in de oven moet, waarbij een saus hoort die ze met de hand opklopt en dan komt ze met een overheerlijke dessertwijn, uit Kees’ wijnkelder gejat, en zo gaat ze maar door. Binnen het uur weet ze het complete kerstdiner en vier flessen wijn erdoorheen te jagen. De kinderen ruimen af, vragen of we het goed vinden als ze een filmpje gaan kijken op Annabelles kamer en wij knikken, enigszins opgelucht dat die grote, onhandige lijven hun eigen plek opzoeken.

‘Gek hè,’ zegt Angela, ‘hoe die kids de ruimte zo in beslag kunnen nemen, alleen al met hun volume. Ik voel me sinds ik alleen ben zo’n klein en hulpeloos moedertje tussen die drie. En ze ruiken. Mijn dochter niet hoor, maar die jongens, mijn god wat een lucht.’

Ik vraag of de dames koffie willen. Mijn schoonmoeder pakt mijn hand en zegt: ‘Heerlijk, kind. Een gewone koffie, als dat kan.’ Angela schudt haar hoofd. ‘Dan kan ik straks niet meer slapen,’ zegt ze en ze schenkt haar glas vol met rode wijn. ‘Zeg...’ begint ze, terwijl ik opsta om koffie te maken, ‘ik hoor dat je morgen gaat?’

‘Ja,’ antwoord ik. ‘Ja, sorry...’

'Hoef je geen sorry voor te zeggen, hoor.'

'Wat? Waar ga je heen schat?'

'Naar vrienden. Die geven een kerstdiner.'

'O, wat leuk. Het is toch wel fantastisch dat je hier in zo'n warm bad terechtkomt,' zegt mijn schoonmoeder.

'Nou, warm bad...' zegt Angela. 'Aasgieren zijn het. Mijn ex-man is daar ook. Met zijn nieuwe vriendin. Twintig jaar jonger.'

'Ach kind toch...'

'Ja. Ik ben gewoon ingeruild door iedereen.'

'Ik heb overwogen om niet te gaan,' zeg ik laf.

'Nee, je moet gaan. Jij gaat en vertelt mij daarna alles.'

Ze rommelt in haar tas en haalt een pakje sigaretten tevoorschijn. 'Mag ik er nu even een opsteken, bij het raam? Wil jij ook?'

'Als mijn schoonmoeder geen bezwaar heeft...'

'Het is jouw huis. Doe mij er ook maar een trouwens. Ik ben toch al oud.'

We lachen. Ik zet het raam open en we steken er alle drie een op.

'En Angela...' begint mijn schoonmoeder. 'Heb jij al een nieuwe liefde op het oog?'

Angela produceert een honend geluid en schudt driftig haar hoofd. 'Ik moet er niet aan denken. En trouwens, al zou ik willen, waar vind ik die? In dit dorp ken ik iedereen al zo lang... Weet je hoe het hier gaat? Ieder jaar worden de kussens opgeschud en de partners geruild. Je weet gewoon: op een dag ben ik aan de beurt. Maar ikzelf zit er niet op te wachten hoor, op de man van een ander, een vader van andere kinderen. En laten we wel wezen, ik ben geen goede partij. Oud, moeder, tonnen schuld. Daar branden die kerels hun vingers niet aan. Waarom zouden ze? In de Stories treffen ze hele busladingen jongere vrouwen die op zoek zijn naar een miljonair. Maakt niet uit hoe oud en hoe lelijk die kerels zijn.'

'Jeetje,' stamelt mijn schoonmoeder. 'Maar daar worden die mannen uiteindelijk toch ook niet gelukkiger van?'

'Nee,' schampert Angela. 'Uiteindelijk niet. Maar dan is het te laat. Dan hebben ze ineens twee gezinnen. Staan ze weer bij het schoolplein van de Kievit achter de buggy. Om te gillen is het eigenlijk.'

Angela vult onze glazen bij. De helft van de wijn giet ze ernaast. 'En nu is het ineens crisis. Zitten ze met een dubbele hypotheek, een slechtlopend bedrijf en een verwend golddiggertje op de bank. Karma is a bitch.'

Mijn schoonmoeder staat op en begint de tafel af te ruimen. Ik zie tranen opwellen in Angela's ogen.

'Zo treurig allemaal,' snikt ze. 'En die Simon, waar jij morgenavond lekker gaat zitten eten, dat is de allerergste. Hij heeft ze allemaal bij de ballen. Jou ook. Realiseer je je dat? Dat je straks aan tafel zit bij de moordenaar van jouw man?'

Mijn schoonmoeder kijkt verschrikt om en laat een glas vallen.

'Ik geloof dat je iets te veel gedronken hebt...' zeg ik.

'Ik wil eigenlijk wel heel graag weten wat ze daar precies mee bedoelt,' zegt mijn schoonmoeder.

'Jezus, zitten jullie hier te roken!' roept Annabelle, die de kamer binnenloopt om nieuwe cola en chips te pakken. Ze ziet onze ontzette gezichten, grist een fles uit de koelkast en verdwijnt weer. 'Niet normaal, echt...' zegt ze terwijl ze de deur achter zich dichtslaat.

'Nou, vooruit Angela, wat bedoel je precies?' herhaalt mijn schoonmoeder met rode konen.

'Ik bedoel dat Simon de duivel is, en dat onze mannen hun ziel aan hem verkocht hebben.'

'In ruil voor wat?' vraag ik.

'In ruil voor geld, status, seks. Meespelen met de grote jongens.'

'En hoe kom je er in godsnaam bij dat hij Michel vermoord zou hebben?'

'Misschien niet letterlijk... Maar uiteindelijk is hij toch medeverantwoordelijk voor Everts en Hannekes dood. Hij kan het allemaal lekker op Babette schuiven, maar hij is degene die met mensen speelt alsof het playmobilpoppetjes zijn. Hij jaagt ze over hun grenzen. Hoe het precies zit, weet ik verder ook niet.'

Het kippenvel staat op mijn armen. 'Luister,' zeg ik, terwijl ik stoffer en blik pak, 'je kunt hier niet iemand zomaar van moord beschuldigen en dan zeggen dat je niet precies weet hoe het zit. Je hebt het over mijn man. Haar zoon. Dus vertel.'

Mijn schoonmoeder pakt haar stoel en gaat voorzichtig zitten. Ik zie haar handen beven.

Angela peutert met haar roodgelakte nagels een sigaret uit haar pakje. Haar mascara is uitgelopen. De rode lippenstift heeft zich verplaatst naar de groeven rond haar mond.

'Ik heb me nooit met de zaken van Kees bemoeid. Maar twaalf jaar geleden zijn Simon en Kees met elkaar in zee gegaan. Dankzij Simons investeringen kon Kees zijn horeca uitbreiden. De sky leek de limit. Ze gingen samen reizen, golfen, naar Marbella, Saint-Tropez, Ibiza... Horeca kijken zogenaamd. Het kon niet op. Hetzelfde gebeurde met Evert, Ivo, jouw Michel. Simon investeerde, kocht of bouwde het vastgoed dat zij van hem huurden en als het misging, vervielen de bedrijven aan hem.'

'Investeren in iemands bedrijf maakt je nog geen moordenaar.'

'Financieel had hij ze in de tang. Hij maakte ze verslaafd

aan het leventje. Dure auto's, dure reizen, maatpakken, huizen in het buitenland. Dat konden ze natuurlijk helemaal niet betalen. Ze leefden van geleend geld, geld uit het bedrijf. En zodra het fout ging, sloeg hij toe. Simon heeft meerderheidsbelang in Kees zijn zaken. En in die van jouw Michel. Ivo is zijn speelpop. Hij heeft de hele keten sportzaken van Evert overgenomen, gereorganiseerd en er miljoenen mee opgestreken. Als die mannen niet meewerken, of eruit willen, maakt hij ze kapot. Kijk naar Evert. En nu naar Michel.'

Mijn schoonmoeder en ik zwijgen. Ik spoel de borden af en zet ze in de afwasmachine.

'Misschien moet ik toch maar een kop koffie nemen...' stamelt Angela. Ik kijk op de klok. Het is halfeen.

'Ik ga even naar de wc,' zeg ik.

Als ik terugkom, heeft Angela haar jas aan. 'Geen idee dat het al zo laat was,' zegt ze en ze wankelt naar de deur om haar kinderen te roepen. De tafel is afgeruimd, de ramen staan open. Mijn schoonmoeder kijkt me aan, haar wenkbrauwen opgetrokken. Ik hoor gestommel in de gang en dan staan de vijf grote lijven weer in de woonkamer. Ze nemen afscheid van elkaar met drie zoenen. Angela drukt me tegen zich aan en mompelt verontschuldigingen. 'Ik haal mijn pannen later op,' zegt ze. 'Ik mag van mijn kids niet meer rijden.'

'Mijn god,' fluistert mijn schoonmoeder. Ze staat in mijn kleine badkamer in haar babyblauwe nachtpon. 'Zou het waar kunnen zijn?'

Ik pak een cleansingdoekje en haal de mascara van mijn ogen. 'Ik weet het niet, Els.' Ik wil haar niet ongerust maken.

'Ben je daarom hier?' vraagt ze.

'Ik ben hier omdat ik geen andere kant op kon,' antwoord ik.

'Ik ben oud,' zegt ze. 'Maar niet gek of dom. Je realiseert je toch wel waar je mee bezig bent? In het hol van de leeuw?' Ze kijkt me via de spiegel ernstig aan.

'Kom bij mij wonen. We vinden zo een huisje voor je. Het is genoeg geweest, vind je niet?'

'Ik moet het weten, Els. Ik moet weten wat er precies gebeurd is. Ze hebben mij en Michel alles afgenomen. Ik kan me daar niet bij neerleggen, dan word ik gek.'

# 8

De witgepleisterde villa van Simon en Patricia ligt niet bepaald verscholen aan het einde van de feeëriek verlichte oprijlaan. 'Zo hé,' zeggen mijn dochters in koor als we van de fiets stappen en op onze hakken door het witte grind waden.

We stallen onze fietsen in het daarvoor bestemde rek, zetten ze op slot en begeven ons naar de imposante deur, die geflankeerd wordt door twee met rode lampjes versierde kerstbomen. Ik voel me klein als ik aanbel, met mijn flesje chablis onder de arm, en ik zie ook mijn dochters ineenkrimpen, in afwachting van onze entree.

Het is Thom die de deur opendoet en ons ontvangt met een grijns die me onmiddellijk aan zijn vader doet denken. 'Daar heb je de drie gratiën!' roept hij uit en ook dat glijerige heeft hij van zijn pa. Ik zie Annabelle smelten. 'Merry christmas!' Hij kust ons allemaal drie keer. 'En welkom. Pa en ma zijn binnen, bij de rest. Mag ik jullie jassen?'

'Cool,' zegt Sophie. 'Cool huis.'

'Volg mij.'

We volgen Thom door de witte hal, langs een wand vol reusachtige foto's van de drie jongens en aan het einde een levensgroot en levensecht geschilderd portret van het hele gezin. Thom houdt de matglazen deur voor ons open en wanneer we de kamer in stappen, voelen we alle ogen op ons gericht. Het lijkt zelfs alsof er een stilte valt. Ik zie bekende en onbekende gezichten. Ze glimlachen allemaal meewarig. Daar heb je haar. Die zielige vrouw, wier man dood is en die geen rooie cent meer heeft. Ik ben hun nachtmerrie, het levende voorbeeld van wat hun te wachten staat als ze Simon dwars gaan zitten.

'Wat fijn dat jullie er zijn,' hoor ik Simon zeggen. Ik krijg een glas champagne en hij vraagt of ik van oesters houd. Patricia stormt op me af en drukt haar plastic borsten tegen me aan. Ze draagt een strakke, donkergroene jurk met een decolleté waar haar tieten bijna uit rollen. 'De kinderen zijn allemaal boven,' zegt ze tegen mijn dochters, die ook champagne krijgen. 'Bij de dj.'

Ze troont me mee langs de mensen. Ik word gekust door wildvreemden. 'Zo erg, van je man,' stamelen sommigen. Ik pak een tweede glas. 'En hier is Ivo,' zegt Patricia. 'Die ken je tenminste.' Ivo en Amanda staan naast de immense haard. 'Dit is Joop, de vader van Patries,' zegt Ivo en Joop steekt zijn grote eeltige hand uit. 'Ja, ik weet wie jij bent,' zegt hij met een Amsterdamse tongval. Joop is groot en draagt zijn forse buik fier. Zijn felle blik maakt me ongemakkelijk.

'En, hoe bevalt het tot nu toe terug te zijn in je ouwe dorp?' vraagt Ivo.

'Ik ben er net,' zeg ik.

'Je hebt zo'n leuk huisje,' zegt Amanda. 'Ik heb er ook een paar maanden gezeten.'

Ik glimlach. 'Ah, wat grappig. Hoe kwam jij daar terecht?' vraag ik. Ik merk dat de champagne zijn aangename werking begint te doen.

'Ik had Ivo leren kennen in Cannes,' antwoordt Amanda. 'Via Patricia. Zij nodigde me uit voor een feest waar hij ook was. Het bleek zo enorm te klikken tussen ons, dat ik mijn appartement in Amsterdam opgaf en hier ben gaan wonen. Dankzij Patricia en Simon kon ik tijdelijk in jouw appartement en zij boden me ook nog eens de kans een boetiekje in het dorp te openen.'

'Ik ben eerst jaren alleen geweest...' vult Ivo aan.

'Je hoeft je niet te verontschuldigen. Ik ben blij voor je. Voor jullie,' zeg ik tegen Ivo en klink mijn glas tegen het zijne. 'En waar zit je boetiek precies?' vraag ik.

'In dat nieuwe pand, naast de kerk. En ik heb nu ook een winkel in Alkmaar.'

'Gaat goed dus. Knap hoor, in deze tijd. Pandjes van Simon zeker?'

Amanda knikt verheugd.

'Ik verrek van de honger,' zegt Ivo. 'Ik ga een bordje eten halen. Gaan jullie mee?'

'Strakjes,' zegt Amanda. 'Wij doen het nog even met de bubbels, toch?' En zodra Ivo uit het zicht is: 'Ik heb een bloedhekel aan buffetten. Zo ordi. Beetje in de rij gaan staan voor je eten. Maar Patries had geen zin in een ellenlange tafelsessie. Ze wil dansen. Die vrouw zit me toch een partij in de midlife. Ik vraag me weleens af waar ze al die energie vandaan haalt. Altijd mensen om haar heen, altijd feesten organiseren. Er moet toch een leeftijd komen dat je er een keertje klaar mee bent?' Ik kijk haar verwonderd aan. In de eetclub mogen de vrouwen misschien verwisseld zijn, hun afgunstige geroddel is precies hetzelfde gebleven.

'En, hoe was het gisteren met Angela?'

De tamtam van het dorp werkt weergaloos.

'Ja,' zeg ik. 'Erg gezellig.'

'Vind je haar niet verbitterd?'

'Misschien,' antwoord ik. 'Maar heeft ze daar niet alle reden toe?'

Amanda haalt haar slanke schouders op. Ze frunnikt aan een gouden collier. 'Ik weet niet hoor. Ik vraag me af waarom ze niet gewoon doorgaat met haar leven.'

'Dat is gemakkelijker gezegd dan gedaan.' Het ergert me, al die mensen die maar de hele tijd zeggen dat je door moet gaan met je leven. Welk leven? Het leven dat je had, is je ontnomen. Deze vrouwen ja, zij gaan door met onze levens. Zij staan nu naast onze mannen, zitten aan tafel met onze kinderen, gaan op vakantie met onze vrienden. Wat weten zij ervan hoe het voelt vervangen te worden? Hoe het is om jezelf opnieuw uit te vinden? Hoe wankel je bestaan wordt wanneer je op je vijfenveertigste weer de IKEA in moet voor een starterspannenset?

En alsof het allemaal nog niet genoeg is, zie ik Janine wild zwaaiend op ons af komen, gehuld in een soort goud satijnen servet, dat weinig aan de verbeelding overlaat, vooral haar perfect gevormde borsten niet. Ze loopt op stilettohakken alsof ze ermee geboren is en grist onderweg nog even drie glazen champagne mee. 'Meiden!' gilt ze. 'Merry christmas!' Ze buigt zich voorover en geeft ons allebei een kus op de wang. 'Ik doe tegenwoordig maar één zoen, hoor. Drie word ik zo moe van met al die mensen.' Ik vraag me af hoe Kees haar kinderstemmetje verdraagt.

'Ik heb nieuws!' blaat ze door. 'Raad eens wat ik vanochtend onder de kerstboom vond?' Haar donkere ogen schitteren. Ze toont ons haar linkerhand en rond haar ringvinger prijkt een gouden ring met een prachtige diamant.

Ik trek me terug en glip stilletjes door de glazen schuifpui naar buiten. Op het terras staat een grote vuurkorf bij een sloophouten bank waarop felgekleurde kussens en dekens liggen. Ik ga zitten, sla een van de dekens om mijn schouders en steek een sigaret op. Als ik opkijk, staat Ivo naast me en vraagt of hij plaats mag nemen. Uit zijn binnenzak haalt hij een dikke sigaar, die hij eerst zorgvuldig afknipt met een soort schuifje dat iets wegheeft van een guillotine. Daarna steekt hij hem aan. Uit zijn mond ontsnapt een wolk rook.

'Fijn hoor, Karen, dat je er bent. Dat we weer contact hebben.'

Hij klopt voorzichtig op mijn knie.

'Je bent toch een van de weinigen die Hanneke nog gekend heeft. Echt gekend, bedoel ik.'

'En jij bent een van de weinigen die Michel beter heeft gekend dan ik.' Ik grinnik om mijn eigen cynisme. Hij kijkt me lang aan met zijn lodderige ogen.

'Je bent geen steek veranderd, weet je dat?'

'Je bedoelt dat ik nog even naïef ben?'

'Nee, dat de tijd je nauwelijks heeft aangeraakt. Je bent nog steeds een meisje.'

Ik begin te blozen en schiet in een onhandige lach. Een meisje. Ik voel me honderdentien.

'Heb je er geen moeite mee? Met ouder worden? Ik wel. Ik vind het verschrikkelijk.' Hij leunt met zijn ellebogen op zijn knieën en neemt nog een stevige haal van zijn sigaar. Zijn pak zit te strak om zijn grote lijf.

'Ik doe er alles aan. Personal trainer. Diëten. Maar ik raak die kilo's niet kwijt en haar groeit alleen nog maar op mijn rug. Amanda had het laatst over een maagverkleining. Hoe kan het, dat dit met me gebeurd is?' Het lijkt alsof hij in zichzelf praat.

'Misschien is het stress?' vraag ik.

'O ja, stress. Zeker. Het zijn bizarre tijden. Ik rook me het apelazarus. Vastgoed staat helemaal stil, weet je dat? Er is geen flikker te doen. Alles ligt op zijn reet. En van de banken valt ook niets meer te verwachten. Je kunt nog het beste je poen in een ouwe sporttas stoppen en onder je bed bewaren.'

'Als je poen hebt,' zeg ik zo koel mogelijk.

'Karen, laten we mekaar geen mietje noemen,' mompelt hij.

Ik slik. Mijn mond is gortdroog. 'Ik snap niet wat je bedoelt.'

Hij zwijgt even en laat zijn grote kale hoofd hangen. Dan zegt hij zacht, zonder me aan te kijken: 'Jouw Michel heeft ons in grote problemen gebracht. Ga jij nu met droge ogen beweren dat je dit niet weet?' Zijn ingehouden woede hangt als een zwarte aura om hem heen. Ik schud mijn hoofd.

'Waar heb je het in godsnaam over? Hij heeft mij ook nogal belazerd, weet je nog? Of nee, correctie, dat hebben jullie gedaan. Met z'n allen.'

'Het gaat niet meer om geld, Karen. Het gaat om levens.'

Ik steek nog een sigaret op. Mijn hart klopt in mijn keel.

'Zo te zien heeft Simon nog genoeg geld.'

'Ja, Simon. Die zorgt heel goed voor zichzelf.'

'En voor jou toch ook?'

We kijken allebei naar het vuur.

'Het belangrijkste is dat we allemaal goed voor elkaar zorgen. Dat hebben wij voor jou gedaan, nu wordt het tijd dat jij wat voor ons doet.'

'En dat is?'

'Je weet heel goed wat dat is.'

'Sorry, nee, dat weet ik niet.'

Ivo zucht.

'We missen een groot deel van de boekhouding. Die heeft hij ergens opgeborgen om ons onder druk te zetten. Zonder die dossiers krijgen we hele grote problemen met de FIOD. Gaan we er allemaal aan. We zijn tot elkaar veroordeeld, Karen. Het is een voor allen, allen voor een.'

'De Brotherhood?'

'Zo kun je het ook noemen.'

'Ik weet niets van boekhouding of dossiers. Heb niets gevonden. Kun je me niet gewoon vertellen hoe het precies in elkaar zit, in plaats van me te bedreigen?'

Ivo neemt een slok van zijn wodka.

'Ik bedreig niemand. Ik waarschuw alleen. Het is oorlog daarbuiten, Karen. En ik wil je nergens mee belasten, maar alleen jij hebt toegang tot de oplossing van een door jouw man gecreëerd probleem. Ik heb geprobeerd je erbuiten te houden, maar helaas...'

Hij staat op, enigszins wankel, en gooit zijn sigaar in de vlammen.

'Hoewel ik geen idee heb waar dit over gaat, zul je van mij pas enige medewerking krijgen als ik de complete waarheid krijg, Ivo. Alleen dan. Want ik mag dan geen steek veranderd zijn, ik laat me niet manipuleren door jullie. Dat doen jullie maar bij je opgepoetste golddiggertjes. Niet bij mij.'

'Wees gewoon eens lief. Geef ons die boekhouding. Dan zijn wij lief voor jou en is iedereen blij,' antwoordt hij vermoeid. Hij buigt zich en wil een zoen op mijn wang geven.

Ik deins achteruit. 'Nou Ivo, nog een fijne avond, hè. Ik heb het koud en ga maar weer eens naar binnen.' Ik steek vluchtig mijn hand op en maak dat ik wegkom.

Ik ben zo bang dat ik nauwelijks nog kan ademen. Alsof iemand me bij de strot heeft. Er is dus meer. Meer dan alleen die tassen met geld. Ergens heeft Michel iets verstopt wat hen allemaal kapot kan maken. Niet in ons oude huis, op zijn bedrijf, in Zuid-Frankrijk, dat hebben ze natuurlijk allemaal uitgekamd. Waar, verdomme? En waarom heeft hij niets voor mij achtergelaten, die eikel? Geen briefje, geen teken, niets? Omdat hij niet voorbereid was op de dood. Omdat hij vermoord is. Zoals Angela zei.

In de hal leg ik mijn koele glas in mijn hals, om de rode vlekken te temperen. In de weerspiegeling van de hoge ruiten zie ik een hysterisch hoofd. Niks meisje. Een bedrogen oudere vrouw. Die naar de politie zou moeten gaan. Maar dat niet durft uit schaamte en angst voor haar eigen hachje. Mijn god, denk ik, welke kant kan ik op? Ofwel het gevang in voor het achteroverdrukken van negen ton, of onder de wielen van Simons Aston Martin? Hebben mijn dochters straks ook geen moeder meer? Ik heb geen keuze. Ik moet hun spel meespelen en me misschien aan het eind wel gewonnen geven. Maar niet voordat ik de hele waarheid boven tafel heb. En de garantie heb dat mijn leven zeker is.

Ik fatsoeneer mezelf met wat lipgloss en poeder in het toilet, herschik mijn rode wikkeljurk die ik ooit in Saint-Tropez kocht en die me iedere keer als ik hem droeg een ruzie met Michel opleverde. Hij noemde de jurk de rode lap. Ook vandaag voldoet hij aan die functie.

Ik verlaat het toilet en wanneer ik de feestruimte weer binnen stap, zie ik Simon op de trap staan, geflankeerd door een stralende Patricia en zijn drie zoons. De muziek stopt, Simon zwaait, de gasten zwijgen en kijken omhoog. Hij heeft zelfs een microfoon, die zodra Simon een poging doet het woord tot ons te richten een afschuwelijke pieptoon laat horen. Het mooie plaatje dat zijn gezin is, krimpt ineen. Simon maakt een woedend gebaar naar boven. Als de piep verstomt worden we getrakteerd op Simons stem, die klinkt uit alle geluidsboxen. Ik ben benieuwd of je hem ook nog op het toilet kunt horen.

‘Lieve, lieve vrienden en familie. Allereerst wens ik jullie bij dezen nogmaals een zalig kerstfeest...’

Ik zie Patricia vergeefs naar zijn hand graaien. De drie jongens staan er wat verloren bij.

'Jullie zullen wel denken, wat moet die malloot met zijn speech en zijn microfoon, laat ons met rust, en ik beloof jullie, ik houd het kort...'

Er klinkt luid gegrinnik. Simon is een man van veel woorden.

'Maar ik denk dat het toch belangrijk is een klein woordje te spreken. Want het zijn uitdagende tijden. Ik zeg bewust "uitdagend" in plaats van "moeilijk" of "klote". Ik geloof namelijk niet in moeilijk. We krijgen allemaal onze portie en het is maar net hoe je ermee omgaat, aan welke kant je eindigt. Die van de verliezer of de winnaar. It's up to us. Het was dus een "uitdagend" jaar, waarin we veel verliezen leden. Relaties werden verbroken. Sommigen van ons moesten stevig inkrimpen, anderen gingen failliet. We verloren een van onze dierbaarste zakenpartners en beste vriend. Het is een goede tijd om even stil te staan bij wat we kwijtraakten.'

Hij schraapt zijn keel. Ik hoor mensen om me heen slikken en kuchen. Zijn benen lijken te trillen.

'Maar, er zijn ook nieuwe bedrijven geboren. Nieuwe relaties gestart. Jubilea gevierd. Patries en ik vijfentwintig jaar samen... Ivo die een schitterend kantoor aan het inrichten is op de Zuidas. Kinderen die hun eindexamen haalden en over de hele wereld uitvlogen. Karen en haar dochters Annabelle en Sophie, die weer in Bergen zijn komen wonen. Welkom meiden.'

Het hele gezin Vogel heft het glas in mijn richting. Alle mensen draaien zich naar me om, sommigen tikken hun glas tegen het mijne. Ik zie Patricia naar me staren, met een kille grijns.

'Kortom, het was een jaar van verlies en winst, van afscheid en nieuwe kansen. En wat we ermee doen, of we ze benutten of niet, of we nog meer verlies zullen draaien, of nog meer winst, wat blijft zijn jullie. Vrienden door dik en dun. Met elkaar vieren we het leven, met al zijn grillen. Wat hebben we veel meegemaakt samen. Ik wil alleen maar even gezegd hebben dat ik jullie dankbaar ben. Voor alles. We kunnen met elkaar vechten en soms vallen er harde woorden. Het is niet gemakkelijk hier, boven op de apenrots. Maar in the end zijn en blijven we vrienden. Of beter gezegd: we zijn een familie. Gebonden door bloed, zweet en tranen. Ik hou van jullie. Dank je wel.'

En ja hoor, daar galmt Hazes al door de kamer. Het feest kan beginnen.

Het buffet is al leeggeroofd en ik maak voor mezelf een bordje met de resterende parmaham, mozzarella en vijgen. Ik pak nog een gekonfijt eendenboutje, wat stokbrood en een trosje druiven en ga op zoek naar een rustig plekje om te kunnen eten. De meute gaat los en zingt in koor 'Zei ik vrienden, dag vrienden, de koek is op!' Boven, op de vide, staat de dj. Naast hem zie ik mijn dochters met verhitte hoofden meegalmen. Ik weet hoe zij genieten. Tien jaar geleden stond ik ook zo en dacht ik het ware geluk gevonden te hebben. Vanaf dat moment wilden wij nog maar één ding. Leven als Simon. Leven met Simon. Mooier dan dit bestond niet. Het maakte verslaafden van ons, steeds weer op zoek naar de rush van succes, van het gevoel mooi, bijzonder en onoverwinnelijk te zijn.

In een hoekje van de open keuken vind ik een stoel. Ik gris een glas witte wijn van het aanrecht en begin te eten, hoewel ik totaal geen honger heb. Ik voel dat het moet. Mijn hoofd tolt. Om me heen rent het personeel heen en weer, druk doende met een enorme taart van drie verdiepingen, versierd met vers fruit en chocola.

Als ze op zoek zijn naar dossiers, blijft het maar door mijn hoofd razen, waar zou Michel die dan verborgen hebben? Bij zijn moeder? Het lijkt me toch niet dat hij haar met zulk gevaar zou belasten. Ik wil eigenlijk naar huis. Alleen zijn met mijn gedachten. Nog een keer door zijn telefoon, zijn agenda gaan. Ergens moet toch iets te vinden zijn.

Onder de grote afzuigkap zie ik Janine staan, die met uitgestreken gezicht een sigaret tussen haar lippen steekt en hem aansteekt bij het gas. Als ze mij ziet, glimlacht ze. 'Effe stiekem,' roept ze, en ze zwaait omstandig haar eigen rook weg.

Ik zet mijn bord op de stoel naast me en loop naar haar toe. 'Gefeliciteerd nog hè, met je verloving,' zeg ik.

'Dank je.'

'Ken je Kees eigenlijk via Michel?' vraag ik.

Ze knikt. 'Ik voel me er wel lullig over hoor.'

'Over wat?'

'Dat ik je zo overviel in de Stories. Het zal de drank wel geweest zijn.'

'Ach, het is toch beter dat ik het weet. Waar heb je Michel leren kennen?'

Ze slaat haar ogen neer. 'De MIPIM. Daar was hij met het hele zooitje.'

De internationale vastgoedbeurs in Cannes. Daar ging hij bijna jaarlijks heen, net zoals naar de MIPTV. We hadden tenslotte een huis in de buurt. Hoe cliché. Ik vraag me af of hij met haar in ons huis heeft liggen neuken.

'Ik kende Patricia al. Van de challenge. Je weet wel, die autorace van de *Quote*.'

'Goh, dus zij doet aan autoracen?'

Ze lacht. 'Nou, zij niet hoor. En ik al helemaal niet. Patricia regelde de meiden voor achterin, zeg maar, als entertainment.'

'En toen zag je Michel en dacht je: die moet ik hebben.' Ik heb nu al spijt van mijn cynische toon. Ik wil haar niet afschrikken.

'Om eerlijk te zijn; ja. Hij was anders dan al die anderen. Met hem kon je lachen. Hij was niet zo'n seksist. Hij luisterde echt. En had goede adviezen.'

'Kees, was hij er ook al bij?'

'Nee, niet die eerste keer. Kees leerde ik hier kennen, in de Stories. Toen ik een keer met Michel mee was...'

De parmaham met mozzarella komt omhoog. Ik houd mijn hand voor mijn mond.

'Ja, sorry, je vraagt ernaar. En je moet weten dat ik echt heb gehouden van je man. Hij was lief en eenzaam. Je kunt mij van alles verwijten, maar als hij gelukkig was geweest met jou, had hij me met geen vinger aangeraakt. Zo'n man is het niet.'

'O, nu begrijp ik het. Het was mijn schuld dat hij vreemdging.'

'Dat zeg ik niet. Ik denk dat jullie elkaar een beetje waren kwijtgeraakt. Maar hij bleef bij jou, hoor. Zoals al die getrouwde kerels doen.'

'Behalve Kees.'

'Zijn ex is alcoholiste. Dat kon echt niet meer.'

'En jij dan Janine? Jij bent little miss perfect, die de mannen begrijpt en geeft wat ze nodig hebben?'

'Ik ben gewoon niet zo moeilijk.'

'En niet zo moeilijk houdt in?'

'Ik wil een lieve man, die goed voor me zorgt, meer niet. Paar kindjes. Gewoon een rustig leventje. En in ruil daarvoor krijgt die man wat hij nodig heeft. Liefde, seks, lekker eten. Ik hoef geen carrière, of op zoek naar mezelf. Kijk naar

Patricia, die heeft het nog het beste voor elkaar van iedereen. Vijfentwintig jaar getrouwd. Zo wil ik het ook.'

'En daarom ging je mee met die Quote Challenge, als entertainment, om zo'n man te vinden?'

'Jij oordeelt over mij. Dat vind ik onprettig.'

'En de MIPIM?'

'Op uitnodiging van Patricia. Zij gaat altijd mee naar de MIPIM. Ze is niet gek. Zij blijft betrokken bij haar man. Ze huren een hele verdieping in de Majestic en Patricia nodigt wat dames uit die alleen zijn. Omdat ze ons ook gunt wat zij heeft. Ze is een fantastische lieve, inspirerende vrouw van wie wij allemaal nog wel wat kunnen leren.'

Ik dwaal tussen de dansende, drinkende en lachende mensen. Misschien is het het beste om het allemaal te vergeten. In ieder geval voor vanavond. Me over te geven aan de roes en te zuipen tot ik erbij neerval.

Er zijn mojito's. Simon geeft me er een, terwijl hij staat te hupsen als een mislukte rapper. Dat er kinderen bij zijn lijkt niemand te boeien. Die zijn ook dronken. 'Ach, laat ze lekker,' zegt iemand. 'Het is feest.' Ik doe een houterige dans met Kees en denk aan wat Janine zei. Op een vreemde manier heeft ze gelijk, al zal ik dat nooit aan haar toegeven. Ik had betrokken moeten blijven bij Michel. Mee moeten gaan op al die tripjes, naar ieder feestje. Ze zeggen dat je elkaar los moet laten, wil je je huwelijk laten slagen. Maar het tegendeel is waar. Je moet elkaar vasthouden, zo stevig en zo lang mogelijk.

# 9

'Het gaat allang niet meer om geld, het gaat om levens.' Dat zijn de woorden die in mijn hoofd hameren nadat ik ben ontwaakt op de bank, mijn rode wikkeljurk nog aan. Ik poets de smaak van dooie muizen uit mijn mond, neem twee paracetamols tegen de loeiende kater en klok twee glazen water achterover. Met een Niveadoekje haal ik de make-up van mijn gezicht, dat pafferig is van de drank. Ik smeer een dikke laag dagcrème op en probeer nog iets van mijn ogen te maken met een veegje mascara en wat oogschaduw. Vervolgens trek ik mijn joggingbroek, sweater en Uggs aan en neem de riem van de kapstok.

Na ruim een uur lopen door het bos voel ik me iets frisser. Ik ontbijt met yoghurt en muesli en een grote kop zwarte koffie, en pak de iPhone erbij waarin Michels telefoongegevens staan. Voor de zoveelste keer ga ik erdoorheen en staar ik naar de twee vreemde laatste berichten die hij heeft ontvangen. 'Eikel, waar ben je zo bang voor,' van Claire, en eentje van Diamond Dust. 'Bel me terug. Je wilt niet dat ik het op mijn manier oplos.'

Er moet toch meer zijn dan dit?

Claire heb ik gesproken. Het nummer van Diamond Dust is afgesloten. Ik google Diamond Dust en vind een hele lijst sites over sneeuw en skiën, slijpmachines en dure nagelvijlen. Eén website trekt mijn bijzondere aandacht. Diamond Dust is de titel van een mangastrip die gaat over een jong meisje dat door haar vader gedwongen wordt tien uur per dag piano te spelen. Maar wat kan dat te maken hebben met de door Michel verduisterde boekhouding?

Ik zet mijn lege mueslikom in de afwasmachine en schenk een nieuwe kop koffie in. Michel was met iets bezig. Iets dat mensenlevens kon kosten. Ik denk aan de laatste maanden van ons huwelijk, hoe gestrest en afwezig hij was. Ik zei hem dat hij overspannen leek, burn-out of depressief. 'Laat me gewoon maar even. Ik los het op. Het komt allemaal goed,' zei hij steeds weer. Wat was hij aan het oplossen, godverdomme? En waarom kon hij mij niet in vertrouwen nemen?

De gedachte dat hij misschien wel bezig was ons te beschermen maakt me vreselijk droevig. Ik heb hem niet vertrouwd. Ik heb hem met al mijn verwijten totaal van me vervreemd. Ik had hem moeten koesteren en liefhebben, hem moeten zeggen dat ik in hem geloofde. Ik wentel me de laatste maanden in mijn eigen ellende en eenzaamheid, maar hij, hoe eenzaam moet hij geweest zijn? Onder hoeveel druk heeft hij gestaan? Ik zie het voor me, hoe hij in zijn auto zat, zijn knokkels wit van de spanning, zijn kaken strak van de stress. Hij was op weg naar huis. Niet naar haar. Hij was op weg naar mij en ik was alleen maar woedend. Ik ben het nog, merk ik aan mijn verhoogde hartslag, als ik denk aan die vrouw die hem als laatste heeft gesproken. De vrouw die hem wel gaf wat hij nodig had.

Met een derde kop koffie nestel ik me bij het open raam en neem een lange, diepe haal van mijn sigaret. Het is tijd om mijn trots en frustratie opzij te zetten. Als zij de laatste is geweest die hem heeft gesproken, als zij zo intiem was met hem, moet ze wel meer weten dan ik. Ik toets haar nummer in op mijn telefoon. Hij gaat lang over, maar net als ik het wil opgeven, klinkt er een slaperig: 'Ja, hoi, met Claire...'

'Met mij,' zeg ik. 'De vrouw van Michel. Karen.'

Aan de andere kant hoor ik een vermoeide kreun.

'Ik moet met je praten,' zeg ik.

'Waarom?'

'Omdat ik mijn twijfels heb bij Michels dood. Ik weet niet meer zo zeker of het een ongeluk was. En jij bent de laatste persoon die hij heeft gesproken. Je hebt hem gekend...'

Ze blijft lang stil.

'Hallo?' vraag ik.

'Ja, ik ben er nog,' zegt ze zacht.

'Ik heb het nu heel erg nodig om iemand te spreken die hem net zo kende als ik...'

Weer die stilte en een lange zucht.

'Ik weet het niet ...'

'Ik snap het. Maar ik smeek het je,' zeg ik.

'Oké,' zegt ze. 'Kom maar langs.'

'Ik kan vanmiddag komen?'

'Is goed. Ik ben thuis. Stadionweg 189, twee hoog.'

'Ik ben er, om een uur of vier. En nog één ding: heb jij toevallig nog spullen van Michel?'

'Eh, nee, hoe bedoel je, cadeautjes of zo?'

'Nee, ik bedoel, heeft hij iets bij jou achtergelaten? Een doos, boeken, een koffer, zoiets?'

'Nou, nee. Of wacht... Ik heb een opslag, die deel ik nog met mijn ex, vlak bij het station. Michel had de sleutel. Voor zijn fiets. Hij wilde graag een fiets in de stad.'

'Ah.' Ik hap naar adem. 'Vind je het goed als ik die fiets ophaal?'

'Ja hoor, prima. Heb je zijn sleutelbos? Het is de sleutel met het Chinese gelukspoppetje eraan. Op de Nieuwezijds Armsteeg 15 S te Amsterdam.'

Haastig schrijf ik het adres op de krant.

'Dank je wel. Ik zie je straks.'

'Yep. Tot zo.'

Ik douch en maak ontbijt voor de meisjes. Ik ben zo licht in mijn hoofd dat ik bang ben elk moment om te vallen. Ik pers sinaasappelen, kook eitjes, zet alle vleeswaren op tafel en piep de croissants op in de oven. Op de achtergrond de tere klanken van Debussy's *Preludes*. Ik roep Annabelle en Sophie, die traag en onder protest aan de ontbijttafel verschijnen. Ze ploffen neer op de keukenstoelen en staren me chagrijnig aan.

'Is dit niet wat overdreven? Het is geen kerst meer hoor,' moppert Sophie.

Annabelle klokt haar jus in een keer achterover.

'Katertje, mam?' vraagt ze.

'Mwoah...' Ik kus beiden op hun slordige haren.

'Jezus, jij was lam,' zegt Sophie lacherig.

'Dat viel wel mee hoor.'

We smeren broodjes en drinken thee. De meiden praten honderduit over het feest, dat grote indruk op hen gemaakt heeft. Ze noemen het 'bizar' en 'niet normaal', hebben het over 'al die dronken ouwe mensen die losgingen op de muziek, vooral jij mam,' en ik schaam me dood.

'En, Annabelle, heb je nou verkering met Thom?' vraag ik om de aandacht van mijn gênante gedrag af te leiden. 'Ik zag jullie zo gezellig omarmd staan...'

Annabelles gezicht wordt vuurrood. Sophie begint te lachen.

'Hij is niet van de verkering,' zegt Sophie.

'We hebben het gewoon leuk ja! Waarom moet dat meteen weer in een hokje gestopt worden!'

'O, jee, chill out girl... Maar goed,' vervolgt Sophie. 'Genoeg over die sukkel. Mam, je weet toch dat we zo naar Blaricum gaan? Logeren bij Sanne en Dorien?'

Sanne en Dorien. De twee zusjes met wie mijn dochters al jaren bevriend zijn. Ik was het vergeten. Maar het komt nu heel goed uit.

'Ik heb echt nul zin,' moppert Annabelle.

'Want jij wil lekker bij jouw Thommie blijven,' plaagt Sophie.

'Natuurlijk weet ik dat. Ik heb zelfs bedacht dat ik jullie naar Amsterdam Centraal breng. Scheelt weer een halfuurtje treinen.'

'Cool mam.' Sophie staat op en vlijt haar dunne meisjeslijf tegen me aan.

'Dus pak jullie spullen maar, dan vertrekken we over een uurtje.'

# 10

Nieuwezijds Armsteeg nummer 15 blijkt een coffeeshop waarnaast zich een smal, armoedig groen deurtje bevindt, waarop met de hand geschilderd 15 S staat. Met bevende vingers haal ik Michels sleutelbos uit mijn tas en pak de rode sleutel met het Chinese poppetje, die ik in de deur steek. Als ik hem probeer om te draaien, weigert hij. Ik duw en ik trek aan de klink, maar de sleutel blijft vastzitten in het roestige slot. Ik heb het gevoel dat iedereen naar me kijkt. Ik zet mijn knie tegen de deur en til de klink met al mijn kracht omhoog. Houd mijn adem in, en probeer nog een keer te draaien. Ik wrik, duw, trek en dan ineens schiet de deur open en val ik bijna een muf ruikend steegje in. Ik loop door, langs lege biervaten, een container vuile was en kratten frisdrank, tot ik rechts van me een witte deur zie met daarop 15 S in zwarte plakcijfers. Dit moet het zijn. Opnieuw steek ik de rode sleutel in een gloednieuw ogend slot en deze deur opent meteen.

Op de tast langs de muur vind ik de lichtschakelaar. Mijn ogen moeten even wennen aan het keiharde tl-licht dat onmiddellijk aangaat. Het is een erg kleine ruimte, waarin drie fietsen gepropt staan tegen een metalen kantoorkast met vier deuren. Een voor een trek ik de fietsen naar buiten en zet ze in de steeg. Dan open ik de eerste twee deuren van de kast, waarin verhuisdozen opgestapeld staan, en vervolgens de andere twee deuren. Weer verhuisdozen en twee gevulde grijze vuilniszakken. Als ik in de steeg achter me gescharrel hoor, schrik ik. Maar het gescharrel ebt weer weg en ik besluit te beginnen met de vuilniszakken.

Ik sleep een leeg colakrat de berging in, ga erop staan en trek de eerste zak naar beneden. Ik nies en snif van het stof dat eraf komt. Ik maak de knoop in de zak open en tref een hele verzameling paars gebloemd beddengoed aan. De volgende vuilniszak bevat naar verschaald bier ruikende velours gordijnen. Ik pak de dozen een voor een, en vind de complete administratie 2001 tot 2005 van een softwareontwikkelingsbedrijf. Een doos vol oude computerboeken en dan, als ik de hoop bijna heb opgegeven en denk dat ik weer in iemands verjaarde administratie zit, zie ik onder een stapeltje oude glossy's het blauw-witte logo van Michels bedrijf. Ik gooi de glossy's eraf en zie dikke, zwarte plastic dossiermappen. Snel sla ik de bovenste open. Ik zie lange rijen cijfertjes naast handgeschreven zinnetjes die ik zonder bril niet kan lezen. Geen idee wat het betekent, maar ik weet zeker dat het de informatie is waarnaar Ivo en Simon naarstig op zoek zijn. Ik sla de map weer dicht en stop die samen met de andere in een oude Albert Heijn-tas die ik in een hoekje van de opslag vind. In de volgende en tevens laatste doos, onder oude reisgidsen, die ik meteen herken van toen we een trip naar Zuid-Afrika planden, tref ik een schoenendoos. Ik open hem en zie stapels briefjes en bonnen, allemaal met de hand geschreven. Het valt me op dat deze laatste doos ruikt naar mijn huis. Ik druk de doos even tegen mijn borst en snuif eraan. In de verte hangt zelfs de geur van Michels aftershave, alsof hij zojuist nog hier is geweest.

Daarna zet ik alle dozen en vuilniszakken weer in de kast zoals ik ze aantrof. Mijn armen trillen. De plastic zakken bovenop, de fietsen weer tegen de kast aan, het lege colakrat terug in de steeg. Dan sluit ik de deur en de poort achter me en haast me naar mijn auto, de Albert Heijn-tas en de schoenendoos stevig onder mijn arm geklemd.

# 11

Claire is slank. En zeker tien jaar jonger dan ik. Ik kan het niet laten naar haar borsten te kijken, die fier rechtop staan en zachtjes meedeinen bij iedere beweging die ze maakt. Ze heeft grote bruine ogen, net als Janine, denk ik, en een glanzende dikke bos kastanjebruin haar. Ik volg haar de trap op en probeer niet te staren naar haar jeugdige achterwerk. Ze draagt een zwart velours trainingspak waarin de perfecte contouren van haar lichaam goed uitkomen.

We eindigen in een warm ingerichte zonnige bovenwoning waar het ruikt naar wierook. Claire houdt van snuisterijen en antiek. Ze zet koffie in een percolator en klopt de warme melk met de hand. Een dikke cyperse kater ligt tevreden te spinnen op tafel. Michel haatte katten. Op een turkooizen kastje achter een chesterfieldbankje zie ik een ingelijste foto staan van een breed lachende Michel. Ervoor staat een brandend waxinelichtje. Ik krijg het benauwd van het besef dat hij kennelijk een echte relatie met deze vrouw gehad heeft. Op de een of andere manier is het prettiger te denken dat ze slechts een neukertje was. Het idee dat ze ook uit eten gegaan zijn, hand in hand gelopen hebben, lepeltje-lepeltje geslapen... Dat hij met haar dingen heeft besproken die ik niet van hem wist. Zijn gevoelens. Ons huwelijk. De kinderen. Ik heb het gevoel alsof ik hier naakt zit.

Ze geeft me mijn koffie en zet een schaaltje roomboterkoekjes op tafel. Dan gaat ze zitten en ik neem plaats tegenover haar. We kijken elkaar nauwelijks aan. 'Tja, dit is best ongemakkelijk,' zegt ze.

'Ja,' beaam ik.

'Ik had om eerlijk te zijn een heel ander type verwacht,' zegt ze.

'O ja? Wat voor type dan?'

'Meer middelbaar... Zo'n vrouw die alles opgegeven heeft. Zo eentje met kort haar en een strenge bril die haar benen niet meer scheert en te veel rode wijn drinkt.'

Ik weet niet of ik nu boos of blij moet zijn. Kennelijk omschreef Michel me zo. En als ik heel eerlijk ben, misschien was ik ook wel zo, in zijn ogen.

'Sorry,' gaat ze verder. 'Ik wil je niet kwetsen. Maar het was makkelijker voor mij je niet te kennen en mijn eigen gedachten over je te vormen. Het is prettiger te denken dat de vrouw van mijn geliefde een stom wijf is bij wie hij alleen blijft vanwege het geld en de kinderen.'

'Je was niet de enige, hoor...' zeg ik snibbig. 'Er is een hele rits aan je voorafgegaan en het zou me niets verbazen als hij er naast jou nog een paar op na hield.' Ik overdrijf. Maar ik wil haar pijn doen en dat lukt me, zie ik aan haar blik.

'Dat weet ik. Ik ben ook vaak gewaarschuwd voor hem. Toch denk ik dat wij iets bijzonders hadden.'

Ik vouw mijn beide handen om het koffiekopje en voel een enorme aandrang de hete koffie in haar gezicht te gooien.

'Daar ben je ook niet de enige in. Maar uiteindelijk koos hij voor mij. Zoals altijd.'

Mijn voornemen was niet in een kinderachtige discussie te belanden, maar ik kan het niet laten.

'Hoe is het zover gekomen?' vraagt Claire, terwijl ze opstaat en naar haar stereo loopt. Ze drukt op een knopje, waarna het weemoedige gezang van Billie Holiday de kamer vult.

'Dat is de vraag die ik mezelf al een paar jaar alle dagen en alle nachten stel,' antwoord ik. 'Hij was de liefde van mijn leven. We kenden elkaar meer dan twintig jaar. Er was een tijd dat we alles van elkaar wisten. Wat we dachten, wat we voelden, waar we heen gingen, wat we wilden...' Vanuit mijn ooghoek zie ik hoe ze haar kaken op elkaar klemt.

'We keken niet naar anderen, we fantaseerden niet over anderen. We waren echt soulmates. Deden alles samen.'

'Maar hoe kan dat dan ineens ophouden?'

'Ik moet eerlijk toegeven dat ik ben begonnen,' hoor ik mezelf zeggen. 'Ik raakte gefrustreerd. Had het gevoel dat ik niet meer meetelde, thuis met mijn parttimebaantje. Ach, waarom vertel ik dit eigenlijk allemaal aan jou?'

'Omdat ik ernaar vraag. En ik weet dat het me geen ene moer aangaat, maar ik wil het graag begrijpen.'

'Want?'

'Ik wil nooit zo eindigen. Ik ben een totale mislukking op relatiegebied, maar mocht ik ooit de ware tegenkomen, dan wil ik niet dat het net zo afloopt als bij jullie. Dat lijkt me afschuwelijk.'

'Het is ook afschuwelijk. Hoe meer Michel begon te verdienen, hoe meer wij uit elkaar groeiden. Zijn aandacht ging naar zijn bedrijf, zijn zakenpartners. Ik werd het vrouwtje thuis, de vanzelfsprekende factor in zijn bestaan. Het is allemaal een ongelooflijk cliché. Ik hunkerde naar verbondenheid en ging vreemd, hij was tot op het bot beledigd en betaalde me met gelijke munt terug. Daarna kreeg hij de smaak te pakken. En ik liet het gaan, me nog steeds schuldig voelend over die ene keer. We hadden er iets mee moeten doen, relatietherapie of zo, in plaats van elkaar continu te straffen.'

Claire pakt een koekje en neemt er een klein hapje van.
'Michel was erg ongelukkig,' zegt ze, terwijl ze wat kruimels van tafel veegt.
'Ik weet het,' antwoord ik. 'Maar hij liet me niet meer toe.'
'Mij ook niet echt...' zegt ze aarzelend. 'Hij had zakelijke problemen waar hij me niet mee lastig wilde vallen. Ik hoorde en zag weleens wat in de studio...'
'O, werk je daar?'
Ze knikt. 'Als visagiste.'
'Dus daar kende je hem van?'
'Nee, sorry, ik kende hem van een karaoke-avond. Hij was met wat zakenrelaties, ik met een groepje vriendinnen.'
'Ik geloof niet dat ik dit allemaal wil weten.'
'Hij belde me later. Of ik de visagie van *May the Best Voice Win* wilde doen. Zodoende.'
Ik zucht. 'En wat hoorde en zag je precies in de studio?'
'Die show liep, zoals je weet, voor geen meter. Het was een grote verliespost voor hem, en het maakte zijn positie steeds wankeler. Ik had het idee dat hij onder enorme druk stond. Twee aandeelhouders hadden zich teruggetrokken en de overige wilden dat een ander de leiding van Michel overnam.'
'Wie waren die aandeelhouders?'
'Ja, die ken ik ook niet, behalve eentje. Simon Vogel. Hij scheen gezegd te hebben dat hij "deze tent" wilde verkopen. Dat zaaide nogal wat onrust onder het personeel. En bij Michel, zoals je kunt begrijpen.'
Ik knik en slik de brok in mijn keel weg. Ik had geen idee.
'En één keer...' Claires stem wordt zachter. 'Het is misschien een beetje vervelend om te horen voor jou...'
'Dat doet er niet toe,' zeg ik. 'Het gaat niet om mij.'
Claire staat op en pakt twee glazen, die ze vult met water.

'Ik kwam Michels kantoor binnen en trof hem daar nogal opgefokt aan. Hij zat al een uur te wachten op een afspraak die al drie keer verzet was. Net toen ik weer wilde vertrekken, stormde die man binnen met een wijf... Ik geloofde mijn ogen niet. Een hoerig type. Alles was nep aan haar. Tieten, haren, lippen. Ik probeerde er nog tussenuit te knijpen, maar Michel stond erop dat ik bleef. De man begon ontzettend hoog van de toren te blazen. Dat deze vrouw een plaat had gemaakt en heel veel succes had in het Oostblok en dat hij haar groot ging maken. Met hulp van Michel. "Je bent nu bij de allergrootste muziekproducent van Nederland," zei de man tegen die vrouw. En Michel begon een beetje onbeholpen te lachen. Zei dat hij zich vergiste, hij was geen muziekproducent maar tv-producent. "Dan ben je dat vanaf nu," zei de man. "Jij kan studio's regelen, hier en in Duitsland, wij pompen haar die markt in, vriend. Volgende week beginnen we. Laat maar weten waar. Hier heb je een demootje." En hij vertrok weer met die griet. "Ik zal wel even kijken," stamelde Michel nog. Hij zat gewoon te trillen. Kon geen woord meer uitbrengen.

"Mijn bedrijf," zei hij, "alles gaat voor mijn ogen naar de klote." Ik durfde niet eens meer te vragen wie die man was. Maar dat hij veel macht had, dat was duidelijk.'

'Hoe zag hij eruit?'

'Groot. Kort grijs haar. Jaar of zeventig. Hij stelde zich voor... Hij heette iets van Jaap, of Joep...'

'Had Michel een cokeprobleem?' vraag ik. Ze kijkt me geschrokken aan.

'Niet dat ik weet. Ik weet dat er weleens wat gebruikt werd op feestjes, maar volgens mij bleef het daarbij.'

'Simon Vogel beweert dat Michels positie in het bedrijf onhoudbaar was geworden vanwege zijn problematische cokegebruik.'

'Ach, welnee!'

'Waarom zou hij daarover liegen?'

'Weet ik veel. Om zijn eigen aandeel in de problemen te verdoezelen misschien?'

Ik schrik op van de ringtone van mijn telefoon. Ik haal hem uit mijn tas. Het is Simon. Speaking of the devil, denk ik en druk hem weg. Claire drentelt heen en weer in de kamer.

'Ongeveer twee weken voor zijn dood leefde Michel een beetje op,' vervolgt ze. 'Hij beweerde dat hij iets bedacht had waarmee hij zijn bedrijf kon redden. Hij wilde er niet meer over kwijt, maar zei nog wel dat het niet onopgemerkt voorbij zou gaan. En drie dagen voor zijn dood maakte hij het uit met mij. En werd ook meteen mijn boeking voor de visagie gecanceld. Hij zei dat hij voor een aantal rigoureuze keuzes stond om te kunnen overleven. En daarbij hoorde ook de keuze voor zijn gezin.' Ze staat even stil en haar blik glijdt naar Michels foto. 'Ik was heel boos. En daar heb ik nu ongelooflijk veel spijt van.'

'Ik ook...' zeg ik zacht.

'Het idee dat hij de laatste seconden van zijn leven' – ze pauzeert en slikt haar emoties weg – 'zo eenzaam is geweest.'

'Wat dat plan precies inhield, heeft hij dat nog wel verteld?'

Ze schudt haar hoofd. 'Maar ik ben zo bang... dat dit het plan was. Zijn dood.'

'Nee,' zeg ik, 'dat is onmogelijk. Zo is hij niet. Dat zou hij niet doen. Nooit. En helemaal niet zo. Mij achterlaten met een verschrikkelijke puinhoop. Ik geloof het gewoon niet. Z'n kinderen... Nee. Zo zit het niet.' Een hittevlaag schiet door mijn lichaam. Dit is de hypothese die ik al die tijd heb weggedrukt. Dat Michel ervan af wilde. Van alles.

Dat de stress en de druk hem te veel werden en hij zich eenzaam en onbemind voelde. Zo'n armoedig einde kan ons leven samen toch niet gehad hebben?

'Het is een afschuwelijk idee...' mompelt Claire.

'Als dat het plan was... Dan zou hij iets hebben achtergelaten. Een brief. Een berichtje. Iets.'

'Het kan een opwelling zijn geweest. Vlak na ons telefoontje. Misschien was hij het allemaal ongelooflijk zat. En was de puinhoop nog veel groter geweest als hij was blijven leven. Kon hij dat niet langer aanzien.'

'Het ijzelde. Hij had gedronken. Hij was moe.'

Ik pak mijn tas en mijn jas van de stoel. Ik wil hier weg. 'Bedankt voor je tijd,' zeg ik. 'En voor de koffie.'

Claire kijkt me onbewogen aan. 'Ik snap het. Het is best heftig dit. Maar eerlijk gezegd vond ik het wel fijn je ontmoet te hebben. En te kunnen praten over Michel.'

'Mooi zo,' weet ik uit te brengen. 'Maar ik blijf geloven dat het een ongeluk was. Dat moet wel.'

'Natuurlijk,' zegt ze, terwijl ze op me af loopt en haar hand naar me uitstrekt. Even staan we, verstild, met de handen ineen. Dan vlucht ik de trap af.

## 12

Het is donker als ik thuiskom. Afwezig slof ik mijn trap op met Michels spullen. Ik steek de sleutel in de deur en hoor het enthousiaste piepen en krabbelen van Troel, die ik veel te lang alleen heb gelaten. Ik stap naar binnen, de springende hond van me af houdend en vraag me af of ik de lichten heb aangelaten. Op het toilet in de hal doe ik een plas en laat mijn hoofd in mijn handen rusten. Ik ben denk ik nog nooit zo moe en leeg geweest als nu. En toch moet ik de straat weer op. Troel uitlaten. Eten maken. Zoveel dingen die iedere dag opnieuw weer moeten.

Wanneer ik van het toilet kom pak ik de riem van de kapstok. Troel ontploft bijna van opwinding. 'We gaan maar een klein stukje lieverd, het baasje kan niet meer,' mompel ik tegen de hond, die me vragend aankijkt. En dan zwaait de deur van mijn woonkamer open en kijk ik recht in het stralende gezicht van Simon. 'Ja, dat is schrikken hè?' grinnikt hij en ik vrees even dat ik flauw ga vallen.

Hij weet me net op tijd op te vangen en op een stoel te zetten. 'Jezus, zo erg was nou ook weer niet de bedoeling hoor,' zegt hij. Troel staat woedend te blaffen. Simon reikt me onbeholpen een glas water aan. Hij draagt een ijsblauw trainingspak dat hem geweldig goed staat.

'De hond moet uit,' stamel ik. 'Wat doe jij hier?' Ik denk

aan de spullen van Michel die in de hal staan en die hij onder geen beding mag vinden. 'Godver de godver, wil je dit nooit, maar dan ook echt nooit meer doen, verdomme?' roep ik.

Simon lacht. 'Je had je gezicht moeten zien, echt, sorry, maar het was zo grappig. En die hond. Nou, daar heb je ook weinig aan.'

'Waar haal je het gore lef vandaan om mijn huis binnen te gaan als ik er niet ben?'

Hij knijpt geruststellend in mijn nek. Ik voel dat zijn hand klam is. 'Nogmaals sorry lieverd, maar ik heb een tijdje buiten gestaan... en toen bedacht ik dat ik gewoon de sleutel heb.'

'Simon, dat heet inbreken.'

'Niet als je de eigenaar bent. En je even de meterstanden moest opnemen, of zoiets. Maar goed. Ik heb nu honderd keer gezegd dat het me spijt, ik ben hier om een paar belangrijke dingetjes met je te bespreken.'

'De hond moet uit.'

'Doe jij dat even. Als je terugkomt, heb ik een mooi wijntje open.'

'En Patricia, wat vindt zij ervan dat je rond etenstijd bij alleenstaande vrouwen inbreekt?'

'Patries is naar haar vader.'

'Ik heb liever dat je gaat,' zeg ik.

'Sorry, maar ik blijf. Net zolang tot we een paar dingetjes opgehelderd hebben.'

'Dan ga ik.' Ik sla mijn armen om mezelf heen. Ik ben verkleumd. Moe. Licht misselijk. 'Kom morgen terug. Bij de koffie. Spreken we in het dorp af. Ik ben nu echt te moe.'

'Het kan niet wachten. Ik zit hier niet voor niets al twee uur op de bank. En hoe langer jij blijft zitten zeuren, hoe later het wordt. Dus kom op, laat die hond plassen.'

Ik sta op. Het ontbreekt me aan kracht om nog langer te protesteren en het gepiep van Troel begint me op de zenuwen te werken. Ik trek mijn jas weer aan en laat me door haar meesleuren naar buiten. De Albert Heijn-tas met de dossiers en de schoenendoos neem ik mee. Waar laat ik die in hemelsnaam? Wanneer ik buiten sta kijk ik omhoog naar mijn eigen ramen. Als ik de dossiers in mijn auto leg, kan Simon dat zien.

Met de tas in mijn hand begin ik te begrijpen hoe Michel zich gevoeld moet hebben. Hij speelde hoog spel. Zoals ik nu. Hij dacht hun te slim af te zijn. Zoals ik nu. Misschien meende hij met deze boekhouding zijn vrijbrief te hebben. Vermoedelijk wilde hij die ruilen tegen het behoud van zijn bedrijf. Ik kan alleen maar gissen. Er is echter een groot verschil tussen hem en mij. Ik geef niet op. Nooit.

Na de kleine wandeling rond de kerk zie ik dat Simon de gordijnen gesloten heeft. Ik open de achterklep van mijn auto en verstop de Albert Heijn-tas onder een berg muf ruikende regenkleding. Het is een risico. Ik heb slechts enkele uren om een betere plek te vinden.

Wanneer ik terugkom is het aangenaam warm in mijn woonkamer. Simon heeft een fles rood opengetrokken en alle kaarsen aangestoken. Op de salontafel voor mijn bank staat een bakje met nootjes. Hij zet twee gevulde glazen op de tafel en ploft vervolgens neer op de bank. Ik neem plaats tegenover hem, op de stoel, me ineens bewust van mijn slonzige uiterlijk. Simon buigt voorover, plaatst zijn ellebogen op zijn knieën en kijkt me ernstig aan.

'Je hebt een gesprek met Ivo gehad, gisteren,' begint hij.

'Een zeer onaangenaam gesprek, ja.' Ik neem een flinke slok van mijn rode wijn.

‘Het was niet onaangenaam bedoeld.’

‘Zo kwam het wel over. Hij zei dat Michel jullie heeft opgelicht. Dat het niet meer om geld gaat, maar om mensenlevens. Hoezo is dat niet onaangenaam bedoeld?’

Simon zucht en staart naar de vloer.

‘We staan onder enorme druk. Dat heeft nogal zijn weerslag op Ivo’s humeur.’

‘Michel stond ook onder enorme druk. Van jullie.’

‘Het is de tijd, Karen... Die teringcrisis.’

Ik zie hoe zijn hoofd tussen zijn gebogen schouders zakt en ineens zit daar een heel andere Simon dan die gisteravond nog boven aan de trap stond, hoog boven ons allen uit stekend, speechend over vriendschap en gezinsgeluk.

‘Ik heb je er niet mee willen belasten. Ik dacht het allemaal te fixen zonder dat iemand er last van zou hebben, zonder iemand te belasteren. Maar nu... ik sta met mijn rug tegen de muur. Het gaat inderdaad om mensenlevens.’

‘Wat jullie ook allemaal aan het uitvreten zijn, het heeft in ieder geval al een mensenleven gekost. Dat van Michel,’ bijt ik hem toe. ‘En misschien wordt het tijd dat jullie me de waarheid vertellen. Weet je hoe het voelt als de man met wie je ruim twintig jaar samen bent een volslagen vreemde blijkt te zijn? Het is alsof mijn halve leven niet waar is. Ik kan niet eens om hem rouwen. Hoe rouw je om een onbekende?’

Hij strijkt zijn handen door zijn grijzende haren en slaat zijn ogen neer. ‘Jij bent speciaal voor mij, weet je dat? Daarom vind ik het allemaal zo verschrikkelijk.’

‘Ga alsjeblieft niet op die toer,’ zeg ik geïrriteerd. ‘Wat is er allemaal zo verschrikkelijk? Wat, godverdomme?’ Ik sla zo hard op de tafel dat ik er zelf van schrik.

‘Laten we roken,’ zegt Simon en hij geeft me een sigaret aan. De naweeën van de kater bonzen door mijn lijf, maar ik steek hem toch op.

'Het is een ingewikkeld verhaal. Ik zal proberen het zo kort mogelijk uit te leggen,' begint hij. 'Zoals je weet zijn Michel en ik zo'n tien jaar geleden met elkaar in business gegaan. Dat begon simpel, ik deed het vastgoed, waarin hij kantoor hield en zijn studio's kon uitbreiden. Daarna investeerde ik wat in het agentschap van artiesten dat hij begonnen was, en samen met hem, Kees, en Ivo investeerden we af en toe naar vermogen in kleine projecten en vastgoed, maar alleen in zaken die binnen ons eigen beheer vielen. Vastgoed dus, mijn afdeling, horeca, Kees' afdeling, entertainment van Michel en accountancy en vermogensbeheer, Ivo's zaak. En dan was er nog de keten sportzaken van Evert, die ik na zijn dood heb overgenomen. We noemden ons clubje Bros bv. De afkorting voor brothers. Vonden we grappig. En zo voelden we ons ook, als broers. We hadden allemaal aandelen in elkaars bedrijven. Je snapt wel dat dit alleen maar goed kan gaan op basis van totale betrouwbaarheid en transparantie naar elkaar.'

Ik grinnik en neem een trekje. 'Ik ben niet dom, Simon. Het klinkt allemaal als een prachtig jongensboek, maar jij hebt er met je mooie praatjes voor gezorgd dat je een meerderheidsbelang hebt in al hun bedrijven. Jij bent de koning, en je hebt van hen je vazallen gemaakt. Zo ingewikkeld en gecompliceerd is dat niet.'

Zijn blik verstart. 'Je hebt geen idee...' mompelt hij. 'Hoe dan ook, Ivo en ik zorgden voor cashflow, Kees draaide aardig mee totdat de crisis op de horeca inhakte, maar Michel... Ik denk dat hij de weelde niet aankon.'

'Ik ken mijn man al mijn halve leven. Hij zal misschien eens vreemdgegaan zijn, en een snuifje genomen hebben op een feestje, hij was niet ongevoelig voor verleidingen. Maar in de kern deugt hij. Hij licht geen vrienden op.'

'Toch wel. Hij heeft ruim een miljoen afgeroomd. Terwijl wij onze laatste centen in zijn zaak gepompt hebben.'

'Correctie,' zeg ik. 'Jullie zaak. Het is jullie meerderheidsbelang en jullie vastgoed. Bovendien, misschien meende hij dat het zijn geld was. Misschien meende hij dat hij door jullie geflest werd, om in Ivo's terminologie te blijven.'

We staren elkaar aan. Ik voel de verontwaardiging in elke vezel van mijn lichaam. Simon spant zijn kaken.

'We kunnen niet naar de klote gaan, Karen.'

'Als jij naar de klote gaat door de verduistering van een miljoen, dan ging het sowieso al niet zo heel goed met de zaken.'

Hij beweegt zijn neusvleugels en ademt snuivend in.

'Sinds wanneer ben jij zo'n bitch geworden?'

'Sinds jullie mijn man de dood ingejaagd hebben.'

Hij kijkt alsof ik hem een klap in het gezicht heb verkocht. 'Waar haal je die onzin vandaan?'

'Jij wilde zijn, zoals jij dat uitdrukte, "tent" verkopen. Jullie drongen Michel derderangs artiesten op die hij moest gaan produceren. Jullie wilden van hem af. Hem zijn zaak afnemen. Het bedrijf waaraan hij vijfentwintig jaar gewerkt had.'

'Ik weet niet waar jij deze achterlijke geruchten gehoord hebt...' Zachtjes schudt hij zijn hoofd. Het is de eerste keer dat ik Simon enigszins ontredderd zie. 'Je hebt geen idee wat er allemaal op het spel staat. Wat Ivo bedoelde met mensenlevens... Daarmee had hij het over onze gezinnen. Ook het jouwe. Het kan allemaal kapotgaan, alles wat we hebben opgebouwd. En dat mag niet gebeuren. Ik laat het niet gebeuren.'

'Ja. En daarom moest Michel dood. En mijn gezin is al kapot. Ik heb niet zoveel meer te verliezen. Maar ik laat het niet gebeuren dat mijn man postuum door het slijk getrokken wordt om jullie hachje te redden.'

'Je hebt gelijk dat het verduisterde geld niet het belangrijkste is,' zegt hij zacht. 'Dat geld... Je mag het houden.'

Ik slik. Mijn mond valt droog. Dit is een val.

'Ik heb geen geld,' zeg ik. Ik voel hoe het bloed naar mijn hoofd stijgt en wend mijn gezicht af.

'Karen, echt... Je wil toch dat ik eerlijk ben? Dat ik je de waarheid zeg? Begin dan eens met zelf eerlijk te zijn.' Hij duwt zijn gebalde vuisten tegen zijn dijbenen.

'Ik zweer het. Ik heb geen idee.'

'Je hebt een kluis gehuurd. Je hebt hem weer leeggehaald. Je weet donders goed waar we naar op zoek zijn.'

Angst golft door me heen. Ze hebben me in de gaten gehouden. Ze weten alles.

'Nee, Simon,' bluf ik. 'En mocht ik wat vinden, dan ga ik daarmee naar de politie.'

Simons gezicht verstrakt. Hij staat op en komt op de leuning van mijn stoel zitten. In mijn hals klopt een slagader.

'Hoe kan ik je uitleggen hoe groot de belangen zijn...' Hij buigt zijn hoofd. 'Michel heeft iets van ons. Alles wat ik er meer over zeg brengt jou ook in gevaar. Levensgevaar. Het gaat hier niet over mij alleen.'

Zijn schouders beginnen te schudden en ik zie tranen op het parket druppen. Ik huiver.

'Sorry,' stamelt hij. 'Ik sta onder zo'n verschrikkelijke druk, Karen, daar heb jij geen weet van.' Hij ziet er ineens oud en fragiel uit. Troostend aai ik zijn been. Hij legt zijn handen om mijn hoofd en drukt me tegen zich aan. Ik voel zijn lichaam beven.

'Vertrouw me, Karen. Ik kan ons eruit redden. Maar dan heb ik die papieren nodig.' Hij glijdt van de stoel af en komt voor me zitten. 'Waar zijn ze?' vraagt hij. Zijn ogen staan smekend.

'Ik heb ze niet.' Ik bijt op mijn wangen.

Zijn blauwe ogen kijken me fel aan.

'Ik zweer je dat ik niets te maken heb met Michels dood. Sterker nog, door zijn dood zijn we pas echt in de problemen gekomen.'

Ik ruik zijn transpiratie, door de zweem aftershave heen. Hij legt zijn handen op mijn bovenbenen. Ik keer me af van zijn indringende blik. Langzaam glijden zijn handen omhoog, richting mijn kruis. Ik pak zijn polsen en probeer hem zachtjes van me af te duwen. 'Ik ben eenzaam, Karen. Doodeenzaam.' Hij komt omhoog en legt zijn hoofd tegen mijn borsten. Hij heeft het met janken geprobeerd, en nu met verleiding. En hoewel mijn geest hem doorziet, smelt mijn lichaam.

'Je hebt een prachtige vrouw. Mooie kinderen. Je weet niet wat eenzaamheid is...'

Zijn greep verstevigt en hij drukt een kus op mijn mond. Ik pers mijn lippen op elkaar. 'Patricia is een beest,' mompelt hij. 'Onze relatie heeft niets meer met liefde te maken. Wel met gevangenschap.' Zijn handen glijden over mijn rug. Met zijn duim streelt hij mijn billen. Ik zou hem een knietje moeten geven, maar de hunkering naar aanraking is sterker. Ik strijk met mijn vingers door zijn haren. Dat deze man ooit nog eens met zijn hoofd in mijn schoot zou liggen. 'Wat zijn we eigenlijk aan het doen, Simon?' vraag ik. 'Ik weet niet of dit nou zo'n goed idee is...'

'Het is het beste idee dat ik in tijden gehad heb,' zegt hij en hij hapt naar mijn borst, terwijl zijn handen mijn blouse open knopen. Ik bedenk dat ik me al in geen weken geschoren heb. Dat mijn lichaam oud en dik en rimpelig is. Dat ik het vrijen ben verleerd. Simon trekt mijn broek naar beneden en kijkt naar mijn ontblote buik en borsten.

'Dit is een heel stom idee,' stamel ik. Hij drukt zijn gezicht tussen mijn dijen en kreunt. Zijn tong flitst langs mijn schaamlippen. 'Denk je er nooit aan hoe het was geweest als wij... Als we er met elkaar vandoor waren gegaan?' vraagt hij als hij weer overeind komt.

'Niet doen, Simon,' zeg ik en ik duw zijn hoofd van me af.

'Ik wel,' zegt hij. 'Zeker nu ik je weer zo vaak zie. Het zou een grote puinhoop geworden zijn, maar misschien waren we dan nu gelukkiger.'

Ik voel een enorme drang hem een klap te verkopen. Hij pakt mijn polsen en houdt ze vast tegen de leuningen van de stoel. Drukt zijn zachte, volle lippen op de mijne. Ik breek. Hij kust mijn ogen en likt het zoute vocht van mijn gezicht. 'Niet huilen,' fluistert hij. 'Het komt allemaal goed. Ik ga ervoor zorgen. We gaan die papieren vinden, jij en ik, en lossen het allemaal op.' Hij streelt mijn hals, mijn schouders, en neemt mijn borsten in zijn handen. Mijn weerstand verdwijnt. Ik wil niet meer denken. Zijn vingers strelen mijn tepels. Zijn handen glijden langs mijn flanken naar mijn heupen. Ik ril en sluit mijn ogen. Laat hem maar gaan, laat hem dit oude lijf beminnen. Haastig ontdoet hij zich van zijn trainingspak en trekt mijn blouse, beha, laarsjes en sokken uit. Daarna in één beweging mijn slipje en spijkerbroek. Ik lig in de stoel, naakt en lui als een kat.

'Laat zien,' fluistert hij, ' laat zien dat heerlijke lichaam.'

Ik staar naar het zijne, naar de droge, gebruinde huid waarop geen haartje groeit en zijn buikje, dat de vorm heeft van een halve voetbal. Zijn pik is groot en hard. Ik spreid mijn benen.

'Zo ja,' zegt hij hijgend. Als een hongerige wolf stort hij zich op me en we neuken alsof we al jaren niets anders doen. Zijn handen om mijn borsten, onze ogen wijd open. We glimlachen alsof we elkaar nu pas herkennen. Simon klauwt zich aan me vast en ik omklem hem. We gaan sneller en sneller, tot het lijkt of mijn onderlijf opzwelt en ineenkrimpt. Dan draait hij me om, legt zijn handen op mijn kont, grijpt me en neemt me als een dier. Hij pakt mijn borsten, mijn buik en legt zijn vingers op mijn clitoris. Ik voel hoe ik nog meer openga. Samen bewegen we op het ritme van zijn vingers terwijl ik sidder onder zijn hand en zijn pik, tot ik kom en mijn naschokkende lichaam dicht tegen hem aandruk. 'Kom maar bij mij,' fluistert hij. 'Kom maar voor altijd bij mij.' Hij schokt en kreunt, duwt zijn neus in mijn haren en met twee laatste stoten diep in mij explodeert ook hij.

# 13

Ik lig met mijn hoofd op zijn bezwete borst te luisteren naar zijn rustige ademhaling. Simon slaapt. Ik ben net wakker geschrokken en de eerste vraag die door mijn hoofd zoemt is: wat heb ik in godsnaam gedaan? Ik leun op mijn ellebogen en kijk naar zijn gezicht, dat belicht wordt door het zwakke schijnsel van de lantaarnpaal voor mijn raam. Ik zie de groeven langs zijn mond. Zijn haren zijn dunner dan ik me herinner. Vreemd, hoe ik hem haat en liefheb. Dat ik, als ik te dicht bij hem ben, geen regie meer lijk te hebben over mijn lichaam. En hij weet dat. Hij weet precies waar mijn zwakke plekken zitten, op welke knoppen hij moet drukken om zijn zin te krijgen. Ik moet mezelf niet voor de gek houden. Straks opent hij zijn ogen en is hij gewoon weer Simon, die overgaat tot de orde van de dag.

Voorzichtig sta ik op. Simon kreunt en draait zich om. Ik leg een plaid over hem heen en raap daarna mijn kleren van de grond. Ik kan onmogelijk verder slapen. Op het klokje van mijn oven zie ik dat het kwart over zes is. Bij het open raam rook ik een sigaret en vraag me af of ik hem niet wakker moet maken. Hij zei dat Patricia weg was. Maar zijn kinderen toch niet? Ik besluit dat het zijn zorg is. De nacht is al zo goed als voorbij. Ik moet aan mezelf denken. De dossiers van Michel die in mijn auto liggen zo snel mogelijk op een veilige plek zien te krijgen.

Als een dief in de nacht sluip ik met mijn kleren onder mijn armen naar de badkamer. Ik neem een lange hete douche en kleed me aan. Haastig borstel ik mijn haar en bind het vast met een elastiekje. Dan stap ik in mijn gympen en pak de hondenriem. Ik krabbel een briefje voor Simon, die even kreunt en zich omdraait maar vervolgens gewoon doorslaapt, met de plaid over zijn gezicht.

*Ik ben even de hond uitlaten. Spreek je later. Kus.*

Ik hoop dat er geen later komt. Dat hij is verdwenen als ik terugkom. Dat we als we elkaar weer tegenkomen met geen woord reppen over de beschamende vertoning van vannacht.

Het regent buiten. Ik open de kofferdeksel van mijn auto. Troel gaat demonstratief op de stoep zitten. Zij haat autorijden. 'Wees maar niet bang,' klets ik zachtjes tegen de hond. 'We gaan gewoon lopen.' Troel piept ongeduldig. Ik pak de plastic tas met de dossiers en leeg de schoenendoos in de tas. Ik sluit de kofferdeksel weer en wandel de verlaten straat uit.

Het water loopt uit mijn haren langs mijn hals en druppelt van mijn neus. Tussen mijn benen schrijnt het. Steeds opnieuw zie ik Simons gezicht voor me, onder me, boven me, zijn starende ogen en halfopen mond. De kleine zweetdruppels op zijn voorhoofd. Het lijkt gebeurd te zijn in een andere tijd en een andere wereld, waar we ons niet bezighouden met elkaar te slim af te zijn. Pas nu dringt de werkelijkheid weer tot me door. Dat we geen condoom hebben gebruikt en ik de dag na Michels dood gestopt ben met de pil. Ik, de vrouw die er bij haar dochters op hamert altijd dubbel beschermd te zijn.

In de huizen zie ik het leven langzaam op gang komen. Gordijnen worden geopend, mannen stappen in auto's, vrouwen gaan joggen, kranten worden uit de brievenbus gehaald.

Ik sjok langs de Albert Heijn, waar de lichten al aan zijn, en het personeel druk bezig is de schappen te vullen. Ik sla rechts af de Russenweg in. Het water sopt inmiddels in mijn schoenen. De villa's met hun lommerrijke tuinen staan er goed verzorgd bij. Maar ook hier heeft de crisis toegeslagen. Ik tel vier te koop-borden. Twaalf jaar geleden, toen Michel en ik ervan droomden hier te wonen, stond er niets langer dan een week te koop. Het huis waar ons oog op viel, ging per opbod en we wilden het zo graag hebben, dat we meteen een ton boven de richtprijs boden. We lagen er nachten van wakker, maar volgens de bank was het geen enkel probleem. En ze hadden gelijk. Twee jaar later verkochten we het met twee ton winst. Vreemd hoe snel en gemakkelijk je rijk zijn als iets normaals beschouwt, als iets waar je recht op hebt.

Bij de landweg steek ik over, de Kerkedijk op. Ik loop voorbij de hoge kale bomen en de nieuwbouwwijk die er tien jaar geleden nog niet was, tot ik links van mij, aan het Molenweitje, het grote, uit gele stenen opgetrokken gebouw zie. Ook hier brandt licht, gelukkig. Bij de ingang bind ik Troel aan een van de fietsstandaards en aai haar geruststellend over haar natgeregende kop. 'Ben zo terug,' zeg ik.

Er is niemand binnen. Het is ook nog belachelijk vroeg. Ik klop op het raam van de kassa en even later verschijnt er een mollige vrouw in een wit trainingspak. 'Het zwembad is nog niet open,' zegt ze afgemeten. Ze kijkt op de klok, die aangeeft dat het vijf over halfacht is. 'Over vijfentwintig minuten kunt u erin.'

'Maar kan ik dan misschien alvast onder de zonnebank?'

De vrouw kijkt me aan alsof ik niet goed snik ben.

'We gaan om acht uur open. Dan beginnen de vroege vogels.'

'Ja, dat snap ik, maar onder de zonnebank heeft u toch geen last van me?'

'De kleedkamers worden nu schoongemaakt.'

'Er is er vast al een schoon.' Ik glimlach op mijn vriendelijkst. De vrouw zucht en rolt met haar ogen.

'Een muntje is voor vijf minuten. Drie vijftig per muntje.'

'Ah, doe mij er maar twee dan.'

Ze gooit er twee in het laatje van het loket. Ik pak een tientje uit mijn portemonnee. 'En heeft u ook kluisjes bij de kleedkamers?' vraag ik.

De vrouw knikt. 'Een euro borg. Kun je in het kluisje gooien.'

'Dank u wel,' zeg ik. 'Echt ontzettend vriendelijk van u.'

'Het kan zijn dat de schoonmakers u wegsturen. Daar ga ik niet over.'

'We zullen zien!'

'Wacht, moet u niet ook nog een bonnetje voor het zwembad? Dat is vier zestig. Er komt dus nog één zestig bij.'

Ik gooi een twee-euromuntstuk bij het tientje in het latje en bedank haar nogmaals. Met mijn bonnetje en mijn muntjes begeef ik me naar de kleedkamers, waar ik een van de hokjes binnenglip. De benauwde chloorlucht beneemt me bijna de adem. Ik doe het bankje naar beneden en sluit daarmee de gele deuren. Rillerig trek ik mijn natte jas, schoenen en sokken uit. Ik ga zitten, doe mijn leesbril op en pak een van de dossiermappen uit de Albert Heijn-tas. Met bevende vingers open ik hem. Ik zie opnieuw rijen met de hand geschreven cijfers achter bijna onleesbare namen en korte zinnen. Er staan nog te verrekenen bedragen, totaalsaldi, afkortingen als Aram M'ij, Aanm ABK, A' Foort en de naam die vaak voorkomt is Vd Kooij Investment. Van der Kooij. Het komt me zo bekend voor. Het is niet Michels handschrift, dat zie ik meteen. Ik strijk met mijn hand over het papier. Deze gegevens zijn gekopieerd.

Na een tiental minuten naar de volstrekt onbegrijpelijke kolommen cijfers gestaard te hebben in de hoop er iets uit op te kunnen maken, sla ik de papieren dicht. Ik sluit mijn ogen en leun met mijn hoofd tegen het hardboard wandje. Vanuit mijn nek voel ik een zware hoofdpijn opdoemen. Nooit van mijn leven zal ik precies begrijpen wat hier staat. Maar ik denk te weten waarom Simon en Ivo op zoek zijn naar deze gegevens. Dat dit volgens mij is wat Ivo bedoelde met 'er staan mensenlevens op het spel'. Michel heeft kennelijk de dubbele boekhouding te pakken gekregen. En daarmee kon hij de bedrijven van de leden van de Brotherhood definitief om zeep helpen. Zou hij ze hiermee gechanteerd hebben? Om zijn eigen zaken te redden? Is dit wat hem fataal is geworden?

Ik stop alles weer terug in de Albert Heijn-tas en loop de natte gang naar het zwembad in. Aan het einde, vlak voor de douches, staan de kluisjes. Ik doe de tas in een kluis op de bovenste rij, gooi een euro in het slot en draai het dicht. Het sleuteltje stop ik in mijn zak. Hier moeten de spullen voorlopig veilig zijn. Ik trek mijn natte jas weer aan en steek mijn voeten in de vochtige schoenen. Dan loop ik naar buiten, waar een blij piepende Troel me opwacht.

Verkleumd door de natte kou kom ik eindelijk thuis, hopend dat Simon ervandoor is. Geen idee hoe ik hem aan zou moeten kijken. Ik steek de sleutel in het slot, ondertussen babbelend tegen de hond, en druk op de klink. De deur klemt. Ik duw met mijn volle gewicht, maar zelfs dan krijg ik hem slechts op een kiertje open. Het is alsof er iemand terugduwt. Ik neem een klein aanloopje en druk mijn schouders, heup en knie ertegen, en de deur gaat een heel klein stukje verder open. Er lijkt iets tegenaan te liggen. Ik wurm mijn arm in de kleine spleet die is ontstaan, ondertussen met al mijn kracht duwend met de andere hand. De deur wijkt iets verder en ik pers mijn lichaam erdoorheen. Onder me hoor ik een vreemd zacht gereutel. Het is aardedonker. Ik tast met mijn hand naar de lichtknop. Mijn voet stoot tegen iets zachts. Ik knip het licht aan en daar ligt Simon.

# 14

Mijn eerste aandrang is om weg te rennen, heel ver weg, door blijven rennen tot ik niet meer kan. Ik kniel bij zijn lichaam en luister of hij ademt. Ik hoor niets. Langs zijn mondhoek loopt een straaltje bloed en zijn grijze haren zijn donkerrood. Hij ligt met zijn hoofd tegen de muur, zijn nek in een vreemde knik naar achteren, zijn benen verdraaid als die van een lappenpop. Voorzichtig voel ik aan zijn huid. Die is nog warm. Dan trek ik mijn hand terug, hoewel ik Simon graag zou willen strelen, hem vast zou willen houden. Iets in me zegt dat het beter is van niet. Ik fluister zijn naam. Ik schreeuw zijn naam. Troel blaft en gromt, haar rugharen staan recht overeind. Simon draagt zijn trainingspak. Ik graai in mijn tas naar mijn telefoon en bel 112. Ik hijg alsof iemand me bij de keel heeft. 'Hij is gevallen. Hij lijkt dood. Ruïnelaan.' Ik weet niet eens mijn eigen huisnummer. 'Boven de schoenenzaak.'

Hijgend ren ik de trap op. Misschien is er nog iemand. Ik check de woonkamer. De plaid ligt keurig opgevouwen op de bank, de glazen staan in de afwasmachine. De asbak is schoon. Ik kijk vluchtig in de prullenbak. Geen spoor van de peuken, ook mijn briefje is weg. Geen spoor van Simon. In een doos op het aanrecht staan de pannen en flessen die Angela nog op moet komen halen. Over enkele minuten staan de politie en de ambulance voor de deur. Wat ga ik tegen ze zeggen? Dat we pasgeleden nog lagen te neuken?

In een mum van tijd wordt mijn huis overspoeld door agenten. Ze heffen de voordeur uit de scharnieren, zetten de stoep af met witte schermen, blokkeren de straat met hun auto's met zwaailichten. Ik zit als versteend op de trap te staren naar het ambulancepersoneel dat naar een teken van leven speurt bij Simon. Ik bel Patricia. Spreek de woorden uit als een robot. Simon is gevallen. Kom hierheen. Daarna haast ik me naar het toilet om over mijn nek te gaan.

Er worden vragen gesteld en ik lieg zonder erbij na te denken. Ik kwam thuis en toen lag Simon daar. Hij is mijn huisbaas. Ja, we zijn ook bevriend. Nee, ik heb hem bij binnenkomst niet gezien. Ik was naar het zwembad. De caissière daar kan dit bevestigen. Waarom vertel ik de waarheid niet, die ze uiteindelijk toch zullen achterhalen? Ik heb toch geen schuld aan zijn dood? Waarom mezelf dan onnodig verdacht maken? Maar ik kan het niet. Ik krijg de woorden van schaamte niet uit mijn strot. Zeker niet wanneer ik het krijtwitte gezicht van Patricia zie verschijnen achter de agent die me ondervraagt. Patricia, die me omhelst en in tranen uitbarst. 'Hij is gewoon dood,' snikt ze. 'Ze zeggen dat hij dood is! Hoe kan dat nou, Karen? Hoe kan dat nou? Zomaar...'

Haar zoons lopen binnen, de paniek in hun rode, gezwollen ogen. Ik herken de blik. 'Mam,' stamelen ze. 'Mama.' Ineens zijn het weer kleuters. En steeds maar weer vraagt iedereen: wat is er gebeurd? En steeds maar weer lieg ik. Ik ging naar het zwembad. Met de hond, ja, die moest ook uit. Ik ben er niet zo lang geweest. Was me te druk. Ik kwam thuis en vond hem. Ik weet niet wat hij kwam doen. Ik lieg en ik haat mezelf erom.

Annabelle belt. 'Mam, we hebben het gehoord. Is het echt waar? We zijn onderweg naar huis. Jezus, wat erg allemaal. Nee, we komen gewoon. Je mag nu niet alleen zijn.'

Het hele dorp heeft zich verzameld achter de wegafzetting. Nadat alles is gefotografeerd en onderzocht, wordt Simon uiterst behoedzaam op een brancard getild. Ze leggen een wit laken over hem heen. Patricia gaat mee de ambulance in. Ivo is er inmiddels en Kees ook. Ze ijsberen door mijn kamer terwijl Janine de hele tijd vraagt of iemand koffie wil. Ivo stamelt dat het bizar is. Dat hij dit nu te vaak gezien heeft. Een vloek is het, godverdomme.

Een agent neemt mij apart. 'Mevrouw Van de Made,' begint hij en hij strijkt met zijn grote handen door zijn borstelige haren. 'Zo op het oog lijkt het een zeer ongelukkige val. Het is ook een lullig trapje moet ik zeggen. Tegenwoordig is het verplicht een trapleuning aan te brengen en antislipstrippen op de tredes. Dat had de heer Vogel moeten weten. Maar toch kunnen we een onnatuurlijke doodsoorzaak nog niet uitsluiten. Wie hebben er allemaal nog meer toegang tot dit appartement?'

'U denkt dat het geen ongeluk is?' vraag ik.

'Ik zeg alleen maar dat we het nog niet kunnen uitsluiten.'

'Mijn dochters. Maar die zitten in Blaricum.'

'Iemand van uw vrienden misschien?'

'Nou, nee, dat lijkt me niet...'

Ik zet mijn raam open en steek een sigaret tussen mijn lippen. De agent geeft me vuur. Buiten, tussen de mensen achter de dranghekken, zie ik Angela staan. Ze zwaait wanneer ze mij ziet.

Ik vrees alleen maar dat ze het geld in mijn vriezer zullen vinden. Of sporen van mij en Simon op de bank. 'Mag ik misschien iets te drinken pakken?' vraag ik de agent. 'Natuurlijk,' antwoordt hij. Ik doof mijn sigaret weer in de asbak en loop naar mijn keuken. Ik voel zijn ogen in mijn rug prikken. Ik schenk wat wodka in een glas en open mijn vriezer. Ik graai in de zak met ijsblokjes. De kippen liggen witbeslagen in het gelid. Met mijn vingers voel ik in een van de karkassen. Er zit geen zakje in. In de volgende ook niet. Terwijl het bloed naar mijn kaken stijgt, controleer ik ze alle negen. De zakjes met geld zitten er niet meer in. Iemand heeft ze gejat. Simon. De moordenaar van Simon.

Het duurt uren voordat het forensisch team mijn woning verlaat. Sophie en Annabelle komen aan en nestelen zich als angstige katjes op de bank om toe te kijken hoe Janine zich mijn keuken toe-eigent om koffie te zetten en wijn in te schenken en Ivo non-stop loopt te bellen. Ik zeg Janine dat ik het wel overneem. Ik wil dat ze allemaal weggaan en me alleen laten met mijn angstige gedachten. Hoe moet het nu verder? Zullen ze mijn DNA vinden op Simons lichaam? En mocht hij geduwd zijn... Ik wil daar niet eens aan denken. Dan is er iemand in mijn huis geweest. Dan is Simon vermoord. En misschien is dat mijn schuld.

'We gingen gewoon tennissen,' vertelt Kees voor de derde of vierde keer. Hij praat voor zich uit, het interesseert hem niet of er iemand luistert. 'Zoals iedere maandagmiddag. Hij won. Hij won altijd. Daarna hebben we koffie gedronken, beetje geouwehoerd over het feestje. Hij had een kater, zei hij. Misschien is dat het. Is hij niet goed geworden boven aan die trap. Maar wat deed hij dan hier, Karen?'

'Ik weet het echt niet, Kees... Het is zijn pand. Misschien had hij iets nodig dat hier lag, of herinnerde hij zich dat de verwarming niet goed afgesteld stond. Zoiets?'

Ik zie in zijn blik dat hij me niet gelooft.

'Alright gozer,' horen we Ivo in zijn telefoon zeggen. 'Ik hoor je.' Hij hangt op en kijkt me fel aan. 'Ik denk dat we zo naar Patricia moeten. Ze is onderweg naar huis met de jongens. Simon...' Hij pauzeert even en slikt. 'Simons lichaam blijft daar. Voor sectie.'

'Gaan wij ook?' vraagt Annabelle.

'Wat je wilt, meisje. Wij moeten er zijn voor Patries. Maar voor jullie ligt het misschien anders.'

'Ik ga in ieder geval zeker,' zegt Sophie vastberaden. 'Wij moeten er zijn voor Thom en Thies. Wij hebben het ook meegemaakt.'

In de hal trek ik mijn jas aan, die nog steeds vochtig is. Ik kijk op mijn telefoon. Het is halftien. Ik heb drie oproepen van Angela gemist. Wanneer ik me omdraai staat Janine me aan te staren. 'Je hebt wel lef,' zegt ze. 'We weten allemaal wat Simon hier kwam doen. En dat is zeker niet de verwarming afstellen. Of je moet je eigen verwarming bedoelen.'

# 15

Nog geen achtenveertig uur na het grootse kerstfeest bellen we weer aan bij de grote deur. De kerstlampjes in de twee bomen ernaast flikkeren alsof het nog steeds kerst is. Er wordt opengedaan door een Filipijnse die haar ogen neerslaat als we haar gedag zeggen. Zwijgend neemt ze ons mee door de hal.

In het midden van de kamer zit Patricia op de witte bank, geflankeerd door haar lijkbleke zoons. Ze draagt een eenvoudige zwarte jurk waarin haar boezem als eerste opvalt. Ik durf haar nauwelijks aan te kijken. De man die zich op het feest voorstelde als haar vader, komt op ons af en stelt zich opnieuw voor. En ineens weet ik het. Joop. Joop van der Kooij. Het is de naam die steeds weer in de boekhouding opdook. Vd Kooij Investment. Iedereen praat met gedempte stem, behalve hij. 'Ja meiden, het is een regelrechte ramp wat hier gebeurd is. Het was zo'n goeie gozer. Kei van een businessman. Zo maken ze ze niet meer. En dan zo aan je eindje komen. Hoe is het mogelijk.'

We condoleren Patricia en haar zoons met innige omhelzingen en zoeken een plekje in de kring die zich rond hen heeft verzameld. De Filipijnse loopt weer rond met een dienblad vol glazen wijn en water. Ik kies voor het laatste. Om ons heen klinkt gesnif en gefluister.

Patricia wiegt zachtjes heen en weer, met een verlichte glimlach op haar gezicht. Ik vermoed dat de huisarts haar iets kalmerends heeft gegeven. 'Ik heb het zo fantastisch met hem gehad,' begint ze. 'Hij was mijn soulmate. Onze liefde overleefde altijd alles. En nog. Die liefde overleeft ook dit. Hè, pap? Wat wij allemaal niet hebben meegemaakt.'

'Het kon een rotzak zijn,' merkt Joop op. Ivo grinnikt. 'Een heerlijke rotzak. Jezus wat hebben wij gelachen.'

'Jullie waren mijn voorbeeld,' zegt Janine. 'Zo'n relatie wilde ik ook. Je bent zo sterk Patries. En jouw liefde voor Simon was zo groot. Van jou heb ik geleerd dat liefde vergevingsgezindheid is en dat het betekent altijd achter je man te staan. Whatever happens.'

'Mag ik even een teiltje,' fluistert Annabelle in mijn oor.

Ik kijk om me heen en voel me draaierig. Ik drink mijn glas water leeg en probeer mee te doen met de rest door meelevend te kijken en op de juiste momenten te knikken. Het klamme zweet staat in mijn nek en verspreidt zich over mijn rug, mijn armen, mijn handen. Ik kan dit niet. Ik kan dit toneelstuk niet langer meespelen. Ik focus me op Joop die als een gorilla door de kamer loopt, smoezend met Ivo, en ik weet dat mijn leven op het spel staat.

'Gaat het, mam?' vraagt Sophie terwijl ze een arm om me heen slaat.

'Ja, hoor schat, hoezo?' vraag ik.

'Je zit zo te raar te ademen...'

'Ik ben een beetje benauwd. Gaat zo wel weer over.'

'Misschien moet je even een frisse neus halen,' zegt Annabelle. Ze kijkt me angstig aan.

'Ja. Dat is een goed idee,' zeg ik.

'Moet ik met je mee?'

'Nee, lieverd. Het gaat goed. Laat me maar even.'

Ik dwaal door de tuin, me concentrerend op mijn ademhaling. De vochtige kou doet me niets. Mijn bloed kookt. Hoeveel doden moeten er nog vallen om dit materiële circus in stand te houden? Van hoeveel mensen moet er nog gestolen worden? Hoe kunnen deze mensen 's nachts slapen? Ik leun tegen een boom en steek een sigaret op. Morgen is het afgelopen. Dan haal ik de dossiers uit de kluis en ga ik naar de politie. Ik beken mijn leugens en vraag bescherming voor mij en mijn kinderen. Het is klaar. Ik wil hier eigenlijk geen minuut langer blijven.

Als ik achter me voetstappen hoor, staat mijn hart even stil. Ik druk mezelf tegen de boom en gooi mijn sigaret snel weg. De geur van sigaren walmt me tegemoet. De voetstappen komen dichterbij. Ik onderdruk de aandrang keihard weg te rennen, het bos in. Het is van het grootste belang nu zo normaal mogelijk te blijven doen.

'Sodeflikker, wat is het koud, hè?' Ik kijk in het gezicht van Joop, dat schaars verlicht wordt door de maan. Het puntje van zijn sigaar licht rood op in het donker.

'Nou...' stamel ik. 'Maar de maan is zo mooi...'

Joop gromt. 'Interesseert me geen reet, die maan.' Hij haalt iets wits uit zijn zak en veegt daarmee over zijn ogen. Daarna snuit hij luidruchtig zijn neus.

'Hij was als mijn zoon, weet je dat?' zegt hij met gebroken stem. 'Ik heb twee dochters. Patries is een toppertje, die ander... wat zal ik zeggen... Ik kan er niks mee. En Simon, weet je, ik ken hem vanaf dat-ie zo was.' Hij maakt een beweging met zijn hand bij zijn knie. 'Van de markt. Met zijn vader. Gouwe pik ook. Maar die Simon, die had me een partij lef. En hersens. O, en hij was gretig. Zo. Zeldzaam hoor, zo'n gozer. Het had mijn zoon kunnen zijn. Echt. Tjongejonge, ik zag mezelf in hem...' Een beverige zucht ontsnapt hem. Ik haal een nieuwe sigaret uit mijn pakje en steek hem op.

Hoe narcistisch kunnen mannen zijn, denk ik, dat ze een zoon willen om zichzelf terug te zien.

'Hij heeft alles van mij geleerd,' vervolgt Joop. 'En hij werd beter dan ik. Kijk eens even wat hij allemaal heeft opgebouwd.' Hij gebaart om zich heen.

'Ja,' zeg ik zacht. 'Het is ongelooflijk.'

'Weet je meissie, hoe ik begonnen ben? Ik had geen rooie rotcent. Ik kon niet leren. Mijn vader gaf me iedere dag een pak rammel. Ik ging ervandoor op mijn vijftiende en kreeg een baantje bij een schroothandelaar. En daar bleek ik echt verdomde goed in, in de handel. Net zoals Simon. Snap je?'

Ik knik. Hij neemt een lange trek van zijn sigaar. 'Steek nooit je pik in iemand uit je eigen postcodegebied, heb ik hem gezegd. Maar hij kon het kennelijk niet laten.'

Joop staart me aan met een kille blik. Ik kijk zo onbewogen mogelijk terug.

'Dat is altijd het begin van een hele hoop ellende.'

Ik probeer te glimlachen. 'Ja,' zeg ik.

Joop zet een stap naar voren. Hij staat nu onaangenaam dichtbij. Ik ruik zijn zoetige aftershave. 'Ik weet niet wat hij in mijn huis deed,' zeg ik.

'Weet je, schoonheid? Ik draai al een heel tijdje mee in deze wereld. Ik ken alle bullshit. We weten allemaal wat hij in jouw huis deed. Dat trouwens zijn huis is. Uit puur mededogen mocht jij erin. Lijkt me niet op zijn plaats dat jij hem en mijn dochter nog even een dolk in de rug plant.'

'Wat wilt u precies van me?' vraag ik.

'Datgene waar Simon naar op zoek was.'

Ik bijt op mijn lip en blijf hem strak aankijken. 'En ik wil de waarheid. Over wat er met mijn man is gebeurd.'

'Jij bent een heel dom vrouwtje, weet je dat? Je hebt twee dochters. Ik zou niet zoveel op het spel zetten als ik jou was.'

'Volgens mij zet u ook nogal wat op het spel,' antwoord ik. Mijn hart roffelt in mijn borstkas.

Joop sluit even zijn ogen en streelt zijn wenkbrauwen.

'Ik heb niet zo heel veel meer te verliezen, pop. Jij wel. Door naar de politie te gaan, bijvoorbeeld. En denk niet dat we beginnen met jou. Dat zou pas echt dom zijn. Hou jij je meisjes maar goed in de gaten. En dat lieve schoonmoedertje van je. Dat is mijn advies.'

In de verte klinkt de bezorgde stem van Annabelle. Ze roept me. Joop neemt mijn gezicht tussen zijn eeltige vingers en knijpt. 'Je hebt me gehoord, toch?' fluistert hij schor.

'Als je ook maar een vinger uitsteekt naar mijn kinderen,' zeg ik sissend, 'dan staan jouw frauduleuze zaakjes meteen op internet. Ik heb alles gekopieerd. Eén druk op de knop en het is gedaan met jullie.'

Hij duwt me van zich af. 'Morgen bel ik je. Dan geef je mij die papieren. Ik zou het maar doen als ik jou was.' Hij beent woedend naar binnen. Ik houd me vast aan de boom. Leg mijn schrijnende wang tegen de koele schors, me verbazend over mijn eigen bluf. Dan roep ik: 'Ik kom, lieverds,' en loop naar het grote huis.

'Sorry meiden, ik voel me echt niet zo goed.' Ze kijken me verontrust aan. 'Wil je naar huis?' Ik knik. Ik heb het gevoel dat alle ogen op me gericht zijn. Joop zit naast zijn dochter. We nemen afscheid en zij staan beiden op. Patricia drukt me stevig tegen zich aan. Haar nagels staan in mijn rug. 'Doe je voorzichtig,' fluistert ze in mijn oor. Joop slaat zijn armen om Annabelle en Sophie heen. 'Kanjers zijn jullie,' zegt hij. 'Als ik jullie moeder was, zou ik jullie heel goed in de gaten houden.' We zoenen Kees, Amanda, Ivo en Janine. Ze staan op een kluitje, als een groep verslagen gevangenen. We draaien ons nog een keer om en zwaaien. Thom loopt gehaast met ons mee naar de deur. Daar nemen hij en Annabelle innig afscheid.

'Zo, en nu wegwezen,' zeg ik gedecideerd als we eenmaal buiten staan.

# 16

'We gaan niet naar huis,' zeg ik als we in de auto zitten. 'Ik kan daar niet slapen. Niet nu Simon daar net...'

'Dat hoopte ik al,' antwoordt Sophie.

Om de paar seconden kijk ik vluchtig in mijn achteruitkijkspiegel. Er rijdt niemand achter ons aan. Ik pak mijn telefoon uit mijn tas en bel. Er wordt direct opgenomen.

'Karen! Sjeesus. Wat een toestand weer! Hoe gaat het?'

Angela heeft duidelijk al een glaasje op.

'Het gaat. Ik heb even een snel vraagje. Heb jij kamers vrij?'

'Ja, natuurlijk. Ik heb geen gasten. Dus er zijn twee kamers beschikbaar. Een hele mooie, met balkon en ligbad...'

'Kunnen wij erin?'

'Nu?'

'Ja, nu, ja.'

'Oké, ik snap het. Kom maar, hoor. Ik zit hier klaar. Zet ik even de haard aan. Heb een heel lekker glaasje wijn voor je. Daar zul je wel aan toe zijn...'

'Angela, één ding... Ik wil dat je tegen niemand zegt dat we bij jou overnachten.'

Er volgt een lange stilte.

'Nou ja, je kent me. Ik kan zwijgen als het graf.'

Ik grinnik. Wat kennen mensen zichzelf toch ontzettend

slecht. 'Hoezo mag niemand weten dat we bij haar slapen?' vraagt Sophie als we Troel thuis ophalen. Haastig graai ik wat schone kleding bij elkaar.

'Omdat we niet veilig zijn,' antwoord ik naar waarheid.

'Nou ja, zeg. Wat ga je ineens para doen...'

Ik loop naar de badkamer en gooi mijn tandenborstel, tandpasta, dagcrème en douchegel in mijn toilettas. Sophie en Annabelle volgen me op de voet.

'Ik meen het. Ik kan je nu niet uitleggen waarom, maar het is belangrijk de komende paar dagen precies te doen wat ik zeg.'

'Zo hé. Jij kan echt overdrijven.'

'Doe het nou maar, Sophie,' zegt Annabelle.

'Heb jij die vent van de trap geduwd of zo?'

Ik draai me om en kijk haar aan.

'Nee,' zeg ik. 'Ik niet. Maar iemand anders wel. En daarom moet je doen wat ik zeg.'

Angela staat al in de deuropening als wij aan komen rijden. Om haar schouders hangt een grote gebreide poncho. Ze gebaart dat we achterom moeten rijden. De poort naar haar garage staat al open. Ik parkeer mijn auto erin en stap uit. Angela komt binnen via de zijdeur. 'Ik heb mijn auto maar even verderop gezet. Ik dacht, jij wil niet dat iemand weet dat je hier bent. Wat is er allemaal aan de hand? Er gaan de raarste verhalen in het dorp. Ik snap het wel hoor, dat je even wil onderduiken...' Ze praat aan één stuk door.

'Hier zijn de sleutels. Gaan jullie je maar even installeren, dan doe ik een rondje met de honden. Is beter toch, dat ze jou niet zien lopen? O ja, de kamers zijn honderd euro per nacht... Ik vind het heel gênant om aan jou te vragen, maar ik zit zo omhoog, snap je?'

Ze sluit de garagedeur en geeft me twee setjes sleutels.

'Deze is van de achterdeur. Die andere van de kamer. Het zijn er twee naast elkaar, op de eerste verdieping links. De meest linkse is voor jullie,' zegt ze en ze wijst naar Annabelle en Sophie. 'Die is van mijn dochter. Ik heb een mandje met lekkere dingetjes neergezet.'

Ze legt haar handen op de wangen van mijn dochters. 'Aggut. Het is me ook wat, hè meiden? Nou, jullie vinden het wel. En dan zie ik jou zo nog even in de keuken, toch?'

'Natuurlijk,' zeg ik.

We installeren ons op onze kamers, die eruitzien of ze ieder moment voor een Sissy Boy-reclame gefotografeerd kunnen worden. Dikke gordijnen van grof geweven linnen, sleetse kelims op het visgraatparket, grote boxsprings met leverkleurige lakens van gekamd Egyptisch katoen, een flatscreen aan de muur. Ik zet mijn toiletspullen op het marmeren blad van de wastafel en zie in de spiegel een van stress vertrokken gezicht. Ik was mijn handen met het olijvenzeepje dat klaarligt en dep mijn voorhoofd en hals met het koele water. Mijn hele lichaam kolkt van angst. Liefst zou ik zo ver mogelijk vluchten met mijn meiden, maar als ik dat zou doen zou ik nooit meer veilig zijn. Ik ben aan iets begonnen dat ik af moet maken. Morgen haal ik de dossiers en breng ze naar de politie. Als morgen niet te laat is.

Ik daal de houten trap af en loop naar de keuken, waar Angela al klaarzit met een fles rode wijn bij de haard. Troel ligt in een mand alsof ze hier al jaren woont. 'Kind, ga zitten,' zegt Angela en ze schenkt me een glas in. 'Wat zal jij ongelooflijk geschrokken zijn.'

'Ja,' zeg ik. 'Dat kun je wel zeggen.' Ik neem een flinke slok. Voor iemand die beweert aan de grond te zitten drinkt

Angela ineens verdomd dure wijnen.

'Vertel.'

Ik zucht en schud mijn hoofd. Dan geef ik haar de versie die ik ook aan de politie heb gegeven. Ik ging met de hond uit, kwam thuis en daar lag Simon. Terwijl ik praat, staart Angela in het vuur.

'Zijn verdiende loon,' mompelt ze als ik klaar ben. Haar kaken staan strak. 'Die man, die heeft me toch een hoop kapotgemaakt.'

Ik denk aan Simon, en zie zijn gezicht voor me, hoe hij hapte naar mijn borsten. De tranen in zijn ogen toen hij sprak over de benarde situatie waarin hij zich bevond. Hij was net zo goed slachtoffer als ik. Volledig in de tang bij zijn schoonvader. Ik snap nu waarom hij nooit weg kon bij Patricia.

'De poppenspeler. Zo noemde ik hem altijd. En wij zijn zijn marionetten.'

'Hij was ook een marionet, Angela,' zeg ik.

'Ach, jij bent altijd verliefd op hem geweest. Jij en iedereen trouwens. Behalve ik dan. Mij moest hij niet. En ik hem niet. Daarom bezorgde hij Kees een nieuwe vrouw. Eentje die wel met hem wil neuken. Die lul was de Berlusconi van dit dorp, ik zweer het je.'

We zwijgen even en staren beiden naar ons glas.

'Zeg eens eerlijk, Karen,' verbreekt Angela de stilte. 'Je hebt het met hem gedaan. Daarom was hij in jouw appartement. Toch?'

'Nee,' zeg ik gedecideerd. Ik merk dat ik rood word.

'In het dorp wordt gezegd dat jij hem hebt geduwd. Dat jullie ruzie hadden over de dood van Michel.'

'Het dorp kan me gestolen worden. Het is niet waar.'

'O. Dus dat is niet de reden dat je hier als een dief in de nacht verschijnt?'

Ik heb ontzettend veel zin mezelf te verdedigen door haar precies te vertellen hoe het zit.

'We kunnen dat appartement niet in. Niet nu, nu Simon daar net is overleden. Het is gewoon te veel, dat snap je toch wel?'

'En Patricia zit je op de hielen zeker? Dat kutwijf...'

'Ik meen me te herinneren dat jij en Patries hartsvriendinnen waren. Waar zij ging, ging jij. Wat is er gebeurd dat jullie elkaar ineens zo haten?'

Angela staat op en pakt haar pakje sigaretten van het aanrecht. Ze neemt er een uit en steekt die aan in het gas van het fornuis.

'Patricia heeft geen vriendinnen. Ze heeft een man. En die man gaat boven alles en iedereen.'

'Ja, en?'

'En niks. Ik werd te lastig. Ik hield Kees tegen... Hij wilde steeds groter, steeds meer, uitbreiden naar het buitenland. Die Simon maakte ze allemaal gek. En ik wilde gewoon, lekker leven. Samen dingen doen, een hecht gezin zijn. Ik hoefde niet naar Saint-Tropez en Ibiza en Verbier met de hele bups. Achteraf...'

In haar ogen staan tranen. 'Misschien had ik het allemaal wel moeten doen. Me niet zo verzetten. Misschien was ik dan nog met Kees geweest. Maar goed, ze vonden mij dus maar irritant. Een spelbreker. En ik dronk te veel. En ik werd te dik. En ik zeurde alleen maar. Dus op een gegeven moment lieten ze me vallen. Kees had een ander en ik was exit. Patricia is nog een keer op de koffie geweest, om te zeggen dat ik mezelf bij elkaar moest rapen. Had ik haar nog moeten zien doen als zij was ingeruild voor een twaalfjarige. Daarom stuurde ik jou ook een kaartje. Je man verliezen is verschrikkelijk en dat je daarna een soort paria wordt... Ik wilde je laten weten dat je niet alleen bent. En nu ook niet. Wat je ook gedaan hebt. Ik begrijp het en zal achter je blijven staan.'

Ze schenkt onze glazen bij. De rode wijn doet zijn werk. Alle spanning die ik zo-even nog voelde, lijkt van me af te glijden. En dat mag niet gebeuren. Ik moet alert blijven.

'Ik vraag me af waar ik dat aan verdiend heb. Vroeger was je niet zo dol op me,' zeg ik.

'Nee. Jij en Hanneke. Jullie gingen zo prat op jullie onafhankelijkheid. Ik dacht dat jullie op ons neerkeken, omdat wij niet werkten. Maar nu weet ik beter. Jullie hadden gelijk. Kijk naar mij. Wat kan ik nog doen? Mijn kinderen zijn groot, ik heb geen werkervaring, ik ben oud, mijn man is er vandoor met een roofkip. Mijn huis staat te koop. Straks eindig ik in een flatje. Mag ik lekker naar de vakantiefoto's van mijn kinderen met mijn ex en zijn nieuwe vrouw kijken op Facebook. Leuk joh! Lekker in d'r bikini aan een roseetje. Je moet het allemaal maar zien tegenwoordig. Op het terras. In de Stories. Bij de kapper. Op de tennisbaan. Maar mij, nee, mij vergeten ze gewoon! Ik heb niks leuks om op Facebook te zetten. Snap je dat, verdomme!'

In één beweging strekt ze haar armen en met een woedende veeg gooit ze alles van de tafel. De volle asbak valt in duizend stukjes op de plavuizen en de rode wijn spat tegen de wit gestucte muren.

'Jezus, Angela!' hoor ik mezelf roepen en ik deins achteruit. De honden springen op en beginnen panisch te blaffen. 'O sorry,' stamelt ze. 'Sorry. Stil maar. Het is goed. Soms word ik zo kwaad...' Ze staart naar de scherven op de grond en legt haar bevende handen voor haar mond. Van boven klinken de angstige stemmen van Annabelle en Sophie. Ik roep terug dat er niets aan de hand is. Er viel een blad met glazen om, dat is alles.

Angela gaat zitten met haar hoofd in haar handen. 'Oké,' zeg ik, 'oké, rustig maar. Waar kan ik een bezem vinden?' Ze wijst naar een kast naast de haard. 'We ruimen dit op, en dan gaan we lekker slapen,' zeg ik. 'Maar geen wijn meer, vind je niet?'

Ze knikt, haar gezicht nog steeds verscholen achter haar handen.

'Sorry hoor. Ik schaam me kapot,' zegt ze. 'Ik ben zo boos weet je... Zo verschrikkelijk kwaad.' Haar hele lichaam begint te schudden van het huilen.

Als ik eindelijk in bed lig durf ik niet in slaap te vallen. Ik schrik op van ieder klein geluid. Ze zijn allemaal gek geworden, denk ik bij mezelf. Ik denk aan Hannekes val, tien jaar geleden, en aan Simons val. Het beeld van Angela's woede-uitbarsting blijft maar terugkomen. Simon kan gevallen zijn, maar het is even waarschijnlijk dat hij geduwd is. En er zijn er nogal wat die daar alle reden toe hebben. Duizenden scenario's spoken door mijn hoofd. De kwade genius is Joop. Ivo is de kroonprins. Angela is met haar afgunst en wraakzucht tot alles in staat. Als de zwarte boekhouding in handen van de FIOD valt, gaan ze allemaal kapot. Iedereen heeft er belang bij dat deze dossiers verdwijnen. Simon leek op het punt van vluchten te staan. Hij dacht de slimste te zijn. Dat heeft hem zijn leven gekost. Net zoals Michel. En als ik niet uitkijk kost het me straks het mijne.

# 17

Om halfzeven laat ik de honden uit. Ik drink twee koppen sterke koffie en lepel met moeite een bakje yoghurt leeg. Ik ga op zoek naar Angela's autosleutels en vind ze in haar tas. Dan vertrek ik, stipt om acht uur. In de auto whatsapp ik naar Angela en de meiden dat ik even wat spullen moet ophalen in Blaricum en mijn eigen auto niet uit de garage kreeg. De meiden vraag ik alsjeblieft in het huis te blijven. Ik leg later wel uit waarom.

In het zwembad is het al druk. Ik moet zelfs in de rij voor de kassa. Wanneer ik aan de beurt ben, kijkt de caissière me argwanend aan. 'Ah, daar bent u weer...' Ik glimlach op mijn allervriendelijkst en vertel haar dat ik het heerlijk vind de dag met zwemmen te beginnen. 'U bent niet de enige, zoals u ziet,' antwoordt ze met een grommerige stem. Ze geeft me mijn bonnetje en ik betaal haar vijf euro. Nadat ik mijn wisselgeld heb teruggekregen begeef ik me naar de kleedhokjes, trek mijn laarzen en sokken uit en loop naar de kluisjes. Ik steek het sleuteltje in het slot en open het. Mijn kluisje is leeg.

Even heb ik het gevoel dat ik in elkaar ga zakken. Mijn hoofd kookt van de warme, klamme chloorlucht, mijn hart lijkt op hol geslagen. Iemand heeft mijn kluis leeggehaald. Ik leun tegen de wit betegelde muur en scheld binnensmonds. 'Gaat het een beetje, mevrouw?' vraagt een oudere heer in zwembroek.

'Ja, het gaat,' zeg ik. 'Maar mijn spullen zijn weg. Uit mijn kluisje gejat...'

'Nou, dat kan toch niet... Zo vroeg in de morgen al? Weet u zeker dat u het juiste kluisje heeft?'

Ik knik. 'Ik ben ze gisteren vergeten mee te nemen...'

'O, maar dat verklaart alles!' De man begint hartelijk te lachen. 's Avonds worden alle kluizen leeggehaald. Wist u dat niet? Dat is algemeen bekend hoor. Uw spullen liggen hoogstwaarschijnlijk gewoon bij de gevonden voorwerpen.'

Ik lach onhandig met hem mee. 'Wat stom van me...' zeg ik. 'Dan ga ik nu maar even kijken.'

'Dat zou ik maar doen. En daarna komt u toch nog even zwemmen? U ziet eruit alsof u wel wat verkoeling kunt gebruiken.' De man kijkt me schalks aan.

'Wie weet,' zeg ik. 'Tot zo.'

In de hal graai ik tussen de stinkende handdoeken en vale zwembroeken in de grote plastic bak met gevonden voorwerpen. Mijn Albert Heijn-tas met de dossiers zit er niet tussen. Iemand tikt op mijn rug en ik veer zo snel op dat mijn hoofd tegen de kaak van de caissière knalt.

'Auw! Godverdomme zeg!!'

Een pijnscheut schiet door mijn hersens. 'O sorry,' stamel ik. Ik houd me vast aan de bak. De caissière grijpt naar haar kaak. 'Shit zeg... Mijn tong...' We kijken elkaar aan en schieten in een vreemd soort huillach.

'Mevrouw, u bloedt...' zegt ze. 'Komt u even mee naar achteren. O jeetje zeg. Wat stom dit.'

Het hokje achter de kassa staat vol met gekleurde zwemrollen en matjes en ruikt naar desinfecteermiddel. De caissière zet me op een stoel en zoekt tussen mijn haren naar de wond.

'Kijk hier. Mijn tandafdruk staat gewoon in uw hoofd.' Ze pakt een EHBO-doos en neemt er een gaasje en wat jodium uit.

'Ik ben gisteren wat spullen vergeten, in mijn kluis. Daar was ik naar op zoek,' zeg ik.

'Ja, daarom tikte ik u ook op uw rug.'

Ze dept het gaasje op het wondje. Het bijt een beetje. 'Ik haal iedere avond die kluisjes leeg. Het is natuurlijk niet de bedoeling dat mensen ze gebruiken voor opslag van het een of ander. En de spullen die ik er vind, liggen hier in de kast, die gooi ik natuurlijk niet in de gevondenvoorwerpenbak. De mensen doen deze dingen niet voor niets achter slot en grendel.'

'Zo stom,' zeg ik. 'Het is een Albert Heijn-tas. Met dossiers van mijn werk.' De caissière buigt naar het koffiezetapparaat en schenkt twee plastic bekertjes vol met het donkerbruine vocht. 'Hier,' zegt ze. 'Het is niet te zuipen, maar je wordt er wel wakker van.'

Dan loopt ze naar de kast en opent hem met een sleutel. 'Deze?' vraagt ze. Ze pakt de tas en houdt hem in de lucht.

'Ja,' zeg ik en ik neem hem van haar aan. 'U wilt niet weten hoe blij ik hiermee ben...'

'Dat zie ik wel aan uw gezicht.'

Vanachter het raam van de kassa klinkt een driftig geklop. 'Ik geloof dat ik even wat klanten moet helpen,' zegt ze.

'Ga maar,' zeg ik. 'Ik ben oké. Ik drink mijn koffie op, en dan ben ik weg.'

Ik rijd naar de dorpsstraat en parkeer mijn auto om het hoekje van drukkerij Remco Kuijp. Ik loop de warme, naar inkt ruikende winkel in, waar de tijd stil lijkt te hebben gestaan. Overal staan printers, kopieermachines en computers te zoemen en vanachter een rommelig bureau komt de baas zelf tevoorschijn, eruitziend alsof hij zojuist is ontwaakt uit een diepe slaap. Ik vraag of ik een groot aantal documenten bij hem kan scannen en hij wijst nonchalant op een van de kopieerapparaten.

'En hoe mail ik de documenten dan direct naar mezelf?' vraag ik. Met wat nors gebrom zet de man het apparaat in de actieve modus en vraagt mijn e-mailadres.

'Karenvandemade@gmail.com,' zeg ik.

'Je legt hier op de plaat je documenten. Drukt op scannen. Hij verzendt het zelf naar uw mail.'

Ik knik en ga aan de gang.

Daarna ga ik naar een plek aan de rand van de duinen, waar ik zeker weet dat ik niemand zal tegenkomen. Tussen de lage begroeiing hangt nog steeds de ochtenddauw. De lucht is loodgrijs. Ik pak de papieren uit de tas en leg ze op de stoel naast me. Vellen vol lijntjes en vakjes waarin namen van bedrijven staan, met daarnaast haast onleesbare aantekeningen. Kolommen met cijfers. Minnetjes en plusjes erachter. Soms is een bedrag met rood omcirkeld, de andere keer met blauw. De naam Diamond Dust zie ik een aantal keer staan, met daarachter grote bedragen. Vanuit Birds Enterprises ging er flink wat geld die kant op, zo lijkt het. Ik bekijk ook iedere pagina in mijn mail. Stuur ze voor de zekerheid meteen door naar Michels iPhone. Soms probeer ik ze te lezen, iets te ontcijferen. Af en toe kijk ik op en tuur als een angstig dier uit mijn raam, bang dat iemand me ziet of me is gevolgd. Mijn hersens tuimelen over de cijfers en de letters en ik kan het niet uitstaan dat ik het niet precies begrijp. Het lijkt erop dat er geschoven is met grote sommen geld. Steeds weer via projectontwikkelaar Vd Kooij Investment.

Als ik klaar ben stop ik alle papieren weer keurig op volgorde in de mappen en doe ze terug in de tas, die ik onder de bijrijdersstoel verstop. Maar het maakt eigenlijk niets meer uit of iemand ze vindt of jat, want ik heb alle bewijzen in mijn virtuele brievenbus zitten.

Ik pak mijn handtas en autosleutels en stap uit. De zeewind laat mijn haren alle kanten op waaien. Ik snuif de koude zilte lucht diep in mijn longen, stop mijn handen in mijn zakken en loop de duinen in. Nu kan ik niets anders doen dan afwachten.

Het rinkelen van mijn telefoon doet mijn hart overslaan. Het is Angela.

'Waar ben je?' vraagt ze.

'Ik ben wat spullen aan het ophalen in Blaricum. Ik hoop in de middag weer terug te zijn.'

'Lul niet.'

'Ik lul niet.'

'Je loopt ergens in de wind, ik hoor het.'

'Ik kan toch in de wind lopen terwijl ik mijn spullen haal?'

'Het zal wel. Je dochters proberen je te bereiken. Hier, heb je d'r een.'

Ik hoor wat gerommel en krijg dan Annabelle aan de telefoon.

'Wat is er allemaal aan de hand, mam? Waar ben je?'

'Lieverd,' zucht ik. 'Ik kan het je nu niet vertellen. Ik ben in Blaricum. Maar over een paar uurtjes ben ik er weer.'

'Je maakt ons bang.'

'Je hoeft niet bang te zijn. Blijf gewoon daar, bij Angela, het is maar voor even.'

'Mam,' zegt ze en begint dan te fluisteren: 'Ze spoort niet...'

'Hoezo spoort ze niet, lieverd?'

'Ze praat in zichzelf...'

'Ach, dat doen mensen weleens. Ze is een beetje eenzaam. Ik zal oma Els vragen jullie op te halen, goed?'

'Ja, top! Angela stelt ook de hele tijd irritante vragen. Over jou. Over Simon. Dan begint ze weer te schelden op zijn kinderen... O daar is ze weer, nou doei, mam.'

'Pubers hè...' verzucht Angela. 'Doe je ding. Ik hou hier een oogje in het zeil. Tot straks meid.'

'Dank je wel,' zeg ik en we hangen op. Meteen daarna sms ik mijn schoonmoeder en vraag haar of ze mijn dochters bij Angela op wil halen. Ik sluit af met: later leg ik het allemaal uit.

Om klokslag halftwaalf word ik gebeld door een geblokkeerd nummer. Ik heb er ruim een uur op moeten wachten en de knopen in mijn maag zijn inmiddels ontelbaar. Ik zet mijn dictafoon aan. Dan neem ik op. 'En,' bromt Joop aan de andere kant, 'heb je het gevonden?'

Ik slik. 'Ja.'

'Brave meid. Dan stel ik voor dat je nu kamer 342 in Hotel Akersloot gaat boeken. Haal ik het daar op.'

'Ik spreek liever in het restaurant af.'

'En ik liever niet. Dus doe nu maar gewoon wat ik zeg.'

'Nee. Je kunt het krijgen in het restaurant. Anders niet.'

'Hoor trouwens net dat je schoonmoeder van huis is vertrokken.'

Mijn ademhaling stokt.

'Je hoort het. Ik hou alles in de gaten. Dus... Wat doen we?'

Ik kijk om me heen. In de wijde omtrek is niemand te

bekennen. Mij lijken ze niet te volgen. Maar wie weet luisteren ze me af. Of zie ik ze gewoon niet.

'Ik ga die kamer boeken.'

'Heel goed. Hij is vrij, weet ik toevallig.'

# 18

In de auto verstuur ik met trillende handen het opgenomen gesprek naar de andere telefoon en naar mijn mailbox. Met bevende vingers typ ik vervolgens een mail.

*Geachte lezer dezes,*

*Bijgaand vindt u kopieën van de zwarte boekhouding van Birds Enterprises. Op dit moment word ik ernstig bedreigd door de heer Joop van der Kooij. Hij zegt mij en mijn kinderen iets aan te doen als ik de dossiers niet aan hem teruggeef. Ik zit nu in kamer 342 van Hotel Akersloot op hem te wachten. Ik wil dat u mijn kinderen, Annabelle en Sophie Brouwers en mijn schoonmoeder, Els Brouwers met spoed opvangt en beschermt.*

*Karen van de Made*

Ik voeg de mobiele nummers van de kinderen en Els bij de mail, die ik opsla in het mapje concepten. Als ik hem nu verstuur, zou de politie er te vroeg kunnen zijn en gaat Joop ervandoor. Dan draai ik het contactsleuteltje om en start de wagen.

Als ik langs het dorp raas, passeer ik links van me het politiebureau van Bergen. Ik minder vaart. Wat gebeurt er als ik hier stop? Naar binnen loop en alle papieren aan een agent overhandig? Dan gaat mijn schoonmoeder eraan. Of een van mijn dochters. Misschien bluft Joop, maar durf ik dat risico te nemen? Ik denk aan Michel, hoe hij over de autobahn reed, waarschijnlijk onder dezelfde druk. Het lijkt ineens zo logisch om het stuur om te gooien. Ervan af te zijn. Je gezin te beschermen door jezelf te offeren. Ik begrijp het.

Ik geef weer gas en rijd door, langs het bevroren polderlandschap. Neem op de rotonde de afslag naar de A9. Ik vraag me af waarom hij per se op die kamer wil afspreken, de kamer waar het tien jaar geleden allemaal is geëindigd. Hij heeft een plan. En in zijn plan ga ik het er niet levend afbrengen. Tijdens het rijden steek ik een sigaret op. Ik kijk in mijn achteruitkijkspiegel en zie een gespannen gezicht. 'Maar jij hebt ook een plan,' zeg ik hardop tegen mezelf. 'No fucking way dat hij mij krijgt.'

Ze maken je gek. Babette zei het al.

Bij het hotel parkeer ik tussen de honderden auto's die er altijd lijken te staan. Ik stap uit, de regen in en haast me met de tas onder mijn arm naar binnen. De glazen deuren zoeven open en door de grote hal loop ik naar de receptie. Ik heb het gevoel alsof ik in een toneelstuk speel en iedereen me aanstaart. De drukte maakt me rustig. Laat ze maar kijken, laat ze me zien. Mocht er iets met me gebeuren, dan weten ze dat ik hier geweest ben.

Als ik aan de beurt ben, vraag ik om kamer 342. De lange magere receptionist lijkt me ondeugend aan te kijken. 'U heeft geluk!' zegt hij verheugd. 'Hij is vrij. En dat mag een wonder heten. De zwembadsuite is normaal gesproken al maanden van tevoren volgeboekt. Maar we hadden een annulering.'

Ik doe een poging tot glimlachen.

'Het is onze mooiste suite. Hij kent een groot aantal vaste gasten.'

'Dat wil ik geloven,' zeg ik. Ik weet wel wie.

'De prijs is tweehonderdvijftig euro per nacht, inclusief ontbijt. Day use voor deze kamer is helaas niet mogelijk.'

'Het is goed. Ik boek een nacht en wil graag meteen betalen. Cash, als het kan...'

'Uiteraard. Verwacht u nog iemand?'

'Ja,' antwoord ik.

'Dan zal ik u twee sleutels geven.'

De lange gang die naar de zwembadsuite leidt, ruikt als iedere hotelgang: naar versleten vloerbedekking en frituur. Alsof het luchtverversingssysteem rechtstreeks is aangesloten op de afzuigkap van de keuken. En tegen de tijd dat ik mijn kamer bereik, komt daar een vleug chloor bij. Wanneer ik de ruimte betreed en het licht aandoe met mijn pasje, grijp ik naar mijn borst en hap naar adem. Waarom ben ik hier na al die jaren weer? Dit is precies wat Joop wil. Mij intimideren. Me herinneren aan de eerste keer dat ik hier bijna het leven liet. Hoewel de kamer gerestyled is herken ik hem meteen. Ik zie koud blauw licht, een whirlpool in het midden, witte skailederen stoeltjes en een immens bed met synthetische ijsblauwe kussens. Achter de deur, die half open staat, danst het licht dat weerkaatst op het water van het zwembad me tegemoet. De zware donkergrijze gordijnen zijn gesloten. Het eerste wat ik doe is ze openen. Ik heb licht nodig, en zuurstof.

Ik loop naar de wc en ga op het toilet zitten. Sinds ik wakker werd, heb ik doorlopende plasdrang van de zenuwen. Ik veeg mezelf af, trek door en hijs mijn broek weer op. Plotseling schiet de enorme flatscreen aan en ik schrik me kapot. WELKOM MEVROUW VAN DE MADE, staat er en een irritant deuntje schalt uit de box. Met de afstandsbediening zoek ik een zender met rustgevende muziek. Daarna open ik de minibar en pak er een miniatuurflesje Bombay Sapphire Gin uit en een blikje tonic. Die schenk ik samen in een glas en ik drink het in enkele teugen leeg.

Ze laten me lang wachten. Ik zet de tv aan en weer uit. Rook zeker vier sigaretten op het balkon en neem me voor morgen te stoppen. Ik blader in de onbenullige tijdschriften die er liggen. Het duurt zo lang dat ik denk dat hij niet meer gaat komen. Ik ijsbeer door de kamer en stuur mijn dochters een whatsapp dat het waarschijnlijk iets later wordt en vraag of oma goed is aangekomen. Goddank krijg ik meteen antwoord. Als ze mijn schoonmoeder volgen, heeft zij ze waarschijnlijk direct naar mijn kinderen geleid. Ik krijg geen tijd om daar te lang bij stil te staan. Een ferme klop op de deur doet mijn bloeddruk ontploffen.

'Wie is daar?' roep ik.

'Patricia.'

Ik vraag me af wat zij hier doet. Zij zit niet in mijn plan.

'Moment!' gil ik met hoge stem.

Ik pak een van de telefoons uit mijn tas, open de mailbox en verzend de mail met de attachments. Pas wanneer ik het geruststellende zoevende geluidje hoor van 'mail verzonden' zet ik de dictafoon aan, leg de telefoon onder het bed en loop naar de deur. Ik heb de hele dag nog niks gegeten en toch voel ik mijn maaginhoud omhoog komen. Ik open de deur en daar staat Patricia, die me aankijkt met een treurige glimlach.

'Ik weet wie je eigenlijk verwacht,' zegt ze. Ze stapt langs me heen naar binnen en gaat op het grote bed zitten. Ik sluit de deur achter haar.

'Mijn vader, weet je, dat is zo'n onbehouwen boer. Echt nog van de oude stempel. Het leek me zeer onverstandig als hij deze kwestie zou afhandelen. Hij maakt er altijd zo'n rommel van.'

'Ik weet niet wat jij allemaal wilt afhandelen, maar ik had met je vader afgesproken dat ik hem de papieren zou geven. En die liggen daar, naast je, in de Albert Heijn-tas.'

'Kijk eens aan,' zegt Patricia en ze trekt de tas naar zich toe.

Ze slaakt een lange diepe zucht en laat zich achterover vallen. 'Dat het zover moest komen allemaal...'

'Je hebt waarvoor je gekomen bent... Het lijkt me dat we nu klaar zijn,' zeg ik nors.

Patricia schudt haar hoofd. 'Dat is het probleem met mijn vader. Hij is nooit klaar.'

Ik denk angst in haar stem te horen.

'Ik ben hier vooral om jou te redden. Van hem. Als hij geen vertrouwen meer in je heeft... Dan is het klaar.'

'Waar is hij nu?'

'Ja, dat is het probleem... Hij heeft je dochters opgehaald. Bij Angela. Met je schoonmoeder. Ik weet niet wat ze aan het doen zijn.'

Ik voel mijn knieën zwak worden.

'Mijn vader kennende, is hij met ze aan het lunchen of zoiets. Praten, lachen. Hij zal er wel wat wijntjes in gooien. Hij pakt ze in, zodat ze hem volledig vertrouwen.'

'Je liegt...' zeg ik.

'Was dat maar waar,' zegt ze. 'Die man is gek. En ik kan het weten. Ik ben al mijn hele leven zijn bezit.'

Ze staat op en begeeft zich naar de minibar. Daar pakt ze een flesje wodka uit, draait het dopje eraf en zet het aan haar mond.

'Maar goed, ik denk wel dat ik weet waar hij ze mee naartoe neemt.'

Ik moet naar mijn kinderen. Nu. Ik heb verdomme die mail gestuurd. Ik heb het leven van mijn eigen dochters in gevaar gebracht. Als de politie nu komt is dat een ramp. Ik ben zo duizelig dat ik even bang ben flauw te vallen. Hoe heb ik kunnen denken dat ik in mijn eentje opgewassen ben tegen deze mensen?

'Je hebt zijn papieren, breng mij dan nu naar mijn kinderen en mijn schoonmoeder en dan is alles vergeten en vergeven,' zeg ik.

'Nou ja, vergeten en vergeven, Simon blijft dood. Hoe kan ik je dat vergeven?'

'Ik heb dat niet gedaan.'

'Who cares? Mijn vader zorgt er heus wel voor dat alles naar jou wijst.'

Patricia ploft neer op het bed en kijkt me aan. Ze lijkt ieder moment in tranen te kunnen uitbarsten.

'Wat een drama,' mompelt ze. 'Ik wou dat ik het lef had... Het lef om hem uit de weg te ruimen. Ik zweer het je. Ik wou dat ik sterk genoeg was. Ik haat hem. Tot in het diepst van mijn ziel. Maar ik kan het niet. Zelfs Simon kon het niet. Hij is de duivel. Maar ook mijn vader. Snap je?'

Ik knik. Ik moet bijna overgeven bij de gedachte dat die man nu bij mijn kinderen is.

'Misschien kunnen wij het. Samen. Jij bent dapper. Je bent de strijd aangegaan. Net zoals Michel dat deed. Hij was een goede man, Karen.'

'Breng me gewoon naar mijn kinderen. Alsjeblieft,' stamel ik. 'Ik doe alles. Als zij maar veilig zijn.'

'Natuurlijk,' zegt ze. 'Een moeder hoort bij haar kinderen. Jij gaat me helpen.' Ze strekt haar hand naar me uit. Ik durf haar niet boos te maken en geef haar de mijne.

'Ik wil wel je telefoon,' zegt ze. 'Ik kan geen enkel risico nemen.'

Ik haal mijn telefoon uit mijn tas en geef die aan haar.

# 19

Het regent pijpenstelen. We stappen in een aftandse zwarte Golf met idioot grote subwoofers achterin. Patricia achter het stuur, ik naast haar. Ik denk aan de telefoon onder het bed en bid dat ze die op tijd zullen vinden. Patricia geeft gas en rijdt keurig beheerst het parkeerterrein af.

Ze wijst op het dashboardkastje. 'Doe eens open,' zegt ze. Ik open het. Erin ligt een pistool. Het koude zweet breekt me uit. 'Die is voor jou. Daarmee mag je mijn vader uitschakelen.'

'Patricia, dat kan ik helemaal niet. Ik heb zo'n ding zelfs nog nooit in het echt gezien...'

'Ik denk dat je het heel goed kan. En daarna zijn we van hem af. Voor altijd. Laat het ophouden. Die eeuwige druk...'

Ik denk aan Diamond Dust. De mangastrip over de dochter die lijdt onder de zware druk van haar vader. Diamond Dust is Patricia.

Ik pak het wapen. Het pistool ligt koud en zwaar in mijn hand. Ik kan het tegen haar hoofd zetten. Liever gooi ik het uit het raam.

'Dat jij en Simon het op een akkoordje gooiden, dat was wel heel stom van jullie,' zegt ze.

'Ik begrijp niet wat je bedoelt,' antwoord ik.

'Het was jullie nooit gelukt.'

'Wat? Wat was ons nooit gelukt?'

'Er samen vandoor te gaan. Simon is zo'n lafaard. Mij achterlaten met mijn vader. Wat heb je aan zo'n man?'

Ik kijk naar haar van woede verwrongen gezicht.

'Er is totaal geen sprake van geweest dat ik er met hem vandoor zou gaan...'

'O nee? Wat hebben jullie dan besproken, de hele nacht?'

'Niks,' zeg ik. 'Hij was op hetzelfde uit als jullie. De boekhouding.'

'En jij was op hem uit. Van meet af aan.'

'Jij hebt hem vermoord,' zeg ik.

'Nou, nee,' antwoordt ze. 'Dat heb jij gedaan. Je had hem met rust moeten laten. Afstand moeten bewaren. Heb je niks geleerd van die eerste keer? Denk je dat ik het leuk vind om dit te doen? Maar iemand moet het grotere geheel bewaken. Mijn vader in toom houden. Vele gezinnen zijn afhankelijk van ons. Hoe moeilijk is het Karen, om je gewoon aan te passen? Eerst die vent van je, die zijn maten wilde naaien. Jullie hadden toch een goed leven?'

'Michel werd eruit gewerkt...'

'Ja en waarom denk je?'

'Net zoals Evert...'

'Ze konden de druk niet aan. Op dit niveau opereren is niet voor iedereen weggelegd.'

'Jullie nemen hun bedrijf over. Maken ze gek met drugs en vrouwen. Jullie zijn dealers. Dealers in macht. Nepmacht.'

'Stel je niet zo aan. Iedereen maakt zijn eigen keuzes. En het is een buitenkans om bij de Brotherhood te mogen horen. Zaken te doen met de besten van de besten. Alleen moet je die niet tegen je krijgen.'

'Jullie zijn een soort kapitalistische sekte.'

'Ach mens. Van die zogenaamde sekte heb jij jarenlang zeer goed geleefd.'

We bereiken de rotonde bij Alkmaar en nemen de afslag Den Helder.

'Wat gaan we precies doen?' vraag ik.

Patricia kijkt verbeten voor zich uit. We rijden langs kale akkers en grote glazen kassen.

'Ik heb de boodschap begrepen, Patries. Laat me nu gewoon gaan. Laat mijn kinderen met rust. Alsjeblieft.'

Ik voel me zo klein als een mug, ondanks het wapen.

'Ik denk niet dat pa die meiden echt iets aan zal doen. We zitten hier niet in Zuid-Amerika. Maar een ongeluk zit in een klein hoekje,' zegt Patricia.

'Jullie komen er nooit mee weg. Ik heb alles verstuurd naar de politie. Ze zullen ons vinden.'

'Dat is heel stom van je, Karen. Jezus. Zo laat je hem geen enkele keuze.' Ze zet de richtingaanwijzer aan en neemt gas terug. We slaan rechts af en rijden de polder in. Halverwege de weg stopt ze. Naast me hoor ik een telefoon overgaan. Patricia neemt op.

'Hé pa!' zegt ze. 'Ja, ik ben onderweg. Met de spullen. Ja, oké. Adios!'

Ze start de auto. We slaan links af. Na ongeveer een kwartier rijden gaan we rechtsaf, een hobbelige weg op, dieper de polder in. Als we bij een houten bruggetje aankomen, stoppen we. Patricia stapt uit en pakt de Albert Heijn-tas van de achterbank.

'Vergeet dat ding niet,' zegt ze. Ik staar naar het pistool.

'Ja, pak nu maar. Jij gaat me helpen. Dat is wel het minste wat je voor me kunt doen. Kom op.'

'Ik kan dat niet. Ik ben geen moordenaar.'

'Je wilt jezelf toch verdedigen? Het is hij of jij, lieve schat.'

Met klamme handen pak ik het pistool en stop het in mijn handtas. We lopen naar de groen geschilderde houten stacaravan onder de kale bomen. Er staan geen andere auto's. Patricia haalt de sleutels uit de zak van haar jas en opent de witte deur naar de kleine open ruimte. We stappen naar binnen. Het ruikt er naar vocht en schimmel. Voor me staan twee rotan stoelen naast een glazen rotan tafeltje, op een versleten Perzisch tapijt. Daarachter grote ruiten met uitzicht op een verwilderde tuin en een groot, grijs meer.

'Nou, wat vind je van Simons geheime neukhol?' zegt Patricia. 'Dit moet jou toch bekend voorkomen. Grappig hè, dat hij dacht dat ik er nooit achter zou komen. Zijn *secret hideaway*.'

'Ga zitten,' zegt ze. Ik neem plaats op een van de stoelen. Patricia loopt naar het formica keukenblok en houdt een glas onder de kraan. 'Zeg eens eerlijk. Hoe vaak ben je hier met hem geweest?'

Ik schud mijn hoofd. 'Nooit. Dit is de eerste keer dat ik hier ben.'

'Lieg niet. Je kunt gewoon de waarheid tegen me zeggen. Ik schrik nergens meer van.'

'Ik zweer het je.'

'Jij en Simon. Ik dacht dat je het wel had afgeleerd.'

Ze geeft me het glas water aan zonder me aan te kijken.

'Dat klopt,' zeg ik zacht.

'Maar niet helemaal...' Patricia brengt haar gezicht dicht bij het mijne. Ik ruik haar wodka-adem.

'En nu,' zegt ze, terwijl ze met haar vinger tegen mijn borst port, 'gewoon eerlijk zijn.'

'Ik had niks met Simon. Het was maar één keer, en het had niet mogen gebeuren...'

'Eén keer, honderd keer, wat maakt het uit? Jij hebt hem van me afgenomen. Ik vraag me wel af hoe je dat voor elkaar hebt gekregen. Zo'n muizig vrouwtje...'

Ze veert overeind en loopt weer naar de keuken. Ik drink mijn glas water in twee teugen leeg. Het water heeft een bittere nasmaak. Ik grijp naar mijn keel. Er zat natuurlijk iets in. Wat ben ik toch ongelooflijk naïef. Ik steek mijn vinger in mijn keel en kokhals. Er komt niets uit. Ik doe het nog een keer. Het lukt niet, verdomme.

'Wat ben jij aan het doen?' vraagt Patricia, terwijl ze een fles Belvedere-wodka uit de ijskast pakt.

'Je hebt godverdomme iets in dat water gedaan,' zeg ik.

Opnieuw duw ik mijn vinger zo diep mogelijk mijn strot in. De tranen schieten in mijn ogen, maar het water komt niet omhoog.

'Hou daarmee op. Het is heel onschuldig. Gewoon om een beetje rustig te worden. Meer niet. Hier, neem deze.'

Ze houdt een glas wodka voor mijn neus. Ik pak het aan.

'IJsblokjes zijn op,' zegt ze. 'Maar dit lijkt me niet het moment om ons daar druk over te maken.'

'Wat is er met jou gebeurd,' vraag ik, 'dat je zo geworden bent?'

Ze gaat tegenover me zitten. Ik staar naar haar gezwollen, gladgetrokken gezicht. Ten tijde van de eetclub was niet ik, maar Patricia de grijze muis. Verscholen achter haar man, volledig ten dienste van hem. 'Het is eigenlijk begonnen als hobby,' begint Patricia. Ze slaat haar wodka in één keer achterover.

Ik zet mijn glas op tafel. Ik neem nergens meer een slok van.

'Ik ben er heel goed in, zoals je weet, in het entertainen van mensen. Simon en ik hebben een gigantisch netwerk, iedereen heeft het over onze feesten. Als ik iets organiseer, is het een gegarandeerd succes. Ik weet niet precies waarom, ik geef het denk ik net die extra touch... Dus toen de kinderen groter werden en mijn handen jeukten om iets te gaan ondernemen, en Simon steeds tegen problemen met klanten en relaties aanliep, zei ik: laten we het oplossen met leuke dingen. Laten we onze mensen met elkaar verbinden door zeer exclusieve uitjes en partijen. Daar is iedereen gevoelig voor. Ik noemde mijn bedrijfje Diamond Dust. En ik kreeg gelijk. Iedereen vond het fantastisch. Mannen kwamen zelfs bij me om te vragen of ik ze een nieuwe vrouw kon bezorgen. Met het idee: ik heb een heel nieuw leven, en mijn echtgenote past daar niet meer bij, hahaha.'

Ik slik. Mijn keel voelt droog.

'Oké, je werd dus een soort pooier...'

Patricia grinnikt. 'Wat jij wil schat. Het is jouw dag.'

'Waarom noemde je het Diamond Dust? Dat vind ik meer een naam voor een cokedealer...'

'Die naam kwam op mijn pad toen ik in Tokio was, al jaren geleden, op een feestje in de Feria rooftop bar. Daar ontmoette ik een mangastriptekenaar die bezig was met een nieuw verhaal waarin ik verbazingwekkend veel van mezelf herkende. Maar goed, de naam Diamond Dust heeft voor mij meerdere betekenissen. Het staat voor de ultieme perfectie. Voor exclusiviteit, discipline, discretie. Het zegt eigenlijk alles over mij. En het was mijn manier om me minder afhankelijk te maken van mijn vader, van Simon... Hoe dan ook, die naam maakt mij duidelijk dat alles mogelijk is. Dat wij alle wensen, hoe gek ook, vervullen.'

'En met die gekke wensen vervullen konden jullie je klanten maken, maar ook breken...'

'Wat wil je daarmee suggereren? Dat we mensen chanteerden? Iedereen is verantwoordelijk voor zijn eigen gedrag. Maar eerlijk gezegd kregen we natuurlijk wel steeds meer grip op onze klanten. We wisten precies wat ze nodig hadden en daarmee kregen wij invloed. Op hun business, op hun leven... Het bracht Simon en mij dichter bij elkaar. En welk stel kan dat nog zeggen tegenwoordig?'

Alleen haar ogen lijken donkerder te worden. De rest van haar gezicht blijft uitdrukkingsloos.

'Tot ik een betere zakenvrouw bleek dan hij. Dat kon hij niet uitstaan.'

Ze kijkt op haar horloge. 'Ik snap niet waar hij blijft...' mompelt ze. Ze pakt haar tas en haalt er twee paar latex handschoenen uit. Een paar geeft ze aan mij. 'We mogen geen sporen achterlaten.'

'Wat moet ik daarmee?'

'Aantrekken. Voordat mijn pa er is. Je krijgt maar één kans...'

'Kans voor wat?'

'Om hem neer te schieten. Om mij te helpen van die gek af te komen. Want je wil niet weten tot wat hij allemaal in staat is, Karen...'

'Ik kan dat niet. Echt niet...' Ze spelen een spelletje met me. Zij en Joop.

'Help me. Dan staan we quitte. Wij komen ermee weg, als twee onschuldige echtgenotes, die geen keuze hadden.'

'En hoe zie je het voor je dan? Hoe doe ik dat?'

'Meteen als hij binnenkomt. Richt op zijn borst. Pak dat ding, kun je even oefenen. Richt maar op mij.'

Ik staar haar aan en besluit niet mee te spelen. 'Nee,' zeg ik. 'Ik ga helemaal niemand neerschieten. Ik wil mijn kinderen terug, jullie hebben je papieren. Zo hebben we het afgesproken.'

'Het is hij of jij, lieverd. Vergeet dat niet. Ik geef je een kans, meer niet.'

We schrikken beiden op van het harde gebonk. 'Zal je hem hebben,' zegt Patricia schor. Met het glas wodka in de hand opent ze de deur. Ik hoor haar in de lach schieten.

'Shit,' zegt ze. 'André, waar is pap?'

'Druk,' zegt de mannenstem. 'Hij stuurt mij.'

Een galsmaak welt op in mijn keel. Langzaam draai ik me om. André is groot en breed en heeft gemillimeterd rossig haar. Boven zijn platgeslagen neus staan twee ijskoude vissenogen.

'Waar zijn mijn dochters?' stamel ik. Patricia toetst driftig op haar telefoon.

'Verdomme pa, wat doet André hier?' zegt ze wanneer hij opneemt.

'Waar zijn mijn dochters!' schreeuw ik. 'Geef hier die telefoon!'

Ik ruk de iPhone uit haar handen. André staart me onbewogen aan. Aan de andere kant van de lijn hoor ik slechts ruis. Het is nep. Dit hoort allemaal bij het spel. Joop zou nooit komen. Het is Patricia die me in de val heeft gelokt. Dan voel ik hoe een enorme hand me in mijn nek grijpt en terug naar de stoel dwingt. Als ik zit, zie ik dat Patricia mijn tas heeft gepakt.

'Je begrijpt het toch wel,' zegt Patricia. 'Je hebt ons toch geen keuze gelaten?'

Ze overhandigt me een blocnote en een pen. 'Hier. Je mag aan je dochters schrijven waarom je een einde aan je leven maakt.'

Ze streelt mijn wang met haar in rubber gehulde vingers. Ik kokhals.

'We zullen goed voor je meiden zorgen, lieverd. Dat doen we toch ook voor de kinderen van Babette?' De woorden van Simon en Babette buitelen door elkaar in mijn hoofd. 'Ze maken je gek.' 'Patricia is een beest.' 'Doe gewoon wat ze van je vragen.'

Ik kijk om naar André. Hij staart voor zich uit alsof hij zich enorm verveelt. Mijn armen lijken zich een beetje te ontspannen. Ik denk dat het middel nu al begint te werken. Er komt een ijzige kalmte over me. Ze gaan me niet krijgen. Ik geef me niet over. Ik ben beter dan zij. Mijn ogen scannen de kamer. Rechts achter Patricia staat een kleine houtkachel. Daarnaast een rekje met een koperen schep, een tang en een pook. Ik vraag me af of André gewapend is. Waarschijnlijk wel. Maar mij neerschieten is hun allerlaatste optie. Als ze dat doen, hebben zij ook een groot probleem.

Ik sla de blocnote open en zet de pen op het papier.

'En hoe precies maak ik dan een einde aan mijn leven?' vraag ik.

'Met het pistool. Waar je vingerafdrukken al op zitten.'

'Lieve Annabelle en Sophie,' schrijf ik langzaam.

'Ik begrijp dat het moeilijk is,' zegt Patricia.

'Ik vind het vooral erg moeilijk met hem in mijn nek,' zeg ik en ik wijs naar André. Patricia wenkt hem en hij gaat naast haar staan.

Tranen biggelen over mijn wangen. Ik kijk hen nogmaals aan. Ze lijken milder. Alsof we even in het oog van een storm zitten en alles stilstaat. Ik glimlach. Patricia glimlacht terug. André lijkt op zijn wangen te bijten. 'Het is zo moeilijk,' zeg ik met verstikte stem.

Patricia knikt. 'Voor mij ook. Maar ik moet denken aan het grotere belang. Ik moet jou offeren voor de veiligheid van al die anderen. Schrijf nu maar. Hoeft toch geen heel lang verhaal te zijn?'

Ik snif en pak mijn glas wodka. Vanuit mijn ooghoek schat ik de positie van André in. Alle spieren in mijn lichaam spannen zich. Bevend breng ik het glas naar mijn mond. Dan gooi ik in een vloeiende beweging de wodka in zijn gezicht. André en Patricia deinzen als vanzelf achteruit. Hij kermt van de pijn. Ik werp mezelf over het tafeltje, naar het rek met openhaardgerei, ik grijp de pook en draai me om. Ik voel geen pijn, geen angst, geen twijfel. Ik sla met al mijn kracht Patricia tegen de schenen, André tegen de knieën. Beiden vallen om. André tast in zijn jasje naar zijn wapen, terwijl Patricia krijst en scheldt als een viswijf. Ik krabbel overeind en sla met de pook op zijn rug. Daarna breek ik het glas van de schuifpui, een oorverdovende knal. Ik gris mijn tas van de stoel. Net op het moment dat ik vaart maak om naar buiten te rennen, voel ik twee handen om mijn enkel en ga ik neer. Mijn hoofd klapt op de harde metalen goot van de schuifpui en de smaak van bloed vult mijn mond. De pook glipt uit mijn handen. Ik probeer naar buiten te kruipen, maar de handen zijn sterk en André trekt mij grommend naar zich toe. Ik pak een grote glasscherf, keer me om en begin als een dwaas op zijn handen in te hakken. Als hij een been loslaat, trap ik met al mijn kracht in zijn gezicht. Ik hoor zijn neus kraken. Ik trap nog een keer. Zijn greep verslapt.

'Jouw kinderen gaan eraan!' gilt Patricia. Ik geloof haar niet meer. Ik wurm mijn voet los en kruip richting het raam, de handtas met het pistool tegen mijn borst geklemd. Ik probeer mijn tas te openen. In mijn hoofd voel ik de doffe mist van het middel dat ze me gegeven heeft opdoemen. Ik hap naar lucht en kom wankel overeind. Patricia stort zich op me en trekt me aan mijn haren naar achteren. 'Goddomme, jij smerig kutwijf,' sist ze in mijn oor. Ze slaat mijn gezicht tegen de goot. Ik voel mijn jukbeen breken. Ze duwt mijn neus in de glasscherven. Ik ga hier niet sterven, galmt het door me heen. Niet hier. Niet nu. Mijn hand graait rond. Ik lig op de tas met het pistool en kan er niet bij. Wel bij het koele ijzer van de pook. Ik klamp me er met al mijn hoop aan vast.

'Laat los,' schreeuwt Patricia. Ze zet haar knie tussen mijn schouderbladen. Het glas boort zich in mijn wang. Ik luister naar mijn eigen moeizame ademhaling en haar gehijg. Dan hoor ik een klik.

'Maak haar af,' zegt Patricia koud. 'Schiet haar neer, André. Kom op. Jezus christus.'

Haar hele lichaam trilt. Ik voel hoe ze kracht verliest. André duwt de koude loop tegen mijn slaap. Ik heb niets te verliezen. In een razendsnelle beweging weet ik me om te draaien en een slinger met de pook te geven. Patricia vliegt tegen het pistool aan. Een harde knal volgt. Ik haal nogmaals uit en raak Andrés hoofd. Even vinden onze blikken elkaar en zie ik hoe het bloed als vertraagd over zijn voorhoofd loopt. Dan vlieg ik omhoog en ren naar buiten.

Ik ren door de dorre struiken en voel geen pijn. Ik ren en kijk niet om. Ik ren door modder waarin mijn schoenen blijven steken. Ik ren tot ik niet meer kan en laat me vallen in de dichte begroeiing langs het meer. Daar probeer ik op adem te komen en goed te luisteren. Het is angstaanjagend stil. Ik betast mijn gezicht en voel stukjes glas in mijn huid steken. Zijn ze nog in staat me achterna te gaan? Misschien bellen ze op dit moment naar Joop. Mijn kinderen lopen gevaar. Ik moet door. Ik hijs mezelf overeind en ren weer. Ik ren, struikelend en vallend, en ik kijk, zoekend naar iets van leven. Een weg, een huis, een mens. Het is snijdend koud. Iedereen zit binnen. Seconden, minuten, ze gaan in een waas voorbij. Mijn lichaam voelt log. Alles lijkt zich in slow motion af te spelen. Soms denk ik voetstappen te horen en versnel ik mijn pas. Ik voel de takken niet die in mijn huid krassen, evenmin als de scherpe steentjes die zich in mijn voeten boren. Af en toe wordt alles zwart. Mijn gedachten zijn wazig. Ze mogen me niet vinden. Ik moet er eerder zijn. Ik heb een wapen. Ze kunnen me niet meer krijgen. Ik speur de horizon af en zie in de verte een huis. Om er te komen moet ik een open veld over. Ik knipper met mijn ogen, vechtend tegen de versuffing. Ik kijk links, rechts, achter me. Ik zie of hoor niemand. Of wel? Verstoppen ze zich en wachten ze tot ik het veld op ren, om me neer te halen? Worden op dit moment mijn kinderen het doelwit? Mijn hart pompt traag en stroperig, ik kan nauwelijks nog nadenken. Wat heeft ze me in godsnaam gegeven? Ik ren het veld op, over de bevroren blokken klei. De tocht lijkt uren te duren. En als ik er bijna ben, geeft mijn lijf het op. Ik val, duizelingwekkende afstanden in het duister, en ik hoor alleen het gonzen van mijn eigen bloed. Het laatste dat ik me realiseer is dat ik mijn pols breek op de ruwe Westfriese grond. Ik lijk uiteen te vallen zoals de ruit van de stacaravan. In duizenden stukjes.

## 20

Ik hoor gedempte stemmen. Het ruisen van een walkietalkie. Iets schijnt in mijn ogen en ik ruik plastic. 'Hallo,' zegt iemand. 'Weet u wie u bent?'

Ik open mijn ogen en kijk in het gezicht van een vreemde.

'Mijn kinderen,' stamel ik. Het klinkt gesmoord. Ik wil mijn hand naar mijn gezicht brengen, maar een flinke pijnscheut maakt dat ik me niet meer durf te bewegen. De vreemde haalt voor even het kapje van mijn mond. 'Mijn kinderen,' zeg ik nogmaals.

'Kunt u me zeggen wie u bent?' vraagt de vreemde nogmaals.

'Ik ben Karen van de Made,' zeg ik. 'U moet naar mijn kinderen.'

'Uw kinderen zijn oké,' zegt een andere man met vriendelijke blauwe ogen. 'Wij waren juist op zoek naar u.'

Zijn haar lijkt geïmplanteerd. 'We hebben uw mail ontvangen. Uw dochters zijn onderweg naar het MCA, waar we u nu ook heen gaan brengen.'

Plots hangt er een oudere dame boven me, met grijs haar in een knot en een lief, bezorgd gezicht. 'Nou zeg, wijffie toch! Jij hebt ons laten schrikken zeg. Maar het is allemaal goed hoor nou. Wij hoorden het hè, die knal. Ik zeg Piet, dat klinkt niet goed. Dat is een schot. Ik weet dat, ik was nog klein hoor tijdens de oorlog, maar...'

'U mag later uw verhaal afmaken, mevrouw Roos, nu gaat mevrouw Van de Made even met ons mee, goed?'

Ineens ga ik omhoog en begint mijn bed te rijden. Ik zie zwaailichten. Ik sluit mijn ogen en geef me over.

# Epiloog

Het is een frisse, strakblauwe ochtend. Voor het eerst in twee maanden hangt er iets van lente in de lucht. Ik volg Ine Steen naar binnen, via de kille galmende gangen naar de bezoekersruimte. 'Het gaat erg goed met haar,' zegt Ine terwijl ze met stevige passen voor me uit loopt. 'Sinds alles in het volle licht gekomen is, is ze erg opgeknapt. Ze praat, ze lacht... Heel fijn.'

'Wordt haar zaak nog heropend, met al deze nieuwe informatie?' vraag ik.

'De feiten blijven grotendeels hetzelfde. Ik denk het niet,' antwoordt Ine. 'Het zal wel meespelen bij haar evaluatie volgende maand.'

'Hoe schat u haar kansen in?'

'Ze heeft fantastisch meegewerkt. Ik denk dat een weekendverlof absoluut overwogen wordt. En als dat goed gaat, starten we met transmuraal verlof.'

'En wat betekent dat?'

'Dan mag ze buiten de kliniek wonen, onder streng toezicht van ons. Ze wordt dan begeleid richting zelfstandigheid. Het kan zijn dat ze verplaatst wordt naar een psychiatrische inrichting. Maar ik denk het niet.'

Babette wacht me op achter het witte klaptafeltje. We zijn de enigen in de wachtruimte. Ze glimlacht me stralend toe. We wisselen drie kussen uit en dan ga ik tegenover haar zitten. Ine vraagt of we koffie willen. Ik bedank. Vreemd genoeg maakt de geur van koffie me sinds de knokpartij met Patricia misselijk.

'Wat fijn dat je me nog een keer opzoekt,' zegt Babette. Met haar slanke vingers schikt ze haar lange, vaalblonde haren. Daarna pakt ze mijn hand. 'Ik ben je zo dankbaar, Karen,' zegt ze en ik zie haar ogen vochtig worden. 'Ik hoef niet meer bang te zijn. Ze fucken niet meer met mijn hoofd. Ik ben bevrijd van de schuld aan Hannekes dood.'

Ik trek voorzichtig mijn hand terug.

'Ik ben blij dat je niet naar me hebt geluisterd. Dat je het lef hebt gehad tegen ze op te staan. Het had je je leven kunnen kosten.'

'Het heeft me bijna mijn leven gekost.'

'Jij bent als een kat. Je hebt er zeven.'

We lachen en zwijgen even.

'Hoe is het nu met je?' vraagt Babette.

'Redelijk, naar omstandigheden.'

Als vanzelf tast ik naar het litteken op mijn jukbeen.

'We zijn verhuisd. De meiden en ik wilden geen dag langer in Bergen blijven. Via een oud-collega kon ik een etage huren in Amsterdam. En ik heb een baan, voor vier dagen, bij een reclamebureau. Rondkomen is niet makkelijk, maar het lukt.'

'Alles is in beslag genomen, las ik?'

'Ja. Alle huizen, alle auto's, alle bedrijfspanden. Van iedereen. En Patricia, Joop, Ivo, Kees, ze zijn allemaal opgepakt. Zit je straks gezellig met Patries hier.'

Babette grinnikt. 'Nee hoor. Ik krijg mijn evaluatie over twee weken. Als het meezit, mag ik eruit. Denk dat ik dan eens op bezoek ga bij haar. Heb er nu al zin in.'

We kijken elkaar aan. Haar ogen staan helder en fel.

'Maak je geen zorgen,' zegt ze. 'Ik blijf kilometers uit de buurt van die gasten. Ik zal mijn pillen slikken, de reclassering bezoeken, mijn jongens vertroetelen. Geef mij een simpel huisje, een simpel baantje, meer hoef ik niet van het leven.'

'Een man, misschien?'

'O nee. Ik hoef niets meer dat met mijn hoofd fuckt.' Ze tikt met haar wijsvinger op haar voorhoofd. 'Die Simon,' zegt ze zacht. 'Dat hij zo ten onder moest gaan. Eindigen onder aan een trap...'

Ik knik en even schiet het beeld door mijn hoofd van zijn naakte lijf boven op mij. Ik kan hem bijna ruiken.

'We hielden van hem. We hielden allemaal van de belofte die hij uitstraalde. Dat alles wat je maar wilde mogelijk was. Het leven als een groot feest.'

Babette staart uit het raam.

'Karma is a bitch...' stamelt ze.

'Wat wel vreemd is,' zeg ik, 'is dat Angela van de aardbodem verdwenen lijkt. Ik had wel gedacht iets van haar te horen. Ik heb haar nog gebeld om te bedanken voor haar hulp, maar de telefoon was afgesloten. Haar mobiel ook.'

'Ze schijnt op Ibiza te zitten,' zegt Babette.

Mijn hart slaat een slag over.

'Ja, echt waar. Ik hoorde het via de jongens. Met haar kinderen. Ze heeft er een huis gekocht.'

'Ik dacht dat ze aan de grond zat.'

'Dat dachten we allemaal.'

Eerste kerstdag. Haar gerommel in mijn keuken. De kip die viel.

'Nou ja, good for her, toch?'

Angela is ervandoor, met Michels appeltje voor de dorst.

'Ze blijkt slimmer dan ik dacht,' grinnikt Babette. 'En een dikke vinger naar dat trutje, die golddigger van Kees, hoe heet ze ook alweer?'

'Janine,' zeg ik.

'Ja, die ja.'

Ik schiet in een nerveuze lach. 'Haar gezicht zou ik nog weleens willen zien,' zeg ik en de lach houdt aan, ik kan het niet stoppen. Babette kijkt me lichtelijk verbaasd en geamuseerd aan en schatert dan mee. De tranen rollen over onze wangen en ik weet niet meer of ik lach of huil.

'Het is voorbij,' zucht ik uiteindelijk. 'Echt voorbij. We kunnen opnieuw beginnen, aan een ander leven. We hebben niets, maar ook geen schuld meer. Mijn god, hoe heerlijk is dat.'

Als ik weer buiten ben en de parkeerplaats op loop hoor ik de vogels die zich een winter lang stilhielden. Ik voel me vreemd licht in mijn hoofd. Een waterige zon streelt mijn nek en voor het eerst in maanden, in jaren misschien wel, ben ik oprecht blij. Er zijn doden gevallen en de pijn daarvan zal me mijn hele leven achtervolgen, maar er zijn geen geheimen meer. Het leven ligt voor me als een open boek. Ik open de deur van mijn auto en luister naar het opgewonden gekwetter van de merels. Ik ben een beetje duizelig, zoals de laatste weken wel vaker, en wijt het aan de zware hersenschudding en het gebroken jukbeen die ik tijdens het gevecht opliep. Ik voel een vlaag koud zweet op mijn rug en vanuit mijn middenrif komt ineens mijn maaginhoud omhoog. Ik probeer het nog tegen te houden door de frisse lentelucht zo diep mogelijk in te ademen, maar ik kan het niet meer. Ik spuug alles eruit.

# OM EIST 11 JAAR TEGEN VAN DER KOOIJ

*Amsterdam, 23 september 2013*

Joop van der Kooij, in de wandelgangen ook wel bekend als 'De Sloper', moet, als het aan het Openbaar Ministerie ligt, elf jaar de cel in voor zijn grote rol in de 'Brotherhoodfraude', voor afpersing, aanzetten tot moord, verduistering, witwassen en omkoping. Justitie ziet Van der Kooij als opperhoofd van de criminele organisatie de Brotherhood waar onder andere Vd Kooij Investment, Birds Enterprises en het High Class Adult Entertainment-zusje Diamond Dust aan verbonden zijn.

De eis van het Openbaar Ministerie is zuur voor Van der Kooij. Om zichzelf deels vrij te kunnen kopen tikte de voormalig schroothandelaar en marktkoopman 45 miljoen euro af. 40 miljoen betaalde hij namens zes van zijn bedrijven af aan diverse grote gedupeerde pensioenfondsen, waaronder HORK. 5 miljoen bedroeg de boete die de FIOD hem oplegde. Zijn rechterhand en dochter Patricia Vogel-van der Kooij kreeg een eis van 8 jaar cel plus tbs met dwangverpleging te horen. Zij is verdachte van aanzetten tot moord op haar eigen man Simon Vogel, vastgoedmagnaat, zakenman en onderknuppel van Van der Kooij, en poging tot moord op zijn vermeende minnares Karen van de Made.

Overige verdachten Ivo Smit, 'Pa Kassa', de accountant van Birds Enterprises en Vd Kooij Investment en horecaondernemer Kees Bijlsma kregen eisen te horen van drie jaar voor witwassen, oplichting en deel uitmaken van een criminele organisatie.

De grootscheepse fraudezaak kwam aan het licht nadat de politie e-mails ontving van Karen van de Made, met als inhoud een deel van de zwarte boekhouding. De klokkenluidster werd op het moment van versturen vastgehouden en ernstig bedreigd door Van der Kooij en zijn dochter in de *loveshack* van wijlen Simon Vogel. Zij wist ternauwernood te ontsnappen aan de gestoorde echtgenote van Simon Vogel, die nog geen twee dagen daarvoor door haar 'klusjesman' André Nagel uit de weg was geruimd.

De hele zaak kwam aan het rollen na het verdachte verkeersongeluk van tv-producent Michel Brouwers, 60 kilometer buiten Düsseldorf. Uit onderzoek is gebleken dat Brouwers, evenals Smit en Bijlsma, jarenlang via zijn bedrijf op grote schaal geld witwaste voor Van der Kooij en Vogel. De twee laatstgenoemden wisten lokale ondernemers aan zich te binden via keiharde chantage en wurgcontracten. 'Poldermaffia', noemde Karen van de Made, de vrouw van Brouwers, het. Zij maakte als hoogzwangere kroongetuige een stevige indruk.

'Geen middel werd geschuwd,' verklaarde de officier van justitie. 'Repeterende beslagleggingen, valsheid in geschrifte, bodemprocedures, valse verklaringen, het bewerken van de privéomgeving, intimidatie, bedreiging, afpersing en andere ernstige inbreuken op de privacy van de betrokken ondernemers.'

Van der Kooij en Vogel kochten de directeuren van het HORK-pensioenfonds Dirk K. en Pieter L. om, om het onroerend goed te verkopen aan Vd Kooij Investment en Birds Enterprises. De panden werden doorverkocht tegen te lage of juist te hoge prijzen. Het verschil tussen de werkelijke waarde en het uiteindelijk betaalde bedrag werd in eigen zak gestoken. Ook schreven zij valse facturen uit, waarvan het geld terecht kwam bij onderaannemers die dit weer via ingewikkelde constructies privé aan hen terugbetaalden.

De verdachten stopten op hun beurt hun vermogen in moeizaam lopende bedrijven van lokale ondernemers. Zodoende kregen zij de panden en dikwijls de bv's van hun slachtoffers in bezit. Met snoepreisjes, mooie vrouwen en drugs, geleverd door de zusterfirma Diamond Dust, wisten Van der Kooij en Vogel totale grip te krijgen op de ondernemingen van de slachtoffers, met als doel deze in hun volledige bezit te krijgen.

'Een megalomane narcist, die een sadistisch genoegen beleeft aan het vernietigen van zijn prooi,' noemde een van de anonieme getuigen Van der Kooij. 'Hij en Vogel speelden good cop, bad cop. De charmante Vogel stelde zich op als redder in nood en daarna kwam Van der Kooij de strop om je nek leggen,' aldus een tweede anonieme getuige. Medeverdachte Ivo Smit verklaarde dat hij en Vogel evenzeer slachtoffer zijn van Van der Kooij. 'Wie niet voor hem was, ging eraan. Dat gold uiteindelijk zelfs voor zijn eigen schoonzoon en compagnon,' verklaarde hij.

Naar aanleiding van nieuwe feiten die voortgekomen zijn uit de Brotherhoodfraude-zaak, wordt ook het onderzoek naar de moorden in 2003 op ondernemer Evert Struyk en binnenhuisarchitecte Hanneke Lemstra heropend. De vrouw van Struyk, die op dit moment in tbs zit, heeft destijds een bekentenis afgelegd voor de moord op haar man, maar heeft altijd ontkend iets te maken te hebben met de dood van Lemstra.

Dankwoord

De volgende mensen wil ik bedanken voor hun meedenken: Nikki, Chris, Frans, Els, Lou, Jan, Jasper en Jennifer. Andrea en Marjolein, mijn dank voor jullie steun is groot. Mathieu en Julia, mijn kinderen, mijn grootste trots, sorry dat ik de afgelopen tien jaar soms zo afwezig was. Mijn liefste vrienden die er altijd voor me zijn, mij door diepe dalen en over hoge bergen sleuren, bedankt. Mijn ouders, mijn zus, mijn kinderen en de rest van mijn kleine familie, ik hou van jullie. Jullie zijn mijn fundament. Aan een ieder die meent zich in dit boek te herkennen: het is allemaal fictie, gesitueerd in het dorp dat ik liefheb. Dit dorp is als de rest van de wereld. Schitterend in zijn schoonheid, gruwelijk vanwege onze menselijke tekortkomingen.